Unicorn
独角兽书系

GODS OF JADE AND SHADOW

玉影之神

[加拿大] 西尔维娅·莫雷诺-加西亚 / 著
王予润 / 译

Gods of Jade and Shadow by Silvia Moreno-Garcia
Copyright © 2019 by Silvia Moreno-Garcia All rights reserved.
Published in the United States by Del Rey, an imprint of Random House,
a division of Penguin Random House LLC, New York.
This translation published by arrangement with Del Rey, an imprint of Random House,
a division of Penguin Random House LLC
ThroughBIG APPLE AGENCY, INC., LABUAN, MALAYSIA
Simplified Chinese edition copyright: © 2022 Chongqing Publishing House.
All rights reserved.

版贸核渝字(2021)第013号

图书在版编目(CIP)数据

玉影之神 / (加)西尔维娅·莫雷诺-加西亚著;王予润译. —重庆:重庆出版社,2022.10
ISBN 978-7-229-16875-9

Ⅰ. ①玉… Ⅱ. ①西… ②王… Ⅲ. ①长篇小说—加拿大—现代 Ⅳ. ①I711.45

中国版本图书馆CIP数据核字(2022)第096757号

玉影之神
YU YING ZHI SHEN

[加拿大] 西尔维娅·莫雷诺-加西亚 著
王予润 译

责任编辑:邹 禾 唐弋淄 王靓婷
装帧设计:冰糖珠子
封面图案设计:Daniel Pelavin
责任校对:李春燕

重庆出版集团 出版
重庆出版社

重庆市南岸区南滨路162号1幢 邮政编码:400061 http://www.cqph.com
重庆出版社艺术设计有限公司 制版
重庆豪森印务有限公司 印刷
重庆出版集团图书发行有限公司 发行
E-MAIL:fxchu@cqph.com 邮购电话:023-61520646
全国新华书店经销

开本:890mm×1230mm 1/32 印张:14 字数:336千
2022年10月第1版 2022年10月第1次印刷
ISBN 978-7-229-16875-9
定价:72.00元

如有印装质量问题,请向本集团图书发行有限公司调换:023-61520678

版权所有 侵权必究

献给奶奶和外婆，戈伊塔和罗莎。不一样的世界，不一样的梦。

然而这些主宰的愿望,却是它们不会发现自己的名字。

——《波波尔·乌经》

英文版为迪莉娅·格茨与西尔韦纳斯·格里斯沃尔德·莫利将阿德里安·雷西诺斯的作品转译而成。

1
CHAPTER ONE

有些人生来福星高照，另一些人则因为群星的位置而出生自带不幸。卡西奥佩娅·滕的名字有着星座的典故①，却命中注定要遭受天空中最糟糕的星星感应。她十八岁，一文不名，在乌库米尔长大，这是个单调乏味的小镇，骡子拉的铁道车一周只经停此处两次，阳光更是能将人们的所有梦想炙烤殆尽。她明白事理，完全能意识到在这世上还有其他不少年轻的女性，也住在同样单调乏味的小镇上。但她依然觉得，恐怕没有太多年轻女性得像她一样，忍受外祖父西里洛·莱瓦家中活地狱一般的日常生活。

西里洛是个刻薄的人，他那皱缩的身体中的毒液，比在白蝎子的毒刺里的还多。卡西奥佩娅负责照顾他。她给他送餐，给他熨衣服，替他梳理稀疏的头发。这个老暴君依然有足够的力气，能在他乐意时用拐杖打她的头，而他不冲外孙女大喊大叫，让她给自己拿杯水、拿拖鞋的时候，她的姨妈和表姐们就会叫她盥洗、擦地板、给起居室除尘。

"按他们说的做，我们可不想被他们叫做寄生虫。"卡西奥佩娅的母亲这么对她说。卡西奥佩娅咽下了愤怒的答复，因为向母亲诉说她遭受的虐待毫无意义，母亲对一切问题的解决方案唯有向上帝祈祷。

在十岁的年纪，卡西奥佩娅曾经祈祷，希望她的表哥马丁能离开这地方，去另一个镇子上生活，离她远远儿的，而现在，她已经完全理解，上帝即便确实存在，也他妈压根不在意她。除了将父亲从她身边夺走，上帝为卡西奥佩娅做的事还有什么？她的父亲是个安静而耐心的小职员，热爱诗歌，迷恋玛雅和希腊的神

---

① 卡西奥佩娅（Casiopea）这个名字出自仙后座（Cassiopeia）。

话，擅长讲睡前小故事。这个男子的心脏如同报废的钟，在某一个早晨停止了跳动。他的死亡让卡西奥佩娅和她的母亲收拾了行李，回到外祖父的家中。母亲的家人慷慨仁慈，假如你对仁慈的定义是她们一到家里就开始干活，而那些懒洋洋的亲戚则闲着无所事事，消磨时光，那他们便确实堪称好心。

假如卡西奥佩娅和她父亲一样有着明显的浪漫主义倾向，那或许，她会将自己视为灰姑娘一类的人物。然而尽管她珍藏着他的旧书和他那点瘠薄的图书收藏——尤其是戈维多①的十四行诗集，就年轻人的心灵而言，它足够感伤——但她已下定决心，不将自己硬塞进悲剧女主角的角色里。相反，她选择将注意力集中在更实际的问题上，这主要指的是她的外祖父虽然一直大吼大叫，却答应等他去世后，让卡西奥佩娅成为一小笔遗产的受益人，这些钱虽少，却可能够让她搬到梅里达去。

地图集上可以看到这座镇子与那座城市之间的距离。她用手指尖丈量。只要一天。

而现在，卡西奥佩娅还住在西里洛的房子里。她每日早起，努力干家务，嘴唇紧闭，就像战场上的战士。

那天下午，她本来的任务是擦洗门厅的地板。她倒不介意这一点，因为这活计能让她了解外祖父的身体状况。西里洛的健康不佳，大家都觉得他撑不过这个秋天。医生来探视了他，又和卡西奥佩娅的姨妈聊了聊情况。他们说话的声音从附近的起居室飘到大厅里，雅致的瓷杯敲在杯托上的清脆声响时不时打断谈话。卡西奥佩娅用刷子擦着红地砖，竭力想要听清他们的说话内容

---

① 弗朗西斯科·德·戈维多（Quevedo，1580—1645）西班牙贵族政治家，巴洛克时期的作家，当时最杰出的诗人之一。

——根本没法指望有人能以任何方式将这屋子里发生的任何事告知她,除了吼出命令,他们压根懒得和她说话——直到一双锃亮的靴子停在她的水桶前方。她不用抬头就知道来的人是马丁。她认得他的鞋。

马丁是她外祖父的年轻版。他的肩膀很宽,身体健壮,还有一双厚实有力的手,打人极疼。只消想到他老了以后,会变成西里洛那样满身黄褐斑却没有牙的干瘪丑老头,她就能高兴起来。

"原来你在这儿。我母亲找你找得都快发疯了。"他说这话的时候,眼神漂移。

"有什么事?"她将双手按在裙子上,问道。

"她说你得去肉铺。那个蠢老头晚饭要吃一大块牛肉。你出门的时候,给我买点烟回来。"

卡西奥佩娅站起身。"那我去换衣服。"

卡西奥佩娅没穿鞋袜,身上只有一件破旧的棕色裙子。她的母亲一直很看重外貌和着装整洁,但卡西奥佩娅觉得,在给地板打蜡或给房间除尘时在意裙子的褶边没什么意义。不过要是外出,她还是得换条干净的裙子。

"换衣服?为什么?完全是浪费时间。马上就去。"

"马丁,我没法就这样——"

"就这么出去,我说的。"他回答道。

卡西奥佩娅看着马丁,考虑是否要违抗他的命令,不过,她是个实际的人。如果她坚持换衣服,那马丁就可能狠狠揍她,而她除了浪费时间之外什么也做不到。有时候马丁也是能讲理的,或者,至少可以通过诱哄的方式来改变他的想法,但从他此时暴躁的表情判断,她觉得他是和谁吵了一架,到她这儿发泄来了。

"好吧。"她说。

玉影之神

他看着很失望。他本想大闹一场。当他递给她跑腿所需的钱时,她露出了微笑。这微笑似乎让他极为反感,有一刻她觉得他会不找理由就揍她。卡西奥佩娅穿着脏裙子离开屋子,甚至懒得在脑袋上裹条披巾。

1922年那会儿,费利佩·卡里略·波多州长说现在女性也能投票,但到了1924年,他就去见了死刑射击队——这正是那些在玛雅人中转悠,到处发表演讲,却又没能与正确的权贵结盟的州长们该有的结局——而后人们就撤销了这项权利。如今是1927年,但和1807年也没什么两样。革命经过了这座小镇,却让它保持了原貌。除了有个朴素的萨斯卡布石采石场,这个镇子没有任何值得一提之处,从这个石场里铲出来的白色粉末填了镇上的泥土路。哦对了,很久以前这附近有一座龙舌兰种植园,但她对它知之甚少;她的外祖父不是庄园主。就卡西奥佩娅所知,他的钱是从他在梅里达拥有的建筑中赚得的。他也嘀咕过一些金子之类的话,不过这很可能只是随口一说。

因此,当这个世界上其他地方的女性勇敢地将她们的头发剪得极短,跳起查尔斯顿舞①时,乌库米尔仍然是个卡西奥佩娅上街时不用披巾裹住头发就会遭到斥责的地方。

原本在革命之后,这个国家应该将宗教与政治分离,这事儿印成法案时听起来还不错,但到了紧要关头,推行起来却寸步难行。每当政府想要限制宗教活动,墨西哥中部便会冒出"基督战争"。这年二月,哈利斯科州和瓜纳华托州的所有牧师都因为煽动老百姓对抗总统推行的反天主教措施而遭到逮捕。但尤卡坦对

---

① 20世纪20到30年代流行于美国的一种爵士摇摆舞,以南卡罗莱纳州查尔斯顿城命名,舞蹈中包括了快速摆动双手和双腿的动作,很受"咆哮的20年代"的年轻男女喜爱。

"基督战争"很宽容，这儿也没有像其他州一样爆发叛乱。尤卡坦始终是个分离的小世界，是一座孤岛，尽管地图集向卡西奥佩娅保证，她居住的地方是一块郁郁葱葱的半岛。

也难怪在懒散的乌库米尔，所有人都还固守着旧日的生活方式。同样，也难怪他们的牧师变得越来越狂热，想保守住道德与天主教的信仰。他用怀疑的目光盯着镇上的每一个女人，将每一个微小的不成体统、不够道德的行为记录在案。女人就该承受质疑，因为她们是夏娃的后代，那个软弱的女人吃了甜美而禁忌的苹果，背负着原罪。

如果牧师看到卡西奥佩娅，他会将她拖回她家，但就算他这么做了，又能怎么样？他打人也不会比马丁更痛，而且她那丑恶的表哥根本没有给她整理衣装的机会。

卡西奥佩娅慢慢向镇中心广场走去，在那儿占据支配地位的是教堂。她必须遵从马丁的命令，但她要不慌不忙地干这活儿。她望向聚集在高高拱廊下的商铺。在那里开店的有一名药商，一名裁缝用品商人和一位医生。她明白这已经比其他镇子拥有的更多了，但她依然无法自抑地感到失望。她的父亲从梅里达来到这儿，将她母亲带走，去了那座城市，卡西奥佩娅就是在那儿出生的。她觉得自己属于那里。或者，事实上，属于其他的任何地方。她的双手因为在石头洗衣板上搓洗衣服而变得又硬又丑，但最受折磨的却是她的精神。她渴望一丝自由。

在这世上的某处，在远离烦人的外祖父和粗鲁无礼的亲戚小圈子的地方，应该有整洁的汽车（她希望自己能开一开它们），有大胆放纵的漂亮裙子（她在报纸上认出了它们），有舞蹈（越快的越好），还有太平洋的夜景（承一张偷来的明信片的情，她知道了那地方）。她将这一切的照片剪下来，放在枕头底下，当

玉影之神

她做梦，便会梦到在夜里游泳，梦到缀有亮片的裙子，梦到繁星密布的清澈天空。

有时她会想象有个英俊的男子与她共舞，那只是个朦胧的剪影，由她的潜意识利用肥皂和发夹广告上出现的电影明星的形象胶合而成，这些广告也是她的收藏品，都好好地保存在一个容纳了她所有珍贵物品的饼干罐头底部。尽管如此，表姐妹们说起自己梦想时的快乐低语和咯咯傻笑，她从未加入。她始终紧闭嘴巴，那些景象都保存在罐头里。

卡西奥佩娅买好了她需要的物品，开始调头往家走，脚步沉重。她盯着外祖父的房子，那是镇上最好的大屋，外墙涂成黄色，窗上装有精美的铸铁窗格。外祖父吹嘘说，他的家与当年的"原初"庄园一样漂亮。后者是附近最著名的大庄园，上百个可怜的工人在那儿悲惨地辛苦工作了几十年，直到革命解放了他们，让这庄园从前的主人逃出国外，尽管革命并未提升这些工人的生活状况。

一座你根本不可能拥有的大屋，里面满是庄园主才有的昂贵物品，这就是西里洛·莱瓦的家。这个老人手里的钱本可以让他将家人安置在梅里达，但卡西奥佩娅怀疑他渴望回到乌库米尔，就为了衣锦还乡。这是一趟与卡西奥佩娅想要踏上的旅程完全相反的道路。

这座黄色的屋子多么美丽！

她对它又有多么痛恨。

卡西奥佩娅擦去了上唇上方的汗珠。

天气太热，卡西奥佩娅觉得自己的脑袋都要被烤焦了。她本该戴上披巾来防晒的。但是，热归热，她还是坐在一棵苦橙树下，在屋外磨蹭。假如闭上双眼，卡西奥佩娅或许就能闻到盐的芳香。尤卡坦半岛、乌库米尔，它们都渐渐远去，与一切隔绝，只有盐香味始终缭绕。她爱这股气味，假如她搬到遥远的内陆城市，或许还会想念它，但她依然乐于付出这份代价。

终于，卡西奥佩娅知道自己没法再拖下去了，她走进大屋，穿过内庭，送出了她购得的食品。她看到母亲在厨房里，头发整齐地扎成小球，正在边切大蒜，边与仆人们说话。为了留在这里，她的母亲也要工作，干的是厨师的活。外祖父欣赏她的烹饪水平，尽管她的其他地方让他失望，这主要在于她嫁给了一个土著出身、皮肤黝黑的无名小卒。他们的婚姻制造出皮肤同样黝黑的女儿，外祖父觉得这一点更令人遗憾。厨房虽然繁忙，却是个更好的度日之处，卡西奥佩娅原本也在那儿帮工，不过十三岁时，马丁辱骂她的父亲，她用拐杖打了他，自此之后，他们便只让她干些更卑贱的活计，好让她学会谦卑。

卡西奥佩娅站在角落里吃了一个没有加任何馅料的波利罗①，带硬皮的面包蘸了咖啡再吃堪称佳肴。而当外祖父的晚餐准备完毕，卡西奥佩娅便将晚餐端到了他的卧室里。

西里洛外祖父住整个屋子里最大的房间。房间里塞满了沉重的桃花心木家具，地板铺了进口的瓷砖，墙上有藤蔓和水果的手工刻板印花图案。每天的绝大部分时间里，她的外祖父都待在一张巨大的铸铁床上，身后靠着高高的枕头堆。在床前方，摆着一只美丽的黑色箱子，他从未打开过它。箱子上只有一个装饰图案，那是一个男子以传统玛雅人的方式被斩首的画面，他的双手还握着一条象征王室的双头蛇。这是个很常见的主题，名叫库布

---

① 波利罗（bolillo），一种流行于墨西哥和南美的白面包，外形一般是长约十五厘米的椭圆形，外壳硬脆，内芯柔软，通常会掰开后往里填入各种馅料食用。

卡，意为割喉。在古老神庙的墙壁上，被斩首之人的鲜血被描绘成喷涌的蛇形。这图案就刻在箱子的盖上，涂成红色，不过没有画出鲜血，只画了弯曲的脊柱和脑袋滚落的景象。

年纪更小一些的时候，卡西奥佩娅曾经询问过外祖父有关这个奇特人像的事。她觉得很奇怪，因为他对玛雅艺术没有一点兴趣。但他只对她说，别多管闲事。后来她也没能再得到机会提问，也没能从别处了解这件工艺品。外祖父将箱子的钥匙挂在胸前的金链上，只在洗澡和去教堂时才除下来，这是因为牧师严格禁止人们佩戴装饰物参加他的仪式。

卡西奥佩娅将外祖父的晚餐放在窗边，他咕哝着站起身，在每日用餐的桌前坐下。他抱怨了菜品太咸，不过没有吼叫。而那些疼得厉害的夜晚，他能大声发上整整十分钟的牢骚。

"你带了报纸来吗？"他问，每周五他都会这么问。每周铁道车经停的那两天，人们会将每日晨报从梅里达带到这儿来。

"带了。"卡西奥佩娅说道。

"念吧。"

她念了起来。在某些段落，外祖父会朝她挥挥手，这是个信号，表示这篇文章她不用继续，该转而去念别的。卡西奥佩娅怀疑她的外祖父其实根本不关心她念了些什么，她觉得他只是想要有人陪伴，尽管他从未这么说过。等听她念得够了，外祖父便让她离开。

"我听说你今天对马丁很粗鲁。"晚些时候，当她和母亲准备上床睡觉时，母亲这样说道。她俩共同拥有一个房间、一棵盆栽植物、这棵盆栽用的流苏吊盆，还有一张瓜达露佩圣母像，这张油画上已有了裂纹。她的母亲在孩提时，曾经是外祖父最喜爱的女儿。

"谁说的？"

"你的露辛达姨妈。"

"她当时又不在场。是他先粗鲁待我的。"卡西奥佩娅抗议道。

母亲叹了口气。"卡西奥佩娅，你知道这事儿到底怎么回事。"

母亲擦了擦卡西奥佩娅的头发。她的秀发厚实漆黑，像箭一般笔直，长及腰部。白天的时候，她会将它编成辫子，免得它遮住脸，还会用凡士林将它抹平，梳在脑后。但到了夜里，她就会解开发辫，让头发包裹住她，藏起她的表情。在头发的幕帘后面，卡西奥佩娅皱起眉头。

"我只知道他是头猪，而外祖父一点也不想管束他。外祖父甚至比马丁还坏，这个刻薄的老蠢货。"

"你不能这么说话，有教养的年轻女性应该注意用词。"她的母亲警告她说。

有教养的。她的姨妈和表兄都是女士和绅士，她的母亲也曾是个有教养的女性。卡西奥佩娅则只是他们的穷亲戚。

"他们这么和我说话，迟早有一天我会发狂到扯掉自己的头发。"卡西奥佩娅承认道。

"但你这头发多漂亮啊，"母亲说着，温柔地放下梳子，"另外，怨恨只会毒害你自己，影响不了他们。"

卡西奥佩娅咬住下唇。她都不知道母亲是怎么攒起勇气不顾家族的反对，嫁给她父亲的。不过，假如马丁偷偷对她说的下流传闻是真事，那他们能结婚是因为她的母亲未婚先孕。马丁表示说，这几乎就可以说明卡西奥佩娅是个私生的杂种，是一个一文不名的乞丐王子的女儿。正是这句话让她用拐杖打了他，在他眉毛上留下一道疤。这羞辱让他再也不愿原谅她。而她也始终牢记着自己这场胜利。

"书上我给你标记的那段，你复习了吗？"

"唉，妈妈，我是不是能读能写能做算术很重要吗？"卡西奥佩娅暴躁地问道。

"重要的。"

"我又去不了任何能发挥这些本事的地方。"

"这你可说不准。你的外祖父答应过，等他去世会留给我们一人一千比索。"母亲提醒她说。

在墨西哥城，一名在声誉良好的商店里干活的店员一天的工资是五比索，但在乡下，只能拿到一半，或者实际上更少。要是有一千比索，卡西奥佩娅或许能不用工作就在梅里达住上一整年。

"我知道。"卡西奥佩娅叹了口气说。

"就算他给不了我们那么多，我也有点积蓄。这里那里的一个个比索省下来，或许我们就能给你规划点什么。等你再大一点，再大上一两岁，可能我们就可以考虑去梅里达。"

这远得就像下辈子，卡西奥佩娅想。或许永远都去不了。

"上帝能看到你的心，卡西奥佩娅，"她的母亲说着，朝她露出微笑。"看到你的好心肠。"

卡西奥佩娅垂下视线，希望她母亲说的不是真的，因为她的心就像座火山，不断冒着泡，她的肚子里有的只是一团怨气。

"好啦，来抱一下。"母亲说。

卡西奥佩娅照做了，用双臂环住母亲，她从小就这么做，但这种接触在童年时给她带来的安慰已经不复存在。她心烦意乱，身体里已酝酿起一场完美的风暴。

"什么都没有变。"卡西奥佩娅对母亲说。

"你想看到什么事发生改变?"

一切,卡西奥佩娅想。但她只是耸了耸肩。已经很晚了,而且将这整件事复盘一遍也没有意义。等到了明天,她外祖父命令她读报的声音,她表兄的奚落话语,这些冗长而枯燥的杂事还会再来一遍。世界是灰的,没有一点色彩。

2
CHAPTER TWO

尤卡坦的土壤是红与黑组成的，堆积在石灰岩石床之上。半岛的北部，地表没有任何能将它切开的河流。洞穴和沉洞让地面出现褶皱，雨水则制造了岩洞陷落井，并在哈尔滕①中聚积。尤卡坦半岛的河在地下流淌，静悄悄地沿河道前行。在旱季，沼泽时不时随心所欲地出现又消失。微盐水生境随处可见，给洞穴系统深处的神秘盲鱼提供了栖息地，而在石灰岩与大洋相交之处，海岸线崎岖不平。

有些岩洞陷落井很有名，在历史上是宗教崇拜的圣地，祭司们会把宝石和人牲扔进水里。玛雅潘附近的某个岩洞陷落井，据说有一条会吞食孩童的羽蛇守卫。另一些岩洞陷落井则据说通往冥界希泊巴，还有些则是苏休哈，意思是说在这些地方能够获得纯洁的初水。

在卡西奥佩娅的镇子附近有不少岩洞陷落井，不过，传说具有治愈效果的那个岩洞陷落井离他们有些远，坐驴拉车得一个小时才到。每个月外祖父都会带他们去那里一次，他会将身子浸泡其中，以求延年益寿。驴车还会拉上一张保证外祖父舒适的床垫，还有外祖父浸泡完后可以让他们在岩洞陷落井边上用餐的食物。饭后外祖父会午睡一会儿，等太阳落下，空气凉爽一些后，他们便会踏上回头路。

这每月一次的旅行给了卡西奥佩娅少有的机会，让她能享受家人的陪伴，同时合情合理地暂缓家务。快乐一天。她就像个期待主显节的孩子一般盼望着它。

每天的绝大部分时间，外祖父都穿着男式睡衣在他的床上度

---

① Haltun，玛雅语，聚集了雨水的石灰岩土壤中的缝隙，文中部分玛雅语词详见文后附录名词解释。

玉影之神

过,但在去岩洞陷落井的旅行中,就像他去教堂时一样,他会换上西装,再戴上帽子。卡西奥佩娅负责照管外祖父的衣服,洗刷它们,将它们上浆、熨平。他们一早就得出发,这也意味着每次的岩洞陷落井之旅,她都得提前一两天做准备。

他们离开前的那天,卡西奥佩娅几乎已经完成了所有家务。她在大屋的天井中央坐下,这里的盆栽植物和喷泉形成了一小片怡人的绿荫。她听着金丝雀在笼子里的啁啾,时不时还会有鹦鹉高声发出的长篇大论。这鹦鹉是只残酷的动物。卡西奥佩娅小时候曾试图喂它花生,却被它咬了手指。它说的都是从仆人和她的表兄那儿学来的下流话,不过此刻它还挺安静,只顾梳理羽毛。

卡西奥佩娅边哼歌边擦外祖父的靴子。这是她需要完成的最后一项任务。其他所有人都在午睡,以此逃避中午的酷热,但她想尽快做完这件事,这一天剩下的时间就可以用来读书。外祖父对书籍没有兴趣,更喜欢报纸,但为了装模作样,他还是买了不少书架,又用厚厚的皮封面大部头将它们塞满。卡西奥佩娅说服他又多买了一些别的,主要是些天文学相关的书,又悄悄往里面夹带了一些诗集。不管怎么样,他一眼都没瞧过它们的书脊。

鹦鹉发出大喊,吓了她一跳。她抬起头来看。

马丁大步跨过中庭,向她走来,卡西奥佩娅立刻被激怒了——他闯入了她的宁静空间——不过她尽量不将情绪展露在外,手指搅动着擦靴子的破布。他应该像其他人一样,正在睡觉才是。

"我本打算去你房间把你叫醒,你倒省了我的事。"

"你要什么?"虽然她竭力想让声音显得自然一些,它却依然显得突兀失礼。

"那老头要你去提醒理发师,今天晚上他该上门来给老头剪头发了。"

"我今天早上已经去提醒过他了。"

她的表哥正在抽烟，此时他停住动作，朝她咧嘴一笑，从嘴里喷出一团烟气。他的皮肤苍白，说明他有着这个家族视之甚高的欧洲血统，他的头发有点卷曲，带着红棕色，那是从他母亲那儿遗传来的。人们都说他长相英俊，但卡西奥佩娅觉得，从他那张尖刻的脸上看不出半点的美来。

"哎呀，你今天可真勤劳啊？这么说吧，既然你挺有空，不如把我的靴子也擦了。去我的房间里拿鞋吧。"

有必要的时候，卡西奥佩娅会干些清洁地板的工作，但她的职责主要还是照顾外祖父。她不是马丁的仆人。他们家雇了好几个女仆和一个跑腿的男孩，假如这痴呆不懂该怎么自己动手做，这些人都可以给他擦鞋。她知道他提出这样的要求，无非是想要挤占她的私人时间，好激怒她。她不该乖乖上钩，但又没法控制自己已从胃中深处涌上喉头的怒火。

他已经针对她好几天了，就是从她胆敢对他说她想换了衣服再去跑腿的那一刻开始的。这是他的策略，一点点损耗她的精神，让她自己惹上麻烦。

"我一会儿就去取，"她说，一个字一个字地往外吐，"现在别来烦我了。"

她应该就只说一个字"好"，还得压低声音，但相反，她以女皇般的沉着冷静说出了这个回答。马丁是蠢货没错，却傻得不那么彻底，因此他注意到了这一点，也注意到了她的脑袋高高扬起的姿态，立刻嗅到了血腥味。

马丁俯下身，伸出一只手。他攥住了她的下巴，紧紧地掐着不放。

玉影之神

"你对我说话的态度是不是有点太无礼了，嗯，傲慢的表妹？"

他松开手，站起身，擦了擦双手，像是要把她留下的痕迹擦干净，像是那短暂的接触足以脏污他。当然，她确实挺脏，双手沾着擦亮剂，脸上可能也沾着，谁知道呢，但她完全明白，他这么做不是因为她手指上沾着脏东西，也不是脸上有黑色的油脂印。

"你这副模样好像真有什么值得骄傲的地方似的，"她的表哥继续说道，"你母亲以前是老头最喜欢的女儿，但后来她和你父亲一起私奔，毁了一切。而你在这座屋子周围走动时还表现得像个公主。凭什么？是因为他告诉过你，说你背地里其实是个玛雅王室的成员，是国王的后代？还是因为他用一颗蠢透了的星星的名字给你命名？"

"是星座的名字。"她没有加上"你这蠢货"，但她的口气充满蔑视，无异于直接说出这四个字。

她本该到此为止。马丁的脸已经因为愤怒而涨得通红。他痛恨被人插话。但她没法控制自己停下话头。他就像个拉女孩儿辫子的小男孩，她应该无视他才对，但恶作剧中叫人恼火的成分并不会因为它孩子气而减少。

"我的父亲或许吹过牛，也或许确实没什么钱，但他仍然是个值得尊重的男人。等我离开这地方的时候，我也将成为值得尊重的人物，就像他一样。而你则永远都不会如此，马丁，不管你给自己贴多少金都没用。"

马丁猛地将她一把拉得双脚离地，而卡西奥佩娅没有逃避他的攻击，反而一眨不眨地紧紧盯着他。她早已学会退缩毫无用处。

"你觉得自己能去什么地方,嗯?哇,是去首都,大概?你有钱吗?还是说你觉得那个老头真会给你他一直挂在嘴边的一千比索?我已经看过遗嘱了,什么也没留给你。"

"你说谎。"她回道。

"我根本没有必要说谎。去问他。你会知道的。"

卡西奥佩娅知道这话是真的,这一点清清楚楚地写在他的脸上。此外,他的想象力也不允许他说出类似的谎话。这件事比重重的一拳对她的打击更大。她后退几步,像是紧握住护身符一般地捏紧了她那听鞋油。她感到喉咙干涩。

她不相信童话,但她一直说服自己相信,她将会有个幸福的结局。她已经将那些照片放在枕头底下——这其中包括一张汽车的广告、一张漂亮裙子的广告、一片海滩的风景和一位电影明星的多张照片——这是一种沉默而孩子气的,交感巫术上的努力。

他咧嘴笑了起来,再次开口:"等老头死了,照管你的人可就是我了。你也不用赶着今天给我擦鞋,以后的每一天,你这辈子剩下的所有时间,有的是给我擦鞋的机会。"

他离开后,卡西奥佩娅又坐下,麻木地将布料擦在鞋子上,她的手指染上了道道黑色鞋油。地板上,他的烟落在她身旁,缓慢地燃烧到烟蒂。

此事的后果来得很快。准备入睡时,母亲就告诉了她惩罚的内容。卡西奥佩娅将双手探入洗脸台上的脸盆里。

"你的外祖父让你明天留在家里,"母亲说道,"我们出门的时候,你得给他补两件衬衫。"

"是因为马丁,对吗?外祖父是因为他才惩罚我的。"

"对。"

卡西奥佩娅抬起双手,水珠溅落在地板上。

"我希望你能替我说说话！有时候我都觉得你好像一点自尊心都没有，你就那么让他们骑在我们头顶上！"

她的母亲正拿着梳子，准备照往常那样给卡西奥佩娅梳头发，此时她的动作冻结了。卡西奥佩娅从洗手台上的镜子里看到了她母亲的脸，看到了她嘴边深深的法令纹，还有她前额上的褶皱。母亲不算老，没到真正的老年，但就在那一个瞬间，她看上去似乎憔悴不堪。

"或许有朝一日你会明白什么是牺牲。"她的母亲说道。

卡西奥佩娅回想起父亲死后那几个月里发生的事。母亲想靠织流苏编织结来养家糊口，钱却始终不够。一开始，母亲只卖了几件他们拥有的值钱物什，但到了初夏，他们绝大部分的家具和衣服都没有了。她甚至典当了她的结婚戒指。想到这里卡西奥佩娅羞愧起来，她意识到母亲回到乌库米尔，回到她那严厉的父亲身边，是一件多么困难的事。

"妈妈，"卡西奥佩娅说道，"抱歉。"

"现在的情况对我来说也很艰难，卡西奥佩娅。"

"我知道你很难。但马丁太恶毒了！有时候我都希望他会掉进井里，摔断背脊。"卡西奥佩娅回答道。

"就算他真遭遇这样的不幸，你的生活就会变得更快乐吗？会让你的家务活变少，干活的时间变短？"

卡西奥佩娅摇了摇头，在她每晚都要坐的椅子上坐下。母亲拨开她的长发，温柔地梳理起来。

"这不公平。马丁什么都有，我们却什么也没有。"卡西奥佩娅说道。

"他有什么了？"母亲问。

"嗯……有钱，还有好衣服……他能做任何他想做的事。"

"你不应该放任自己为所欲为，"母亲说道，"马丁恰恰就是因为这一点才会变成一个可怕的人。"

"如果我的成长过程中有他那么多的钱，我发誓我绝对不会像他这么糟糕。"

"但你就会变成和现在完全不一样的另外一个人了。"

卡西奥佩娅没有辩驳。她已经精疲力竭，母亲却还在不断给她强塞陈词滥调的心灵鸡汤，而不是给出任何有实际意义的回答，或是做出行动。但话说回来，她也只能接受这一点，接受这次的惩罚，接受日复一日的疲惫，除此之外没有别的可行之道。自然，在入睡时，卡西奥佩娅心中满是平静的愤懑。

第二天一早，亲戚们都离开了，卡西奥佩娅去了她外祖父的房间，在床沿上坐下。他把他的衬衫都堆在椅子上。卡西奥佩娅带来了针线包，但看到那些该死的衬衫，她忍不住将针线包向盥洗台上的镜子扔去。一般来说，她不会容许自己这般彰显愤怒，但此刻她怒火中烧，让她甚至觉得自己像是着了火。她得冷静下来，她深吸一口气，穿针引线，给衬衣缝上新纽扣。

某种金属质地的东西发出咔啦一声，从盥洗台上滑落。她叹了口气，站起身，将它捡了起来。是她外祖父的钥匙，他通常戴在脖子上的那一把。因为要去水洞，他才将它留在屋子里。卡西奥佩娅盯着掌心里的钥匙，视线又移向那只箱子。

她从未打开过它，这样的事她根本连想都不敢想。不管里面摆了什么，不管是黄金还是现钞，都肯定是值钱的东西。而后她又想起，老头打算身后一点也不给她留。她以前没有偷过外祖父的东西，这么做太蠢了，他必定会注意到。但这个箱子……假如里面是金币，只是少了几枚，他真的会发现吗？又或者，她最好是将它们全部拿走，他又是否真能阻止她带着他的宝藏逃离？

卡西奥佩娅静静地忍耐，就像母亲让她做的那样，但这女孩毕竟不是圣徒，而她强咽下的每一个刻薄的评价已积聚起来，如同肿胀的瘤。倘若天气不那么炎热，她或许能远离这种诱惑，但这天热得她心神不宁，是那种连温驯的狗都会突然背叛、咬住主人大腿的炎热。平静的怒火让她陷入了狂热。

她猛烈地抨击自己日复一日不断循环的可悲状态，下定决心要打开这箱子看一看，如果里面真的是黄金，那就去他妈的吧，她要把它们都拿走，然后将这发烂发臭的地方甩在身后。而如果里面什么也没有——那她的这个行为不过是一种反叛的表现，与她扔出针线包一样，成为她敷在伤口上的一剂温和膏药——那至少能满足她的好奇心。

卡西奥佩娅在箱子前跪下。箱子的设计很简单，两边各有一个手提用的把手。除了涂成红色的斩首男子的图案之外，什么装饰也没有。她单手抚过箱子表面，发现上面有些涂过油漆的雕刻花纹。她说不清那到底是什么，但可以感觉得到它们的存在。她推了箱子一下。

它很沉。

卡西奥佩娅将双手摆在箱子上，考虑了一会儿，是不是就这么算了。但她很生气，而且，更甚于此的是，她很好奇。假如里面真的锁了钱呢？毕竟老头该为她承受的一切付出代价。

所有人都欠她。

卡西奥佩娅插入钥匙，转动了锁，将盖子打开。锁在里面的不是黄金，而是骨头。雪白的骨头。这是什么策略吗？将值钱之物藏在骨头底下？卡西奥佩娅把一只手伸进箱子里，推开那些骨头，想找到隐藏的隔板。

没有。她什么也没找到，只有那些冰冷而光滑的骨头。

当然了，她的运气就是这样。糟透了。

她叹了口气，决定适可而止。

此时她的左手传来刺痛。她从箱子里抽出手，看向拇指，发现一片非常微小的白色骨片插入了她的皮肤。她想拔出它，却反而让它扎得更深。几滴血从骨片刺入的地方涌了出来。

"唉，太蠢了。"她轻声说着，站起身来。

她的运气可真是糟得不能再糟了。守日者若是预测她的一生，恐怕也会大笑，然而就在她起身的时候，那箱子……它呻吟了，发出了一声低沉而有力的声音。但这显然不可能。这声音应该是从外面传来的。

卡西奥佩娅转过头，准备去看窗外。

一声巨响，那些骨头都跃入空中，自动拼接成人体的骨架。卡西奥佩娅一动不动。手上的疼痛和阵阵侵袭她的恐惧将这个女孩钉在了原地。

眨眼之间，所有骨头都像拼图的碎片一样，在咔哒作响的声音里各归其位。再一个瞬间，骨头上出现肌肉，长出了筋腱。第三个瞬间，肌肉外覆盖上了一层光滑的皮肤。卡西奥佩娅甚至来不及吸一口气或后退一步，一个高大的裸体男子便站在她的面前。他的头发呈现出鸟儿羽毛般光滑的蓝黑色，长度及肩，皮肤则是棕色的，鼻梁高挺，面容傲慢。他像是个武士国王，那种只可能存在于神话之中的男子。

这个陌生人美得超乎自然——这种美由烟与梦勾勒，转化为稍纵即逝的血肉——但他深邃的视线却仿若燧石制成。这道视线刺入她的核心，力量之大让她恐惧他会切开她的骨与髓，直达心口，让她不由自主地用手捂住胸膛。她那个小镇上的姑娘常常会唱某一首歌，歌词里说"现在，就在那儿，母亲，我已经找到了

玉影之神

一个男人，现在，就在那儿，母亲，我要与他一起沿街起舞，现在，就在那儿，我要亲吻他的嘴唇"。卡西奥佩娅从未唱过这首歌，这是因为其他女孩都是故意唱它的，她们面带微笑，心中想着她们打算要亲吻或已经亲吻过的某个特定的年轻男子，而卡西奥佩娅却只知道几个男孩的名字。但在这一刻，她想到了那首歌，就像虔诚的人在骚动时刻或许会想到某一段祈祷词。

卡西奥佩娅盯着这个男人。

"你正站在希泊巴的至高之主面前，"陌生人说，声音中带着夜晚的寒意，"我成为囚犯已经很多年了，是你给了我自由。"

卡西奥佩娅没法组织起语言。他说他是希泊巴之主。这房间里有个死神。这不可能，但又无可辩驳地，是事实。她没有停下来，质疑自己是否精神正常，是否产生了幻觉。她接受了他是个真实而坚实的存在。她可以看得到他，也知道自己没有疯，没有耽于幻想的习惯，因为她相信自己的眼睛。由此，她的当务之急非常简单。她不知道该如何向一个神灵打招呼，于是笨拙地低下了她的脑袋。她该说点欢迎的话吗？但她又要如何才能让舌头发出正确的声音，将空气吸入她的肺里？

"是我狡诈的弟弟武库布·卡姆设诡计欺骗了我，将我囚禁，"她很高兴他能开口，因为她自己说不出话，"他从我身上夺走了我的左眼、我的一只耳朵和食指，还有我的玉石项链。"

他说着抬起手，她意识到他刚才提到的身体部位确实不见了。他的外表如此引人注目，让人没法在第一眼就注意到这些。只有在强调时，这些缺失才会明显。

"这间屋子的主人协助了我的弟弟，让他的计划得以实施。"他说。

"我的外祖父？我怀疑——"

他盯着她。卡西奥佩娅再没能吐出一个字。她似乎应该倾听。只要想着她该如何正确地致意,或是为自己笨拙的沉默而难过就够了。她闭上嘴时,上下排的牙齿发出了"咔哒"一响。

"现在,我觉得打开箱子的人是你倒是件挺合适的事。完美的循环。给我拿衣服来,我们得去白城。"他的口气带着习以为常,是指使仆人干活时用的语气。卡西奥佩娅对这种命令的熟悉感将她从窘迫中唤醒,虽然依然有些僵硬,但这一次她终于说出了一句完整的话。

"梅里达?你说我们,是指我们两个……你希望我们两人一起去梅里达。"

"我不喜欢重复自己说过的话。"

"抱歉,我不明白为什么我也要去。"

她自动说出了反驳的话。她就是这样才会和马丁及她的外祖父闹得不愉快。一会儿皱眉,一会儿又做个愤怒的手势。绝大部分时间里,她都能自控,但每隔一段时间,不满便会在她心中沸腾,像蒸汽从水壶中升起般泄露在外。不过,她还没有和神祇说过话。她不知道自己会不会被闪电劈中,被蛆虫吞噬,化作尘埃。

这个神祇凑近了她,单手抓住她的手腕,将她的手抬起,让她伸出手,举起手掌。

"我应该再向你解释几句。"他说着碰了碰她的大拇指。他这么做时她瑟缩了,勇气也随之丧失。"这里刺入了一块骨片,那是很小的我的一部分。你的鲜血唤醒了我,重塑了我的身体。即使是此刻,它也在滋养我。从此以后的每一刻,这种滋养,这种生命的活力,都会从你身体里流泻,进入我的体内。你会被彻底抽干,它会杀了你,除非我将这片骨头取出来。"

"那你就该把它取出来。"她说完就慌了，她忘了在这句子后面加上适当的"请"字。这一点可能是神对凡人的最低期望。

这位神祇庄重地摇了摇头。你会觉得他身上应该装饰着孔雀石和黄金，而不是像这样浑身赤裸地站在房间中央。"我做不到，因为我还不完整。我的左眼、耳朵和食指，还有玉石项链。我得拥有它们，才能再次成为原本的我。在此之前，这骨片将一直留在你身体里，而你则必须留在我身边，否则便会惨死。"

他松开了她的手。卡西奥佩娅看着那只手，擦了擦拇指，而后抬头看他。

"给我拿衣服来，"他说，"动作快。"

她可以抱怨，哭号，反抗，但这些都不过是浪费时间。此外，她的手上还扎着这骨片，谁知道她那被蛆虫吞食的恐惧想象又有几分可能成真。她必须协助他。卡西奥佩娅收紧下巴。她猛地打开她外祖父的大衣柜的门，从里面翻出了裤子、外套和条纹衬衫。不是最时新的款式，不过衬衫那可脱卸的白领子是全新的。老话里的死神总是骨瘦如柴，这位神祇正是又高又瘦，这些衣服于他不会很合身，但这会儿她也没法找个裁缝上门。

她拿来了帽子、鞋、内衣物，最后还有一条手帕，这才算完成了全身搭配。她干过这样的活计，将衣服递出去的熟悉感胜过了一切疑虑。

幸运的是，这位神祇知道该怎么给自己穿衣服。她完全不清楚他是否有穿这类服装的经验。光只是看着神祇穿衣服就已经很煎熬了，若是必须替他扣上衬衫的扣子，那便是加倍的窘迫。她在神话书上看到过裸体的男子，但即使是希腊神话中的英雄，也有用布片遮住私处的意识。

我要下地狱了，她想，因为一个女人看到丈夫以外的男子的裸体，而他又很英俊，下场就会变成这样。她可能得经受永世的业火焚烧。不过，她又想起自己面前这个神祇刚才说，除他之外至少还有另一位神，这就说明牧师对天国中的全能之主的描述是错的，这让她改变了想法。天国中没有留着大胡子、一直盯着她的唯一的神，而是多个不同的神。这或许也就意味着地狱压根不存在。真是个亵渎神明的想法，毫无疑问日后她得好好探索。

"告诉我，怎样才能以最快的方式抵达那座城市。"神祇边调整领带，边问她。

"搭有轨电车。现在快十一点了，"卡西奥佩娅说着，望了一眼床边的钟，接着递出西装外套，好让他方便穿上，"电车每周来两次，十一点到。我们得乘上那班车。"

他同意了，他俩匆匆穿过这屋子的内庭，走到街上。要抵达有轨电车的车站，必须穿过镇中心，这就意味着得在所有人面前游行。卡西奥佩娅完全了解走在一个陌生人身边看起来有多糟，但即使是药剂师的儿子转头看向她，几个正在追流浪狗的小孩停下朝他俩嘻嘻笑，她也没有放慢脚步。

电车车站很穷酸，供乘客坐下的长椅只有一张，而且还得在无情的大太阳下等车，到了车站，她又想到了一个重要的问题。"我没钱付车费。"她说。

或许这样一来他们就没法旅行了。这大概能让她松一口气，因为她不清楚他们要在那座城市里做什么，而且，天哪，她根本一点心理准备都没有。

那位神祇穿着她外祖父的好衣服，看起来很像个绅士，对她的话不置可否。他跪在地上，抓起几块石子。在他的触碰之下，它们变成了硬币。时机很巧，此时骡子正好拉着破旧的轨道车，"嘚嘚"地踏入了狭窄的轨道。

玉影之神

他俩付了车费，在条凳上坐下。这辆轨道车有顶棚，这多少有些奢侈，因为跑乡村线路的车有可能会非常简陋。这一天与他俩同行的还有三名乘客，他们都对卡西奥佩娅及其同伴毫无兴趣。这是件好事，因为她可能没法与他们好好交谈。

轨道车一出车站，她就意识到，镇上的人一定会说她像她母亲一样和男人私奔了，还会说她的坏话。然而一个从箱子里蹦出来的神根本不在乎她的名声。

"把你的名字给我。"当车站、镇子和她所知道的一切都变得越来越小时，神祇开口说道。

她整了整披巾。"卡西奥佩娅·滕。"

"我是胡·卡姆，阴影之主，希泊巴的合法统治者，"他对她说，"感谢你释放了我，将你的血献给我作礼物。好好服侍我，少女，我会给你奖励的。"

在短暂的片刻之间，她想自己或许可以逃走，从这轨道车上跳下去跑回镇子完全可行。或许他会把她化作灰尘，但这也可能比等待着她的可怕命运更强。等待她的就只有可怕的命运，不是吗？希泊巴之主们不都是从玩弄并处置凡人中获得快乐的吗？但还有骨片的问题尚未解决，另外，在她脑海里有个烦人的声音也一直轻声念叨着——"冒险"。

很显然，不会再有另一个机会让她离开这个村子，而他将会让她看到的景象则必然怪异而令人目眩。对熟悉之物的渴望很强烈，但更强烈的，却是好奇心和年轻人的盲目乐观，它要求现在就走，快走。每个孩子都曾在某一时刻梦想过离家出走，而现在，她拥有了这个几乎不可能的机会。她贪婪地抓住了它。

"很好。"她在说出这两个字的同时，接受了自己的命运，无论它将极为可怕，还是奇妙非凡。

在他们前往梅里达的路途中，他再也没有开口，而她尽管困惑又害怕，却也很高兴看到那座镇子渐渐地在远处消失。卡西奥佩娅·滕正在离开这个世界，虽然不是以她想象中的方式，但不管怎么说，她都离开了。

3
CHAPTER THREE

马丁·莱瓦。二十岁，长得不错，看起来有些直率鲁钝，长着一双蜜色的眼睛，说话很不客气。他是西里洛·莱瓦的独子的独子——不过老头有不少女儿。也因为这偶然的降生，他成了莱瓦家财富的继承人，他的性别让他得以如公鸡般在镇上昂首阔步。他那精致的皮靴、银质的皮带扣和带姓名字母花押的烟盒共同构成了他的形象，没有人会怀疑他在社会中的地位和高贵的身份。

除了他的表妹卡西奥佩娅。她那多疑的眼神常常像硫酸一样泼在这个年轻男人的脸上。"为什么你不能是个男孩？"祖父曾经这么对卡西奥佩娅说，马丁始终没法忘记那一刻，怀疑的种子就此在他的灵魂中播下。

马丁·莱瓦，高贵而又自卑的马丁·莱瓦，像个孩子似的跺着脚走进起居室，又像个孩子似的生着闷气，在垫得又厚又满的椅子上坐下。那天起居室里有他的母亲、他的姨妈们，还有他的两位表姐妹，她们都忙着手里的刺绣。

"母亲，你还有香烟吗？"他恼火地叹了口气，问道。

尽管报纸上的广告建议女士们用香烟来替代糖果，马丁的母亲露辛达在派发香烟时仍很谨慎，这部分是因为她行为老派，另一部分则是因为她很小气。

"你抽太多了，这对你的呼吸不好。你自己的烟呢？"她问，"你已经抽完一包了？"

"我已经好几天什么也没抽了，要是卡西奥佩娅像她该做的那样去跑腿，我就根本用不着向你开口。"遭人质疑让他生气。

"她又偷懒不干家务了？"

"她去个商店能去一辈子，而且她一直都很无礼。"要是他的母亲能挑卡西奥佩娅的刺，就不会挑他的刺，那么一来也就没人会提他抽烟过量的事了。

"我明白了。"

露辛达的发色带一点点红,她的脖颈极为优美,甚至能让诗人为此而作十四行诗。然而诗人们很少能付得起房租,所以她嫁给了西里洛·莱瓦的独子,那是个安静而柔和的年轻男子,她不怎么喜欢他。但她喜欢在乌库米尔这座屋子里的奢华生活,喜欢作为莱瓦家成员让她在这片地区获得的社会地位,但她最喜欢的,还是讨好她唯一的儿子。卡西奥佩娅用拐杖殴打了他之后,她便一直用审视的目光看待这个女孩,发自内心地觉得那孩子心地恶毒下流。

露辛达伸手去拿她随身携带的天鹅绒手包,从中取出一支烟,递给她的儿子。

"我得把这事儿告诉你爷爷。"露辛达说。

"随您的便。"马丁说。他的本意不是让卡西奥佩娅惹上麻烦,但假如结果成了这样,他也无所谓。他给自己找了理由,觉得要是她能动作快点回家,他就不必向母亲讨烟,所以错在那个女孩。他常常这么找借口。反正让他不幸的原因总归不是他自己。

他去内庭抽烟,看鹦鹉在笼子里吃东西,接着,他无聊起来,便回去自己的房间里午睡。他一直生活得懒洋洋的,间或去享用一些他在这镇上能找到的最昂贵的盛宴和美酒。马丁午睡醒来后,又在床上摸索,寻找香烟盒,而后想起卡西奥佩娅应该已经给他带回烟来了。他悄声咒骂了几句,她竟然没特地把烟拿给他。

他在祖父的房门口等她,直到她从屋里出来,腋下夹着报纸。她一踏入走廊就看到了他,看他的眼神阴暗而轻蔑。

"你去哪儿了？我叫你去买烟，你都不回来。"

"我那时在干我的家务，马丁。我要把牛肉拿给厨师。"

"那我的事呢？"

"我以为去拿外祖父晚饭要吃的肉才是最重要的。"

"哦，什么意思，我不重要？"

"马丁，"她说着把手伸进裙子的口袋里，拿出香烟递给他，"给你。"

这个动作与她的许多姿态一样，充满了蔑视。倒不是说她说出了什么特别坏的话。问题在于她的语气，她脑袋运动的方向，甚至还包括她呼吸的方式。她很安静，却又目中无人，让他恼火。他总觉得她在暗中策划要对付他，或者至少，如果她有机会，一定会这么做。

马丁抓起那包烟。女孩走开了，当她离开他的视野，他就忘了自己之前还在生她的气，不过没过多久，因为她粗鲁对待他靴子的事，她又激起了他的劣性子。单纯地按他说的去做，不要抱怨或露出失礼的表情，就那么难吗？

当然，他打了她的小报告，告诉祖父说卡西奥佩娅又表现不恭，在此之后他去找了乐子，就像是给他自己的奖励。镇上只有一家单调乏味的小酒吧。他不常去，因为乌库米尔了不起的男人的孙子不适合在那地方露脸。相反，他只与这镇上百里挑一的那一小撮精英来往。每周的某几个晚上，药剂师及兼职杂货商的公证人会在他们家里组织人玩多米诺骨牌，但马丁去参加这样的聚会时常常会觉得无聊。卡西奥佩娅也能下象棋和跳棋，但在这两项活动中，她都玩得比他更好，而他不喜欢输，尤其是输给一个女孩，因此他也就不愿屈尊与她下棋。

他下定决心，向药剂师的家走去。带着无意识的僵硬，他与

玉影之神

其他男子一同在桌边坐下，望着其中一人将盒子里的骨牌倒出来。

他没有因为这个游戏的单调而心烦，反而因为熟悉的脸庞和礼节平复了情绪。卡西奥佩娅在成长中渐渐地不再对这镇子抱有幻想，他则不同，他与他们有着相同的表情，这种熟悉的感觉让他舒适。

等马丁回到家里，看到卡西奥佩娅穿过内庭，准备上床睡觉。毫无疑问，他已处于愉快的微醺状态，像他这样的醉鬼，在酒精侵蚀心灵的防线时总爱给人道歉，于是他向她开了口。

"卡西奥佩娅。"

她抬起头。她看他的方式与其他人不同，眼中没有疑问，就只是直直地盯着他看。

孩提时，马丁一直害怕住在他床底下的怪物，因此会将被子拉到下巴，来保证自己的安全。马丁总怀疑他的表妹在幼时什么也不怕，而且现在也什么都不怕。他觉得这很不自然，尤其她还是个女孩。

"卡西奥佩娅，我知道那个老头在罚你，我得说这可不公平。你要我去和他说说，让你明天和我们一起出门吗？"他问。

"我什么都不要你做。"她轻蔑地顶了一句。

马丁被激怒了。卡西奥佩娅就喜欢跟他对着干，反抗他，用这种傲慢无礼的口气说话。她这么任性，他又怎么能保持友善？光是考虑礼貌待她，就是个错误。

"很好，"他对她说，"我希望你干家务开心。"

说完他就抛下她走了。他完全没有考虑自己这样尝试道歉是不够的，也没有想过卡西奥佩娅待他无礼完全有她的理由。他就只是将这场对话归类为他的表妹性格上的又一个污点，毫无愧疚地上床睡觉。要是她乐意在家里当个殉难者,而其他人都开开心心地度过一天,那就随她的便。

4
CHAPTER FOUR

CHAPTER FOUR

在西班牙佬踉跄踏入这座城市之前,这里是蒂奥——曾经辉煌灿烂,而后破败荒废,正如尘世间的一切都会破败。是西班牙人将它命名为梅里达。广阔的剑麻种植园让庄园主们赚得盆满钵满,一座座大屋随之建立,彰显着屋主的财富,溅满泥土的街道也被碎石路面和公共照明设施取而代之。梅里达的上层社会人士宣称,这座城市之美堪比巴黎,他们模仿香榭丽舍大道建造了蒙特霍大道。人们认为欧洲是文化修养的摇篮,因此梅里达最好的服装店售卖的是法国的潮流服装和英国的靴子,女士们则会说些 charmant① 之类的词,来证明她们接受了外国教育的。富人们雇佣意大利建筑师来为自己建造住处。巴黎的女帽制造商和服装设计师每年都会来这座城市巡回一次,推销最新潮的款式。

虽然发生了革命,"神圣阶层"依然保留下来。或许亚基人不会再被人驱逐,赶出索诺拉州,被迫去剑麻田里干活;或许朝鲜工人不再会因为受到挣快钱的诱惑而变成契约奴;或许龙舌兰纤维的价格已经下降;或许机器在不少种植园里已不再开工生产,但要从富人的口袋里掏出钱来,始终不是件容易的事。财富转移,好几个波菲里奥时期②的显贵家族与暴发户家庭联姻;其他人则不得不用更少的钱来凑合过活。梅里达在改变,但它依然是个富有的白人上层阶级享受美宴,穷人不得不忍饥挨饿的城市。与此同时,一个处于变动中的国家也始终是个充满机会的地方。

卡西奥佩娅想提醒自己,这是她好好看看梅里达的机会。虽然情况与她想象的不一样,但不管怎么说,始终是个机会。

---

① 法语,迷人之意。
② 指十九世纪末到二十世纪初波菲里奥·迪亚兹将军担任墨西哥总统的这段时间。

玉影之神

梅里达熙熙攘攘，街上挤满了人。人们来去匆匆。她没什么时间去感受那些庄严的建筑。一切形成了一片色彩与噪声的模糊残影，而这其中又有些彼此冲突的元素，它们都证明了建造这座城市的暴发户的品味：摩尔风格、西班牙风、准洛可可。她想抓住那位神的手，让他暂时停下脚步，好让她看清停成整齐一排的黑色汽车，却没能鼓起勇气。

他们经过了市政厅和它的钟塔。他们穿过如梅里达的跳动心脏一般的市中心广场。他们绕过大教堂，建造这座建筑的石材是从玛雅神庙上拆下来的。她不知道胡·卡姆看到它时是否心生不快，不过他甚至连看都没看它一眼，便走进小巷，远离喧嚣和人群，将闹市区甩在身后。

胡·卡姆在一座建筑前停下，它有两层，外立面漆成绿色，看起来低调而正派。它那沉重的木门上方有一个石刻，描画着用弓瞄准天空的猎手。

"我们这是在哪儿？"她上气不接下气地问。她的脚走得很痛，前额挂满汗珠。这一路上，他们没有吃东西，也没有交谈。此刻，相比于惊恐，她更多的是觉得精疲力竭。

"洛雷的家。他是个外国来客，一个恶魔，因此可能会很有用。"

"恶魔？"她说着调整了她的披巾。路上的尘土已经把它染脏了。"见他安全吗？"

"我说了，他是外国来客，因此行动中立。他对我的弟弟不会有任何忠诚可言。"他回答道。

"你确定他在家？或许我们应该晚点再来。"

胡·卡姆将一只手抵在门上，门开了。"我们现在就进去。"

卡西奥佩娅没有动。他在前走出几步，注意到她没有跟上，便转过脑袋。

"不把你的灵魂卖给他就不会有事。"他简洁地说道。

"这听起来挺简单的。"她回答,话音里带着点儿咬牙切齿。

"确实简单。"他说,声音里既没有挖苦,也不带任何关心。

卡西奥佩娅深吸一口气,走进屋里。

他们沿着一条宽阔的走廊向前,地板上装饰着蒂库尔出产的橙色石头,墙壁则涂成了黄色。走廊通往中庭,中庭角落里栽种着一棵藤蔓缠绕的树,边上则有一口汩汩涌动的喷泉。他们走进一间宽阔的起居室。白色的长椅,黑色的涂漆家具。两面乌木框的镜子从地板一直延伸到天花板。一张矮桌上摆着白色的花。能形容这个房间的唯一一个词语就只有"充沛",虽然它的形式与她外祖父的家并不相同。她觉得这里更强调轮廓,偏向于极简主义抽象艺术。

在一张长椅上坐着一名男子。他身穿灰色外套,系灰色领带,戴了一枚玉石领针来提亮色彩。他的脸有着精妙的轮廓,外表看起来华丽而年轻,你可能会猜他的年纪不超过三十二三岁,不过他的眼睛会消除这种印象。他的眼睛看起来要年老许多,呈现出自然中不存在的绿。他的右肩站着一只渡鸦,它正梳理自己的羽毛。她知道这只鸟和这个男子是超自然的存在,他们和与她同行的神类似,只是来自于不同的古老时代。

绿眼睛男子咧嘴一笑,高扬起头,看向天花板。

"你们怎么进来这儿的?门和窗子上都有监护措施。"

"无论是锁还是监护措施,都没法把希泊巴之主挡在屋外。死神能进入任何居处。"

"死神可真没礼貌。我以为你的弟弟已经把你放逐了。"

"是囚禁,"胡·卡姆不带任何语气地说道,"这是一段令人不快的经历。"

"哦,好吧,那现在你自由了。还带着一个脏兮兮的拖油瓶,我看到了。这姑娘已经脏得完全没有个女孩样儿了。"

绿眼睛男子看着她,单手荡在长椅的椅背后面。卡西奥佩娅觉得自己的脸颊因为屈辱而发烫,但她没有回嘴。她听过更难听的侮辱。

"箭之侯爵洛雷,我向你介绍滕女士。"胡·卡姆的手做了个动作,说道。

他用上了"女士",吓了她一跳。卡西奥佩娅盯着胡·卡姆,不知道他为什么要这样称呼她。有那么一会儿,她甚至想叠扇子一样把自己的身子折起来。

恶魔的脸上显出了微笑,于是卡西奥佩娅挺直腰板,直视着他。马丁说她傲慢自大。在这一刻,她觉得没有任何假装谦卑的理由。她认为在洛雷面前那么做将是个错误。

"很高兴见到你。"她说着,向他伸出手。

尽管她的手上满是脏污和汗水,洛雷依然站起身,与她握了握手。"我很高兴能见到您,女士。也很高兴能再见到您,胡·卡姆。您和您的同伴,都请坐。"

他们坐下了。卡西奥佩娅很感激这个休息的机会。她想脱下她的瓦拉什鞋[①],搓一搓双脚:她的脚趾上生了个水泡。在披巾下,她的头发也已凌乱不堪。

"我想你们不是来喝红酒吃芝士拼盘的,不过若你们想,那这屋子里总有酒水可用。你需要我做什么?"恶魔坐下,伸展双

[①] 墨西哥传统凉鞋,发源地就在尤卡坦州一带,传统上以手工编织而成,经久耐穿。

腿，问道。

"我少了身上的某些部件，必须取回它们。你认得我的弟弟，也曾与他交易。或许在你们的交易中，他透露过一两个秘密。也或许，就像你惯常做的那样，你从其他人那儿挖掘出了那些秘密。"

"亲爱的胡·卡姆，你可能不在人世太久，忘了一个细节：我不过就只是个恶魔，并没有与你弟弟交易过。"洛雷说着，夸张地将一只手抵在心口。

"你与所有人交易。"

"所有人。"渡鸦重复了一句，盘旋飞下，落在洛雷身旁。那恶魔点了点头，望向那只鸟。

"我与所有人交谈。但这与交易是两回事。"

"把这些复杂的定义都留给你自己吧，别拿这套来烦我，"胡·卡姆说道，"你能活下来就靠兜售秘密。卖我一个。还是说你打算告诉我，你们已经不再联系了，想让我失望？"

"不再联系。"渡鸦表示同意，飞往房间的另一头，在一只光滑的白色酒柜上落下。

洛雷抬起一边的眉毛，"咯咯"笑了起来，中间停顿了一会儿，朝那只鸟露出恼火的表情。"好吧。如果我告诉你，我只知道你失去的一部分身体在哪儿，你或许确实会失望的，胡·卡姆。"

洛雷站起身，从那只白色酒柜里拿出一瓶深色液体，给自己倒了一杯。理论上尤卡坦州是整个国家里少有的几个"无酒"州之一，但这项法规实施得非常随意，因此，在洛雷家这么奢华的屋子里备有不少烈酒，也不算什么叫人吃惊的事。

"你渴吗？"他问卡西奥佩娅。

她摇了摇头,表示否定。胡·卡姆同样拒绝了这饮料。恶魔耸耸肩,左手拿着酒杯,重又坐下。

"我知道你该去哪儿找你丢失的耳朵,但也只知道这么多。不过,问题在于,你能为我的协助付什么价,还有要是你的弟弟听说我帮了你之后大发雷霆该怎么办。"

"说得好像你真会惧怕诸神或夜晚似的,弓手,"胡·卡姆回道,"你就直接开价吧。"

"'弓手'。我们之间怎么变得这么拘谨了。好啦,你知道的,如今我的行动范围受到了限制,只能在这座城市里活动。都怪某人施在我身上的荒唐咒语。"洛雷说。

"你是自作自受。要是你不想待在这儿,那就不该跟着那些法国人参加他们小家子气的征服战争。"

"我年轻时犯的错!人要想变得更明智,得过上一两个世纪。让我离开这儿,在这片土地上行走。打开希泊巴的漆黑之路,让我能行走其上。"

"打开。"那只渡鸦模仿着他的主人,重复道。

胡·卡姆看着这个恶魔。他那张棱角分明的脸上始终有些不悦,但最后他还是动了动脑袋,极轻微地点了点头。

"等我取回我的王座,你就能行走在大地之下的希泊巴的道路上,不过中间世界不是我的领地。"神提醒他说。

"这就够了,我完全可以轻松地想出办法,从希泊巴回到中间世界来。"恶魔回道,"我会告诉你,现在拥有你耳朵的人是谁,但你可能不会喜欢我的答案。很不幸,是玛拉卜,你明白这意味什么,是温柔的雨还是猛烈的雷,都有可能,谁也说不上来。我看不起这些气象神,他们太情绪化了。"

洛雷放下酒杯,视线落在胡·卡姆身上。她不知道他预期中听到这个消息的胡·卡姆该有怎样的反应，是失望还是愉快，但她确实注意到了，那位神的表情有些阴沉。他什么也没说。

"你知道他现在在哪儿吗？"

"哪一个？"

"最年轻的那个，因为只可能是他。说吧。在哪儿？"

"你说对了，就是最年轻的那一位。我以为你的弟弟才是预言家！"

"侯爵，别嬉皮笑脸。"胡·卡姆简单说道。

洛雷叹了口气。"精确位置？很难确定。是与气象神打交道时常会遇到的问题。但已临近狂欢节，我赌他会去韦拉克鲁斯。你们得先去普罗克雷索，然后搭船才能到那里，近年来有不少船只在那个港口里进出，所以应该也不成问题。如果你们想，我可以给你们安排船票，"恶魔以极为礼貌的口吻说道，"你们甚至可以明天再走，这样一来还有时间休息。"

休息，对。这趟旅程，与一位神祇同行，抑或是她手上的骨片，不管是这其中的哪一样，都让卡西奥佩娅觉得自己难以抑制地需要在床上蜷成一团，睡觉。

"来。你们会喜欢这儿的客房的。"洛雷说着，领他们穿过他的家。

洛雷说得对。她的房间宽敞通风，采光良好。但她几乎没怎么停下来看看四周，直接倒在床上，脑袋一挨上枕头，立刻睡着了。

醒来时，卡西奥佩娅闻到了咖啡的香味。她犹犹豫豫地睁开眼，盯着精美的高吊顶，接着以双肘撑起身体。

"早上好，小姐。"一个女仆说道。

"早上好。"卡西奥佩娅重复道。

玉影之神

那位女仆递给她一只托盘和餐具。在此之前,卡西奥佩娅一直习惯于服侍他人,此时便以警惕的目光望着早餐。

"洛雷先生找了几位'巴黎人'的店员,上午他们会到家里来。"

"那是什么?"她问。

女仆皱眉。"是一家店。他们会给你带裙子来。你得去洗个澡。"

卡西奥佩娅狼吞虎咽地吃完了早饭。女仆一直催她,说裁缝随时会来。她基本上是被女仆推进浴室的。浴室和她习惯用的简单淋浴设备完全不一样。这里有一只巨大的浴缸,它有铁质脚掌的装饰,置物架上也摆放着几十个瓶瓶罐罐,装有昂贵的香油和香水。

她把热水一直放到浴缸边沿,从几个瓶子里倒了点香油进去。玫瑰、紫丁香,还有其他类似的甜香玩意儿。在家的时候,每天早上,她会在水盆边将她的头颈和脸冲洗干净,每周日上教堂之前,则能获准冲个澡。外祖父说他们不应该用热水,年轻人需要好好用冷水淋浴,这样能把那些有害的念头从他们的脑子里清除出去。卡西奥佩娅一直开着热水龙头,直到整个浴室里都充满了蒸汽。接着她躺进浴缸,让水没过下巴。她一直有种本事,能在心里静静地孕育反抗之情。

等她将一路上的尘土都清洗干净,浴缸里的水也变得泥泞,她"哗啦啦"地起身,用一块大毛巾包裹住身体。她拧干头发,梳理了一番。踏出浴室后,她发现屋里散落着大量的盒子,三个女人正从这些盒子里拉出长裙、短裙和内衣物。这些女人直言不讳地谈论卡西奥佩娅。只瞥一眼,她们就知道她是个乡下姑娘,并对她品头论足。

"你会觉得她从来没穿过胸衣。"一个女人说道。

"也没穿过吊袜带。"另一个回道。

"甚至袜子都没有。她有双乡下人的腿,光秃秃的,不过至少这样一来就没什么要剃的了。"第三个女人总结道。

"要剃什么?"卡西奥佩娅问,但这三个女人没有回答她的问题,只顾展示袜子的正确穿着方法,彼此聊天时好像她根本不在场,或者更糟,好像她是个任她们打扮的娃娃。

女人们将物品一件件递给她,问她的想法。卡西奥佩娅只拥有一条好裙子,她上教堂时才会穿,因此在评价这些服饰时很是艰难,有好几次,当她结结巴巴地说出回答,女人们都发出了"咯咯"笑声。最后,她穿上了一件象牙白的裙子,配亮绿的撞色腰带,这裙子轻得叫她害怕,裙边比她穿过的任何一件衣物都更短,才到她的小腿肚。外祖父觉得裙子长度应该到脚踝才合适,但这些女人坚持说到小腿肚才时髦。

这些看起来是杂志上的女孩们穿的东西。大胆无畏,就像这一整场旅行。

各种用色大胆的查米尤斯绉缎、巴里薄纱和格子花布堆在床上,女仆则开始折叠卡西奥佩娅挑上的,或者至少她默认的衣物,将它们放入手提箱里。另一个女仆进屋,说洛雷想和她聊聊。

卡西奥佩娅很高兴自己不用再盯着有蕾丝花边的丝绸胸罩看,走回了起居室。一看到她,那位恶魔便微笑着走向她,抬起她的手。这会儿那只渡鸦没有停在他的肩膀上,而是站在一张椅子的椅背上,向他们高扬起脑袋。

"你来了,你看起来可真不错。"

她不清楚他的目的,便只是点了点头。他握住她的手,亲吻了它，是从前的绅士会做的事。他用双手握住了她的手。

"你得原谅我之前说的那些话。我对你太粗鲁了。这是我的缺点，有时候我会变得很傻气。"

"没事。不过我不明白，为什么你要费事给我这些好衣服。"她回答道，同时将手从他双手中抽出来，又轻轻拉了拉修饰她臀部的腰带。打扮成这样的感觉实在古怪，她想知道他在她身上花了多少钱。

"我就是觉得你可以换身行头，我想得没错，"洛雷说着，朝她微微一笑以示赞赏，"此外，这么做或许能帮助我们成为朋友。"

他在设法引诱她，但卡西奥佩娅并不习惯被人引诱。村里的男孩们几乎完全不注意她。假如她只是个普通的仆人，那他们或许会追求她，偷吻她，但她是莱瓦家的一员，无论这身份多么有名无实，他们也没有这样的胆量。在这方面，她几乎没有任何经验。

也正因此，她没有脸红或垂下眼睑，而是诚心诚意地做出了激烈的反应。

"不知为何，我总觉得恶魔和神明没有多少朋友。"她说。

"你说对了。但我想为你破例，因为我喜欢制造神话。你明白自己即将踏上的是怎样的旅程吗？"

"我知道如果我想帮自己，就得帮助胡·卡姆。"

"当然，但你明白其中的危险之处吗？"他问。

她一无所知。就像一个梦游之人，无论胡·卡姆给她指引出的是何种道路，她都沿着它一步又一步地向前走。这不是说她的行为缺乏自主意识：她只是彻底糊涂了，甚至不清楚正在发生的每一件事究竟是否真实，她的每一个行动凭借的都是直觉。不过，她很好奇。

"那你告诉我。"她知道接下来她会听到一个故事，与她父亲给她编织过的任何传说与天方夜谭一样精彩。

"很久很久以前，一块石头陨落到地面。它撞击大地，留下一道疤痕。每当这么强烈的事件发生，都会留下一些东西，"洛雷对她说道，他似乎很乐于讲述这些，"力量嵌入半岛，并从此地向外辐射。这儿有许多魔力。在这世界上的其他地方，古代的神都已陷入沉睡，这是因为诸神虽然不会死亡，却会因为信徒与祭品中的忠诚减少而不得不蛰伏。

"但在这儿，诸神还在尤卡坦半岛上行走。他们可以深入丛林，进入地峡，或是游荡到更北边，进入有响尾蛇盘旋的荒漠，不过，他们离出生地越远，就会越虚弱。尤卡坦半岛是力量的涌泉，而希泊巴的至高之主能挖掘这种力量。"

"力量。"渡鸦说道。

洛雷抬起头。渡鸦横穿房间，停在他的手腕上，恶魔轻抚它的羽毛。

"在一系列不幸的事件之后，我发现自己被锁在了这座城市里，我现在只想离开。如果能下潜，进入希泊巴，我就能超越将我困在此处的禁制……这么说吧，找到让我离开的通道。不过，没有许可，我没法在希泊巴行走。"

"胡·卡姆会给你许可。"她说。

"当然了，这是赌博。胡·卡姆可能会失败，而他如果失败，我也会有麻烦。他的弟弟是个苛刻的人。"

说到这里，又出现了一个卡西奥佩娅没有考虑过的细节，即反抗一位神祇到底意味着什么。她之所以跟着胡·卡姆，是因为她觉得有必要这么做，但另外，也是因为她对自由的渴望——甚至连一双吊袜带都没有的"乡下人"也能感受到冒险的呼唤——推动她向前,让她对可能要面对的危险视而不见。但既然洛雷提到了,那显然就有许多值得担忧的地方。这不只是恶魔所说的这几句话,还包括了他说这些话时的口气,虽然安静,但她注意到他从不直呼胡·卡姆的大名。

武库布·卡姆,她在心里想着,将这个名字留在自己的嘴里。

"我想留一手。这一手也能给你带来好处。"洛雷说道。

"我不明白。"她回答道。

"你身体里有个奇怪的东西,对吧?他的一部分,冥界留在你身上的标志。"

"一枚骨片。"

她摊开手掌,看向自己的手指。她不知道这个信息是胡·卡姆主动告知的,还是洛雷通过其他方法自己发现的。

"冥界之主没法在中间世界行走自如。他们得利用信使才能与凡人交谈,或是在夜里才能显形,而且只能在很短的一段时间以内。只能显形一个小时。"

"但我们在白天旅行。"

"这是因为胡·卡姆现在不完全是神。因为你的人类鲜血与他的不朽的精华混合,替他挡住了阳光,也滋养了他。他现在这么虚弱,倘若没有你的血,他会迷失。"

她将手握成拳头,感受着手指里的骨片。它仿佛一个活物,隐藏在她鲜血流淌的潺潺声下。

"他说这个骨片会杀了我。"

"没错。假如不把它取出来的话。但当然了,他自己是没法取出它来的,在他现在的状态下,他也不会希望这么做。但他又非做不可。从你身上吸收的生命力越多，他就会变得越接近人类。这于你们两方而言都是亏本的买卖，却又没有其他办法可用。"洛雷面容严肃地说道。

渡鸦点了点头，像是在强调这个观点。

"但如果形势逆转，胡·卡姆在他的探求中失败，这场交易或许也能帮到我们。"他的唇上出现了微笑。

"你这句话是什么意思？"

"一旦他没能找回失去的部件，一旦他的弟弟抓住了你们，情况危急之时，你就切下你的手。"洛雷简单地说道。

"什么？"

他做了个动作，像是手里握着一把砍刀，切下了自己的手臂。

"切了它。这样就能切断你和胡·卡姆之间的联系。"

"这怎么就能解决所有问题了？"

"它能帮助我们。他会因此而变得虚弱。"

他这"我们"说得倒是很轻巧，好像他们是相识多年的老朋友似的。任何凡人都可能会因这恶魔的声音、他的微笑和他的表情而眩惑，但卡西奥佩娅有足够的常识能保持警惕。生活已经教会了她不能轻信。像她父亲这样的梦想家和浪漫主义者的生活不会顺利，而她，尽管在乌库米尔也曾做过梦，却梦得很安静，隐秘。一旦有人路过，她就会合上自己正在看的书。她将所有的渴望都藏在一只老旧的锡罐里。她从未告诉任何人自己期望什么。

"对帮助他击败兄长的女人，如今在位的希泊巴之主会和善以待的。"洛雷说道。

"而我会失去一只手。"她回道。

"有时总得付出牺牲。如果真到了这一步，切一只手没什么大不了的。"

"还会伤到他。"

"重点就在这儿。"

"那你为什么不现在就来试试切了我的手?"

这个问题非常大胆。她变得大胆起来,而且改变得很快。

"亲爱的女孩,如果我用小刀抵住你的皮肤,那什么结果也不会有。你会在瞬间完好如初,"他说着抚摸了她,在一秒内擦过她的手臂,像是在强调这个观点,"任何敌人都无法让你受伤,或是强制你自残,只要有一位希泊巴之主走在你身旁时就不行。即使是已经失去王座的主宰也是如此。要造成伤害,必须用你自己的手,而且只能由你自己的手。要出于你的自由意志。"

"你说的这些都没有意义。"

"只是让你知道你还有这终极的选择。这或许能救你,也能救我。"他说。

恶魔的脸上带着一丝兴味,仿佛他很乐于说出这些话来。在彬彬有礼的外表之下,她觉察到了某种潜藏的恶毒。

"如果你告诉武库布·卡姆,是你建议我这么做的,他就会原谅你?"

她提起这个名字是为了要测试他的界限,因为他自己不敢将它宣之于口。而当她这么说的时候,恶魔脸上兴味盎然的表情不复存在了。

"或许吧。"他喃喃道。

"如果我现在就把我的手切下来呢?"

"太早了。胡·卡姆仍有可能赢回他的王座。"他在那白色酒柜前立定,打开它,又隔着肩膀看身后的她,"另外,很不幸,你有大胆而善良的心。"

"你怎么可能知道我的心地如何?"

"你当不了好棋手,亲爱的。你都没法隐藏你自己。"

她不明白他这话是什么意思,偶尔会下棋的人是她的表兄,而不是她,虽然此刻她已踏入了一场相当复杂的棋局。

洛雷给自己倒了一杯酒,当他将酒杯贴到唇上时,胡·卡姆走入起居室,他身穿白色亚麻外套,手中拿着一顶时髦的草帽,头颈上还系了一条黑色的围巾。要注意到他少了一只眼睛和一只耳朵,又成了件难事。但这倒不是说他故意做了修饰。只是因为他太过引人注目。是那种超越自然的美,让卡西奥佩娅不由得在一瞬间低下头,垂下视线。

"早上好。"洛雷以欢快的口气说道。他的渡鸦此时已迁徙到了他的肩头。

"早上好。"渡鸦重复了这句致意的话。

"相信你已经为我们取得船票了,侯爵,"胡·卡姆说,"我不想磨蹭。"

公事公办,直击重点,但仍保持礼貌。外祖父总是大吼大叫,用拐杖敲地板,以此让人听从他的话。马丁则以威胁的方式令她服从。胡·卡姆这种形式的权威于卡西奥佩娅而言是完全陌生的。

"在这件事上,我会让你失望吗?"洛雷的声音听起来有点恼怒,"今天晚上正好有条船会从普罗克雷索出航。是快船。两天内你们就能抵达韦拉克鲁斯。"

"我的行踪必须保密。"

"我会尽我可能,但你的弟弟有他的办法。他可能已经在找你了。"洛雷提醒他。

"我制造了一道幻象。在一段时间内,它能隐藏我已逃脱的事实。"

他俩的交谈有些沉重，恶魔抬起酒杯打断了它。

"好啦！和我喝一杯。我可不会让你有机会说我不好客。我们得痛饮一番。很快我们的运气就会改变，希望它能变得更好。"

"一旦我取回王座，就会和你喝上一杯的。"

这答案不是恶魔想要的，但这位神多多少少放缓了语气。"你提供的衣服是个体贴的细节。"胡·卡姆补充道。这算是一种隐晦的表达感谢的方式。

"我就知道你会喜欢它。最时新的样式。大礼帽的潮流已经过去了，一时半会儿也不会回来。你可能会觉得现在的音乐很有趣。舞蹈也更活泼。上一个世纪太呆板了。"

"我关心凡人跳什么舞干什么？"胡·卡姆说道。

"别这么无聊。你会把女士吓跑的。"洛雷对他说。

恶魔的脸上再度浮现出些微的恶意。他又倒了一杯酒，递给卡西奥佩娅，同时倾下身，以几不可闻的声音低语。

"记住我对你说的话，"他说，"如果你必须站在输家那边，那至少在赢家身边留个机会。无论谁输谁赢都一样。"

接着他与她碰了碰杯，脸上显出微笑。卡西奥佩娅抿了一口酒。

5
CHAPTER FIVE

从中间世界到希泊巴要经过九层。尽管世界树的根系从冥界的深处一直延伸到诸天,将所有存在的位面都连接在一起,希泊巴的地理位置依然决定了信息在这个王国里不会传播得很快。因此,坐在人骨地毯上可怖的黑曜石王座中的武库布·卡姆没有立刻发现他的兄长已从囚禁中逃脱,也不是什么叫人吃惊的事了。

不过,即使隔着这么远的距离,武库布·卡姆的房间里依然回响起了警报。刚开始他觉得自己听到了一声音符,朦朦胧胧的,好像有人吹响了笛子;它第一次响起时,他无视了它,但第二次,他就没法继续无视下去了。

"谁在提我的名字?"他说。他感觉到了,像是一道打着旋涡的烟擦过他的耳朵,又像是在黑暗中盛开的白色花朵。

神仰起头。

他的宫廷一如往常,繁忙而喧嚣。他的兄弟们——一共十位,五对双胞胎——倚靠在垫子和豹猫的皮草上。他们并不孤单。贵族死者如果带着珍宝和适当的供品,身着精美服饰和珠宝下葬,便会获得允许,安全地通过漆黑之路,在希泊巴的漆黑之城中获得一席之地(有时候,为了取乐,希泊巴之主会阻挡这些贵族的行路,或是捉弄他们,挑选普通的农夫加入他们的行列,不过这样的事不常发生)。因此,宫廷中挤满了四处转悠的廷臣,他们的身体涂上了黑色、蓝色或红色的图案。夫人们的裙子上镶嵌了太多玉石,仆人们给她们扇风时,她们都没法静悄悄地从一个地方走到另一个地方去。身着长袍的男女祭司们与学者们交谈,战士们则望着宫廷小丑嬉闹取乐。

希泊巴可以是个可怕的地方,它有匕刃之屋、蝙蝠之家及其他诸多怪异的景象,但死亡之主的宫廷同样有着诱惑的阴影和黑

玉影之神

曜石的微光,这是因为夜晚有多少恐怖,便有多少美丽。凡人们总是恐惧夜晚那天鹅绒的拥抱和在夜间的生物,然而他们终究会发现,自己被夜迷住。所有的神都从凡人的内心深处诞生,因此,希泊巴反映出这种二元对立也就毫不奇怪了。

当然,二元对立正是这个王国的标志。武库布·卡姆的兄弟们都是双胞胎:他们彼此补足。西基里帕特和库楚马基克能让人浑身浴血,手拿尸骨权杖的查米亚巴克和查米阿霍洛姆则能让人消瘦衰弱。诸如此类。

就像其他双胞胎神一样,武库布·卡姆与胡·卡姆也曾并肩前行,共同统治,不过,很不公平的是,胡·卡姆是希泊巴诸主宰之长,最终武库布·卡姆仍要依他意志行事。

他们彼此相似,却又并不相同,正是这一点,让武库布·卡姆心生怨恨,导致冲突。在精神上,他是个自私的生物,他的不满本就易于滋生。在身体上,他高而细瘦,皮肤则是深棕灰色的。他的眼睑耷拉,长着鹰钩鼻。和他的兄长一样,他也是美的。但胡·卡姆的发色漆黑如墨,武库布·卡姆的头发却是玉米穗的颜色,浅得几近于白。他戴的头饰用凤尾绿咬鹃的绿色羽毛制成,奢华的披风则用的是美洲豹和其他更华丽的动物的皮草。他的长袍也是白色,腰上围着以白海贝为装饰的红色腰饰带。他的胸前和手腕上挂着许多玉片,脚蹬柔软的凉鞋。有时他会戴玉石面具,但此刻,他的脸就直接裸露在外。

每当他从王座上站起,抬起手,手腕上的手镯便会叮当响起刺耳的声音,这一天也是如此。他的兄弟们转头看他,廷臣也转过了头。这位希泊巴的至高之主在突然之间觉得很不愉快。

"你们所有人,安静。"廷臣们顺从地静了下来。

武库布·卡姆将他的四只猫头鹰之一召唤到跟前。

那是只巨大的有翅生物,以烟与影组成,它在武库布·卡姆的王座旁降落,这位主宰轻声对它说了一个词。接着它便拍打着狂暴的翅膀,沿冥界的诸多层世界盘旋而上,最终抵达西里洛·莱瓦的家。它飞入西里洛的房间,盯着房间里摆放着的黑色箱子。这猫头鹰可以透视石头和木头。当它仰起头时,它确信胡·卡姆的骨头就摆在那只箱子里,于是它飞回主人身边,报告了消息。

武库布·卡姆因此得到了安抚。但他精神上的平静没能持续多久。他用一面涂成黑色,一面涂成黄色的骰子玩布尔棋,但这个活动没能给他带来快乐。他用镶满宝石的酒杯痛饮,但这巴尔彻茶中透着一股酸味。他听廷臣们演奏拨浪鼓和手鼓,那节奏却是错的。

武库布·卡姆觉得他必须亲自去看一眼那只箱子。此时凡人的世界正是夜晚,因此他能直接来到西里洛·莱瓦的家。西里洛早已上床睡觉,死神带来的寒意让他醒来,猛地睁开了眼睛。

"主人。"老人说道。

"我希望你能以正确的方式来迎接我。"武库布·卡姆说。

"是,是。最尊贵的主人啊,您的到访让我蓬荜生辉,"老人喉头干涩,"让我来为您点支蜡烛——不,两支。请您稍等。"

老人动作很快,划了根火柴,点燃了床头的两支蜡烛。那位神在黑暗中也能视物,他能看清西里洛脸上的每一根皱纹;蜡烛不过是种仪式感,一种象征。另外,武库布·卡姆与他的兄长一样,喜欢凡人的奉承和他们彻底的服从。

"若早知道伟大的主宰要来,我会为了接待您而做好更充分的准备,不过,如您这般尊贵的客人,想必我再如何殷勤,也配不上您,"西里洛说道,"我该刺穿我的舌头,让它流出血来证明我的忠诚吗？"

"你的血太稀薄了，叫人恶心。"武库布·卡姆说着，轻蔑地瞥了西里洛一眼。这个男人曾经也像公牛一样强壮，但现在，他已经变形成了一只装有人骨的肿胀袋子。

"当然。但我可以叫人去杀只公鸡，杀一匹马。我的孙子有匹很不错的种马——"

"闭嘴。我差点忘了你有多蠢了。"武库布·卡姆说道。

他高傲地抬起手，让这个凡人闭嘴，视线却落在那只黑色的箱子上。它看起来毫无变化，与这位神将它留在此处时一般无二。他可以探知得到，这箱子未受惊扰。

"我这不是随意的顺路到访。我要看我兄长的尸骨，"神说道，"打开箱子。"

"但是主人，你对我说过，这箱子绝不能打开。"

这句简单的句子显然不是意图反抗，却也足以让死神严肃的脸上出现愤愤不平的神色。凡人注意到了这种变化，他虽然上了年纪，又因为年龄的关系全身疼痛，仍然以叫人惊异的敏捷迅速扭开箱子的锁，将它打开。

箱子已经空了，里面一根骨头也没有。武库布·卡姆意识到他的巫师兄长制造了一层幻象，让箱子看起来还装着它的囚徒。他同样意识到了已经发生的预兆。

武库布·卡姆有预知的能力，在此之前，他就已经窥视到了这一事件，他的兄长注定会从箱子里消失。此事之所以注定，是因为命运已经在胡·卡姆身上打上了印记，保证他必然能以某种方式获得自由。命运是一种比诸神更强大的力量，是诸神怨恨的既定事实，这是因为命运常常会给予凡人更多退路，让他们能够引导命运的洪流。

就这样，命运早已宣判胡·卡姆有朝一日将会获得自由，只是没有明确究竟是哪一天。武库布·卡姆已做好了准备，但这不代表他不希望能有更多时间再来面对麻烦的兄长。同样，这也不代表他不会沮丧。

"哦，主人，我不明白这是怎么回事。"西里洛打算摆出恳求的姿态，开口道。在涉及他的四肢是否还能连在躯干上的问题时，他可以表现得毫无自尊。

"安静。"武库布·卡姆说，老人立刻闭上嘴巴，大气也不敢出。

武库布·卡姆站在箱子前，盯着它。这箱子是铁与木制成的；希泊巴的子民不喜欢铁。与切下胡·卡姆头颅的那把斧头一样，眼前的这一件物品也是由凡人的双手制成，因为凡人才能抓住这种金属而不出任何问题。

"告诉我，这儿发生了什么？"武库布·卡姆命令箱子。

箱子呻吟起来，木料伸展，隆隆作响。它仿佛拉紧的鼓皮，微微振动，发出人声。"主人，有个女人，她打开了箱子，把手放进骨头里。有个骨片扎入她的拇指，让胡·卡姆复活，然后他俩一起逃走了。"箱子声音低沉地说道。

"去哪儿了？"

"蒂奥，白城。"

"这个女人是谁？"

"卡西奥佩娅·滕，您的仆人的外孙女。"

武库布·卡姆将视线转向西里洛，后者浑身打颤。

"你的外孙女。"武库布·卡姆说道。

"我不知情。我发誓，唉，主人。那个傻姑娘，我们以为她和她妈妈一样，跟某个籍籍无名的傻瓜私奔了。我们本来还以为

玉影之神

这是件好事,总算摆脱她了,那个愚蠢的婊子和——"

武库布·卡姆看着自己的双手和手掌,它们颜色很深,被烧焦的痕迹染黑。为了王座,他承受了诸多痛苦,付出了许多努力。绝不能让他的兄长得到它。

"我要你们找到她。把她给我找来。"他命令道。

"主人,我会的,但我不知道该怎么做。我现在太虚弱了。我已经老了。"西里洛说着,抓着床垫,摆出竭力才能站稳的姿态,但这更像是一种添油加醋的脆弱展示,只因为他完全不想离家去寻找任何人。

死神轻蔑地望着这个皱巴巴的老人。凡人的生命多么短暂!这样的老人当然没法去抓捕那女孩。

"让我想想,让我想想。对了……我有个孙子,主人。他年轻又强壮,另外,他很了解卡西奥佩娅。他能认出她来,也能把她带给你。"为了假装这些话不是他脑海里第一时间想到的念头,西里洛设法站起身,找到拐杖后才开口。

"我会和他谈谈的。"

"那我立刻把他喊来。"

西里洛去找他孙子了,将这位神祇留在屋中思忖。武库布·卡姆用单手轻抚过箱子的盖,像触摸实物一般地感受他兄长的消失。那女孩没有留下痕迹,因此他没法描画出她的模样,但他可以想象胡·卡姆重塑了血肉,穿一身凡人常穿的深色外套,在这个国家四处旅行。

老人摇摇摆摆地走回来了。他带来了一名年轻男子,那人看起来就像西里洛从前的模样,脸上充满活力。

"这是我的孙子,我的主人。这是马丁,"西里洛说道,"我已经向他解释过您是谁,您需要他做什么了。"

神祇转向年轻男子。武库布·卡姆双眼的颜色如他的发色一般浅，甚至更浅，是焚香升入空中时的色彩。这双不可能存在于世的眼睛让年轻人停住动作，迫使他看向地面。

"我的兄长和你的表妹想要对我不利。你要找到那个女孩，我们要阻止他们，"神祇说道，"我知道他们要往哪儿去，毫无疑问，他们会去取回我已布置好了妥善保管着的某些物品。"

"我想帮您，但您的兄长……老天，他可是个神……我就只是个男人，"马丁说，"我怎么可能做得到这样的事？"

他意识到这个男孩完全没有受过魔法的教育，什么教育都没有。粗糙得仿佛一块未经打磨的原石。这本会激怒他，但话说回来，西里洛当初也差不多就这样，也还是发挥了自己的作用。

另外，在这件事中，他可以品尝到命运辛辣的嘲笑。就该是西里洛的外孙女帮助他的兄长，而西里洛的孙子转而来协助武库布·卡姆。民间传说中满是这种巧合，然而它们其实从不是巧合，而是强大力量之间硬脆易折的角逐。

武库布·卡姆不屑一顾地摇了摇头。"你会成为我的使者，在你的旅程中，我会尽力帮助你。你不需要做任何麻烦的事，无非就是说服她来见我。"

"就这样？"马丁问。

"就这样。"

武库布·卡姆从中指上摘下一只沉重的玉石戒指，拿起它，交到那凡人男子手中。马丁犹豫了一番，但还是接过戒指，用手指转动着它。这戒指的戒圈上刻满了骷髅头骨。

"一直戴着它，如果你想要召唤我，就说我的名字。但只有太阳落山之后我才会到你身边来，另外，你绝不能为一些蠢事而叫我。你要找到那个女孩，说服她见我。留心别让我的兄长发现

玉影之神

你在他们附近。"

"你的兄长不会怀疑我跟踪他们?"

"希望不会。我会给你安排交通工具,等我的消息。"

西里洛想开口说话,但武库布·卡姆让他闭嘴了。他直接站在那个年轻男子面前,从他的眼睛里,读到了恐惧、骄傲和其他许多无用的人类情感,但他关注的,是他强烈的渴望。

"你的祖父协助我之后,我让你的家族拥有了财富。妥善完成此事,你将不只掌握如今的特权地位,我还会将你抬升到非常非常高的地方,甚至比你的祖父曾经有过的地位更高。"

年轻男子的判断能力足以让他在此时点头,却没有开口说话。

"若失败,我会像将陶器砸在人行道上一样,叫你粉身碎骨。"神祇总结道。

年轻人再一次点了点头。

武库布·卡姆说完了他想说的所有话,就此向下降落,如风一般迅速回到他的王国。在这个夜里,中间世界激怒了武库布·卡姆,那空空如也的箱子和失落的尸骨带来的嘲讽,让这位神祇心里刺痛。

他独自待在房间里,在一面墙上画出一个魔法符号,墙壁开了,他由此进入一个秘密房间。房间里漆黑一片,武库布·卡姆说出一个词,四壁上的火炬噼啪作响,就此点燃。

在一块石板上,摆着一捆黑布,它的边缘带着黄色的几何形状图案。武库布·卡姆缓慢地伸出一只手,拉开这块布,露出底下的铁斧,很多年前,他就是挥舞这把斧头,砍下了兄长的头颅。斧刃和把手上装饰有力量的符号。这是他委托凡人巫师阿尼巴·扎瓦拉熔铸的,因为希泊巴的任何工匠都无法制成这样的物品。他们的武器是黑曜石和翡翠。铁从远处来，它是外来者的金属。它能刺穿神的身体，再坚硬的翡翠刀刃也做不到这一点。

挥舞这样一把以有害的铁制成，并施加了强大魔法纹样的武器，灼烧了武库布·卡姆的手掌，在他手上留下疤痕，但相较于一个王国，这实在是个微不足道的代价。此刻，相隔许多年，他再次凝视这把武器，弯下腰，将手在这武器上方摊开，却不触碰到它。他感受到斧中蕴藏的静电般的力量细线，收回了手指。

是的，它的魔法和它的刀刃都很锐利，能让他赢第二次。

武库布·卡姆早已聪明地将兄长的器官四散在这片土地上。他还建造了某样东西。在遥远的北方，在下加利福尼亚州，有一座正适合埋葬神的墓穴等待已久。

诸神或许很难被杀，但武库布·卡姆已找到了方法，就像当初他找到囚禁兄长的方法，而后者，已是许多人连想都不敢去想的壮举。

6
CHAPTER SIX

普罗克雷索这高贵的名字并不怎么符合梅里达北方这座港口城市的本质。一开始，它只是个安静的小镇，镇上都是些泥巴和土造墙，还有棕榈树树叶做屋顶的房子。但接着政府用铁路连通了梅里达和普罗克雷索，又安装了电报线路，还兴建了新的码头。这儿成了龙舌兰纤维从半岛运输出去的主要地点。新普罗克雷索引以为傲的是有着大理石楼梯的市镇建筑，各式各样的船只装满货物，在港口中进进出出，川流不息。这也意味着，在这座城市里，有不少船乐意载上两名需要出行的乘客，也有不少船长根本懒得关心他们为什么需要这么紧急的服务。

洛雷已给他们取得了船票，那艘船可靠而高速，装载的绝大多数货物是龙舌兰纤维，目的地正是韦拉克鲁斯。卡西奥佩娅和胡·卡姆共享一间有两个铺位的特等舱房。床上铺着洁净的床单，但除了一个脸盘架、一把椅子和一面镜子之外，这住处几乎再没什么可说。船上没有吸烟室，没有休息室。只有最基本的设施。

"我们得在这儿挤一挤了。"卡西奥佩娅喃喃说道。

"等到了韦拉克鲁斯，我们再找合适的住处。"胡·卡姆将手提箱塞进一张床底下，用皮带固定。

"但是你和我……一个男人和一个女人。"她条件反射般地说。她不假思索便重复了牧师、母亲和外祖父的教导。坏透了，坏透了，坏透了。道德败坏，真的，在紧闭的门后，与他单独待在一起。

"我不是男人。"他简单回答，在一张椅子上坐下。这椅子的椅背由柳条制成，看起来很舒服。就像卡西奥佩娅那些条件反射一样，他也习惯性地以国王般的姿态将双手摆放在椅子的扶手上。他很习惯于坐王座。

卡西奥佩娅看着他心想,这些话说起来轻巧,但他看上去就像个男人。如果有人问起来,她又该怎么说?不,他是神,你看。他再怎么美,这事儿里也没有罪。

卡西奥佩娅意识到,如果日后会仔细清算罪状,她可能就得有麻烦了。到了此时,她可能已经得将玫瑰经念上五百遍。离家出走,和恶魔交谈,看到男人的裸体……最好还是别再想下去了。

卡西奥佩娅放下她的手提箱,将它摆在胡·卡姆的箱子边上。

为了不再回想镇上牧师那张愤怒的脸,她在床上坐下,开始剥橘子。他们经过港口时,她买了整整一袋,以防万一。她不知道船上会供应怎样的餐点,也不知道会在什么时候吃上饭。

"你想吃一个吗?"她问胡·卡姆,"还是说你不吃东西?"

"在希泊巴,我不需要吃这类食物,但此刻的我与从前的我不完全一样。"他回答道。

"好,那你可以吃一个。"

她拿起橘子给他。他慢慢伸出手,抓住了这水果。一开始,他只是将它放在手掌中,并不打算剥开,但接下来,看着卡西奥佩娅的手指在她那只橘子上的动作,他也开始剥起了橘子皮。

"顺便问,你最后是怎么到了那个箱子里去的?"橘子汁沿着她的下巴滴落。她用手背擦掉了它。

"背叛。"

"哪种?我外祖父是怎么牵扯进这事的?"

"从前凡人向我们祈祷,给我们供品,创作赞歌,点燃焚香。现在的人不再这么做了。因此当你的外祖父划开皮肤,放出血,同时祈求我去造访他时,我产生了好奇。我去了。最好的供品永远在鲜血之中，而且要凡人自愿。不幸的是，这是个陷阱。他替我弟弟干活。"

在他们的房间外，空气因船长的吼叫而炸裂，他不断下令让船员结束装载货物，让船起航。水手们前后跑动着。他们随时都会离港。水上旅行并未让卡西奥佩娅惊慌，甚至平息了她的紧张情绪。她能理解水。从蹒跚学步时，她就已经在岩洞陷落井里穿行。要是必须坐火车旅行，她可能会更不乐意，或者更兴奋。

"你在那箱子里待了多久？"

"五十年。当时你的外祖父还是个年轻人。"

"你能意识到这些年里发生了什么吗？"

"我睡着了，但这不是凡人意义上的睡眠。"

她想起洛雷告诉她的话，说诸神没法死，他们只会陷入沉睡。卡西奥佩娅皱起眉。

"这世上到底有多少个神？"

"我有十一个兄弟。"

"除此之外呢？我每周都会上教堂，然后，嗯……牧师说，如果你行善，就能直接上天堂，但这么说来，天堂到底存在吗？在天堂里是只有一位上帝，还是有许多神？"

提这个问题本身就又是一桩罪了。四桩，五桩，总共已经有多少了？唉，这重要吗？她就是想知道答案。

胡·卡姆虽然仔细剥干净了橘子，却没有吃。他将它摆在手掌心里。"苏勒，"他说，"这是存在于你周围的神圣生命力量的名字。它在溪流中，在树脂中，在石头中。它能孕育诸神，而人类的想法则给这些神塑形。苏勒在何处产生，并让诸神降生，诸神就属于哪儿，他们没法离出生地太远。你那教会里的神如果还醒着，也一定不会生活在这儿的土地上。"

她将橘子籽吐在手里。脸盆架边上有个垃圾桶,她将它们扔了进去。

"为什么他不会醒着?"她皱眉问道。

"凡人的祈祷和供品滋养了诸神,给他们力量,就像它们给诸神塑造了形体一般。但等祈祷渐少,汩汩地涌到表面来的苏勒又沉回土地,诸神就必须沉睡。但他们依然还存在着,可能会再度萌发兴盛。"

胡·卡姆终于拿起一小片橘子,将它放入口中。就算他喜欢这种食物的味道,他的表情也完全看不出来。诸神在他们的居所之中体验到的食物,想必比这橘子要更诱人许多。

她又回想起双子英雄的传说,故事里他们击败了希泊巴之主,并宣判人类再也不用供奉鲜血给他们,她想知道,诸神失去信徒是不是就在这一刻,还是在此之后。或许以后有机会她可以问问,但现在,她有个更急迫的问题。

"那么,如果已经没有凡人向你祈祷了,你现在又怎么能出现在这儿?"

"世界上有些力量的涌泉,这些秘密之所与其他地方不同,它们的土地丰饶强大,此处的诸神便可能继续留存。我的领土比其他神更广阔,是因为曾经有一颗石头穿过天空,劈开海洋和大地。卡诺艾克。落在这个世界上的一个沸腾的吻。"

"你是说有颗小行星,"她终于明白了,便说道,"你是从小行星里出生的。"

她太傻了,之前都没听懂洛雷的话!没错,一颗小行星。不过她从前感兴趣的是更远的星体,因此在研读天文学相关的书籍时,没怎么留意过小行星。

"但如此说来,月亮上岂不是住满了神,是这样吗?"

"你没听我怎么说的吗？凡人给我们塑形。"

那就像是熔炉一样？她好奇地想。是凡人雕刻出了诸神的外貌？如果是这样，那他们的外形会变化吗？还是说诸神神圣不可侵犯，他们的容貌一旦有人想象出来，便永远保持最原初的模样？

接着她又想到了将诸神带到这片大陆上来的那块石头。它又是怎么成为原材料，让这黑头发的神从中显形？

"是不是就因为这样，我的祖先才会建造天文台，观察夜晚的天空？是你要他们看你来的地方？"

"你这想法可真有趣，"他说，"我居住在冥界，关心天空干什么？"

"如果是我，我就会。有时候我能做的就只有盯着天空。"她承认道。

"为什么？"

"因为这样能让我觉得，总有一天我能获得自由。"她对他说。

她常抬头观看夜晚的天空，想从月亮那坑坑巴巴的脸上看到自己的未来。卡西奥佩娅确实是现实主义者，但年轻让她没法每时每刻都脚踏实地。每隔一段时间，她会悄悄在心中默记一行诗，或是一颗星星的名字。

"获得什么的自由？"

"我的外祖父很可怕。我一点儿也不想念他和他的家。"她也还没开始想念母亲。她知道日后会有这么一刻的。不过，就现在而言，新鲜感和兴奋感消除了这些感觉，不过她意识到她得给母亲写一封信。至少寄张卡片。到了韦拉克鲁斯她会寄一张的。

"那我把你救出来是做了件好事。"胡·卡姆说。

玉影之神

"你没有救我,"卡西奥佩娅回答道,"是我打开了那个箱子。另外,我不是高塔里的公主。我知道自己总有一天能以某一种方式离开,也从未坐等过某个神来解放我。这么做很蠢,而且没什么希望。"

"就一个像你这样身无分文,两天前还没见过离家一英里之外风景的女孩来说,你显得很自信。"

"嗯,现在我身边可是跟着一位神。"

"看看你现在与我说话的态度,石头少女。"他说着,用手指了指她。

他的语气听着没有生气,但她依然不喜欢这番话。她的家人一直命令她留心说话的口气和行为举止,如此一来,有个男人这么快就开始对她的说话习惯指手画脚,便让她心生厌恶。

"我粗鲁无礼时,我的外祖父和表哥会直接打我。你也会这么做吗?"她忍不住在话里加了点挑衅。

他看她的眼神有些古怪,这其中倒没有多少反对的意味。他的微笑也不明显,虽然他的嘴角已经翘起,可以看到牙齿。

"不,我不会。我没法想象这么做能有什么好处,因为他们打你也没能抑制你的灵魂。这一点很值得尊敬。我的弟弟同样没能打垮我。"

她责备自己完全没考虑他曾遭受的残酷囚禁。他时而安静,时而又有些冷酷,但他已经那么多年没有与任何人开口说话,被锁在那么一个漆黑一片的地方,孤独一人。

尽管卡西奥佩娅已经了解了那么多悲伤的事,她依然心存善意。

"抱歉。我是指我的外祖父和你的弟弟对你做的那些事。"她轻柔地说道。

"为什么你要道歉？"他惊讶地问，"那些事都和你没有关系。"

"对，但如果我早知道，那之前我就会让你出来。"

他的视线定在她身上。她觉得在此之前，他其实一直没有正眼瞧过她，这一刻，她才开始在他面前显形。这是种不怎么舒服的感觉，他的视线冰冷，却又炽热得仿佛灼烧，让她不由得低头看向裙子的褶边，她觉得自己可能是脸红了，这可真是个不同寻常的事件。

"你很高尚，石头少女。"

"你为什么要那么称呼我？"

他的表情困惑。"这不就是你的名字吗？卡西奥佩娅·滕。"

"哦，你是指我的姓，"没错，"滕"的意思就是石头。

"你不就是个少女吗？"他问。

这一次她真的脸红了，她的双颊发烫，窘迫不安，恨不得爬到床底下去，在那儿待上一个小时。

"卡西奥佩娅……你最好叫我卡西奥佩娅。"

"卡西奥佩娅女士。"他回答道。

"不用加'女士'。在洛雷家你就用过它来称呼我。你说'女士'的口气就好像……每周六我都要擦洗罐子，给外祖父的衣服上浆。我不是什么女士。"她说着，双手对搓。

"洛雷根本分不清女士和蜗牛。我得纠正他。"

"但是——"

"勇敢是最好的品德，"他对她说着，伸出手来，竖起食指，"你做过勇敢的事。我觉得，一个普通的凡人看到我突然现身，又突然被迫加入探求之旅，很可能会精神崩溃，低声啜泣，陷入凄惨的恐惧之中。但你没有。这一点值得赞扬，因为你若是处于那种状态,要拖着你四处走动想必会很麻烦。"

这实在是一番奇异的恭维,她也只能朝他点点头。

"如果你希望,我会称呼你卡西奥佩娅。"

"这样就很好。"她说。

事情就这么定了,他靠回椅背,吃完了手里的橘子,动作精准地扔掉了橘子皮。她兴趣盎然地望着他。将他召出来的,真是人类的思想?那他的构成是什么?难道曾经有个凡人抬头望天,心里想着"头发要黑得仿佛没有月亮的黑夜",而后便唤醒了他?然后给了他这样一个名字?

"胡·卡姆。"她尝试着念了念他的名字。

对此他抬起一边的眉毛,姿态中带着傲慢。"希泊巴之主。"他订正道。

"我们走动时,我不能那么称呼你。你想一下,我们在街上的时候,我能喊'哦,希泊巴之主,您是否能过来一下'吗?"

"我可不是你随叫随到的狗。"他冷淡地回答道。

卡西奥佩娅发出了嘲讽的声音,但又将它卡在了喉咙里。她伸出一根手指戳起一只橘子。

胡·卡姆很安静,她觉得这趟旅程接下来的时间里,他俩都会静静度过,就像他俩静静地来到梅里达,接着又到了普罗克雷索。他用词精简,仿佛它们是珍贵的宝石,也可能是觉得她不值得他多说。她以前也惜字如金,在家庭成员面前隐藏自己的想法,但这不是她的本性,只是迫不得已。

"我想你说得确实有点道理。"这话让她吃了一惊。

卡西奥佩娅抬起头,以为自己听错了。

"我们在中间世界的时候,你可以叫我胡·卡姆。"

"您可真是慷慨大度。"她挖苦道。

"我知道。"他诚恳地回答。

她没法自控,发出了"咯咯"笑声。"你真的一点幽默感也没有,对吧?"

"幽默感对我有什么用?"

他的声音干巴巴的,而她露出了微笑,或许接下来的旅程终究不会只是静静地干瞪眼了。这是她第一次坐船旅行,事实上也是她第一次乘坐任何交通工具旅行,若这旅行中她得假装一个发了誓要保持缄默的修女,她可不那么乐意。

"你还有水果吗?"

卡西奥佩娅又抓了一只橘子,扔给他。他用左手接住了。

船员已将所有货物包捆装载完毕,这艘船滑出普罗克雷索,一路向韦拉克鲁斯开去。她太全神贯注于他俩的交谈,甚至都没有注意到这一点,也忘了自己该为与他单独待在一块儿而紧张。

7
CHAPTER SEVEN

"**那**儿，柜子里。给我拿杯白兰地。"西里洛命令道。

马丁照做，打开橱柜，那里面装了不少祖父喜爱的不值钱的小玩意儿。柜子里同样安放着一套极为昂贵的玻璃杯和配套的醒酒器，上有一排六边形和抽象的蕨类植物装饰。祖父曾经说过，马丁结婚时可以拿它做结婚礼物。

他给老人倒了一杯酒，递了过去。他的祖父已经躺回床上，盖好了被子，慢慢地抿起白兰地。一般来说，老人不会与马丁分享这睡前的小酒，但此时马丁心烦意乱，根本懒得向老人要求许可，便给自己也倒了一杯。在这之后，他在床边的椅子上坐下，"咯咯"笑起来。

"老天，"马丁说，"妈的，老天爷啊。"

"注意你那亵渎神明的用词。"祖父说道。

"抱歉，但我才刚遇到一位神。"马丁回嘴道。

马丁虽然嘴上说着无礼的话，视线却落在地板上，根本不敢看向老人。他和这屋子里的其他人一样，将西里洛视作冥顽不化的石偶像，必须一丝不苟地遵从老人的命令，不然便会招来他的怒火。

"为什么你从来都没有告诉过我这些事？冥界的神，装了骨头的箱子。什么也没说。"马丁喃喃道，他有种受骗的感觉。

"我觉得你还没做好准备。另外，我以为自己还有更多时间。"

尽管浑身疼痛，抱怨不休，尽管这些日子以来，他越发倚赖拐杖，但老人依旧坚不可摧。在他那张饱经风霜的脸上，双眼依旧明亮警觉，而他的牙齿，虽然上了年纪开始发黄，却还依然锋利。

"好吧……那你现在肯告诉我了吗？"

"你想要什么,马丁?睡前故事?"

"解释。"

"有什么可解释的?"

西里洛用枕头盖住身子,想让自己躺得更舒适,随后似乎是觉得自己做不到,抑或是不乐意,总之做了个手势,让孙子来干这活。这本来应该是要求卡西奥佩娅来完成的事,但此刻她已经走了。马丁将另一个枕头撑在老人的背后,皱起眉头。

"爷爷。"做完这活计后,马丁开口道,希望老人能屈尊说出他问题的答案。西里洛满脸不悦,但还是说了。

"我曾是个无名之辈,没有前途,只管自己的事,竭尽全力只想挣扎着存活下去,直到有一天,有个女人来见了我。她很美,美得不像人类,她告诉我,我出生的月份和日期都很合适。"

"合适做什么?"

"巫术,让神落入陷阱的咒语。"

"你同意了?"

"没有马上就同意。一开始我以为她是疯子。但后来我遇到了她的同伙,发现他们都很理智。那是两名巫师,扎瓦拉兄弟。当然,我还见到了武库布·卡姆。他们一起密谋背叛希泊巴之主。"

"然后发生什么了?"他追问道。

"你觉得呢?我干了自己的那份活,就这么简单。我该做的就只是当个诱饵,剩下的由他们负责。他们也做到了,砍下他的头,把他的身体塞进箱子里。"老人打了两下响指,"再给我倒一杯。"

马丁照做,小心地抓起醒酒器,将酒倒入祖父的杯子。"那他们为什么要把这箱子留在你身边?留在这里?在乌库米尔?"

"武库布·卡姆不能随身带着它。这箱子必须始终留在地面。胡·卡姆是希泊巴之主,大地是他的母亲,因此没法用土掩埋他。但中间世界不是希泊巴子民的土地。中间世界不欠他们任何人情和祝福。"

西里洛用白兰地润了润唇,这才继续:"他确实可以将箱子交给某个同伙,但他没有。不管怎么说,它必须留在这儿,留在尤卡坦半岛,而他将它托付给了我。倒不是说乌库米尔有强盗什么的,我本来还觉得这儿非常安全。直到你的表妹打开了它。"

"你应该更当心一点。"马丁回答道。

有那么一会儿,马丁以为他的祖父要从床上爬起来,用手杖殴打他,就像他小时候祖父常做的那样。祖父不会放过他的。不过,老人只是盯着他。

"我他妈可当心了,"老人气急败坏道,"一开始的那两年,我睡觉的时候床边都放猎枪,就怕晚上有人闯进来。除了守着这个该死的玩意儿,我几乎什么事都没干。但后来又过了好些年,我发现我做的这些努力显然都是浪费力气。没人在找这箱子。"

祖父说这番话时身体前倾,紧紧地攥着葡萄酒杯。说完后,他松开手,让玻璃杯掉在边桌上,动作随意得似乎那就只是个便宜的粗陶水瓶。

"在一开始的那几年,武库布·卡姆也会过来看看。我不知道他是来幸灾乐祸的,还是为了别的理由。但再过些年,他也不再出现了……嗯,十年之后,我开始觉得,那些都只是我做了个梦。"

"你以为你只是做了个梦。"马丁重复道。

"对。我没有打开那个该死的箱子,所以我也没法让自己重新想起那箱子里究竟装了什么。"

"如果你以为自己只是做梦,那为什么不打开它?"

"有些事还是别知道的好,另外,现在说这些也已经不重要了。真实。虚假。无论如何,生活还得继续。"

马丁是个没什么想象力的人,比摆在眼前的事为期更久一丁点儿的任何事,他都没有兴趣,因此也无法理解祖父的这种反应。

"那你帮助武库布·卡姆,换得了什么?"

"你觉得呢?"西里洛伸出双臂,点过橱柜、窗帘,"所有这一切。他和我两清了。我当时只是个无名之辈,现在却有头有脸。"

"你应该早告诉我的。"

"告诉你什么?说我做了个怪梦?说我相信巫术?我了解你们,你们这些毒蛇,你们会把我关起来的。"

马丁想了想他的父亲和姑妈们。假如给了他们机会,他相信他们一定会将西里洛拖去疯人院。他的父亲温和懦弱,但与这老人始终相处得不好。至于马丁的姐妹及她们的丈夫,还有他那群表姐妹,他们都爱争权夺利,彼此争斗不休。

"好吧,"他说,"但事到如今看,你保持沉默也没落得什么好。你让那叛徒到处乱跑。你让她进你房间,给了她接近你东西的机会,而她甚至都不算莱瓦家真正的成员。"

"正是因为这一点,我才让她接近我的房间和我的东西。你觉得我能信任你,让你来照顾我吗,马丁?"老人"咯咯"一笑,说道,"你既粗心又懒惰,但你现在得振作起来。家族需要你。"

"我会做我必须做的事,去我必须去的地方。"马丁回答道。

"别像你平时那样,把这事儿搞砸了。"

他不喜欢他祖父看他的样子。老人不怎么喜欢马丁,不过这也不是什么奇怪的事，毕竟老头好像谁也不喜欢。但马丁过去从未像此刻一样，感受到西里洛的厌恶。这一切都不是他的错，那为什么还要这么粗暴地评判他？

"我什么时候把事情搞砸过？我干的都是你叫我去做的事。"他反对道。

"听着，小子，"西里洛说着，伸手去拿靠在床边的拐杖，将它重重敲向地板。马丁瑟缩了一下。"你可能会觉得我对你很凶，很严格，但你不了解他。"

年轻人回想起武库布·卡姆。祖父把他叫醒时，只简略地命令他穿上衣服，又有些犹豫地表示说他们家来了个神圣的客人，当时马丁只觉得老头疯了——西里洛说得对，揭露出这样的真相只会导致他被送入疯人院。但只看了武库布·卡姆一眼，可怜的马丁就不得不向自己承认，没有任何人类能够有一双如那陌生人一般的眼睛，也不可能有他这样的头发。再说了，微微闪光的能量也在他们周身劈啪龟裂，马丁再怎么傲慢自大，也不由得心生怯意。

"你那些白痴行为，他不会喜欢的。你得侍奉他，而且要好好侍奉他。弯腰低头，以正确的方式向他致意，奉承他，最重要的是，按他说的去做，不然我们就会遭到诅咒。"

"诅咒。"

"对。怎么，难道你觉得，如果武库布·卡姆失败，他的兄长重获王座之后，我们还能拥有这一切？你是想当个乞丐，在街角讨钱？甚至更糟，侍奉卡西奥佩娅？想想，胡·卡姆可能会赏赐她并惩罚我们。"

想到他的表妹最后会得到乌库米尔的这座屋子，而他将失去所有昂贵的靴子、他那些精美的皮带扣和银烟盒，马丁便恐慌起来。

"好啦，好啦，"马丁说着，用单手扒梳头发，"那告诉我要如何向他致意，还有你知道的其他小道消息。老天，我可能真的需要它们。"

西里洛将拐杖靠在墙边，说了起来。

8
CHAPTER EIGHT

每一个州,甚至每一座城市都有各自的名声。墨西哥城的人傲慢粗鲁。哈利斯科州的人胆子很大,有时甚至到了有勇无谋的程度。但韦拉克鲁斯的人,他们总是欢笑不断,充满快乐。现实与传闻常常并不一致,但至少近年来,韦拉克鲁斯一直在尝试树立这座城市快乐的面相。两年前的1925年,地方当局设置了狂欢节。

哦对,虽然教会意见颇多,但以前也曾举行过狂欢节。不过,那些都只是零星举行,没什么规划的小活动,一下子流行起来,又很快不再有人感兴趣。二者的目的和组织者都不相同。现在的这个狂欢节是现代化的,它由民间领袖们一手打造,他们从中看到了机会,能在所有闪闪发亮的小物件和舞蹈的帮助下,悄悄地向整个社会传播后革命时期有用的价值观。按照报纸上的说法,这是"所有社会阶级"的狂欢节,将颂扬展示女性的美——她们是墨西哥女性的范本,充满温柔与宁静的优雅。几年前娼妓们曾经为房租而参与非暴力反抗运动。工会则忙于煽动工人,对抗资产阶级的猪。但狂欢节消除了差异,让人与人联系在一起,这一点让组织者十分满意。另外,最重要的是,狂欢节能赚钱。

卡西奥佩娅和胡·卡姆在狂欢节前一天抵达了韦拉克鲁斯。这意味着所有旅馆都挤满了人,几乎不可能订到合适的住处。在问了几家后,他们终于设法找到了一家能让他们挤进去的破败小家庭旅馆。

"我有两个房间。我没看到你俩手上戴结婚戒指,所以我想你们会需要分开住,"小旅馆的老板皱眉说道,"假如你们不是这种情况,那你们就出去。我们这儿是正派的地方。"

"您的安排挺好的。这位是我的哥哥,"卡西奥佩娅说道,"我们是从梅里达来这儿看游行的,顺便购物。"

玉影之神

胡·卡姆的面容隐藏在帽子的阴影里，他们周围的日光又如此炽烈，因此要看清他的五官并不容易。这一点，加上卡西奥佩娅说的谎，平息了老妇的担忧。

"我家大门十一点关。不管屋外是不是还有狂欢，反正如果你们回来迟了，就得睡马路上。"老妇对他们说，他们跟着她来到各自的房间。

房间连简朴都说不上，老妇的要价却很高昂，但卡西奥佩娅知道，抱怨没有意义。她将手提箱摆在床边，在光秃秃的墙面上挂着的装饰圣母像前站定。通常看到类似的图像，她会在胸前划一个十字，但现在，她觉得朝着一位并不居住于她附近的神祇顶礼膜拜完全是徒劳。

沿着走廊向前，敲开胡·卡姆的房门，让他和她一起外出，也变得容易了许多。他们有一整座城可看，维拉·利卡·德·韦拉克鲁斯，这个国家最重要的港口。可怜的韦拉克鲁斯，它总是遭受围困；弗朗西斯·德雷克爵士没有向它发起攻击的那段时间里，法国人抢劫了它，随后美国人又占领了它。它很顽强，任何人都得承认韦拉克鲁斯这一点：它经受住了西班牙征服者、英国海盗、法国士兵和美国海军。或许正是因此，这儿的居民总是沉着冷静，身穿瓜亚贝拉①，和着竖琴与瑞肯特琴②的音乐，大笑着度过漫漫长夜。假如战争三番两次地来敲你家的门，那琐碎的日常问题又有什么要紧？

他们一起去吃了晚饭。在闹市区广场的拱门附近，有不少地方能吃到精心烹制的海鲜，但胡·卡姆避开了比较大的餐馆。那

---

① Guayaberas，中美洲的传统男性衬衫，特征是正面有四个贴袋，两排垂直的褶皱或刺绣，适合在炎热的天气中穿着工作。
② Requinto，一种较小的古典吉他。

里太吵，人太多，也没有位。空气中带着咸涩的气息，如果沿着滨海的马雷贡大道走，便可以瞥见海，但它不是她渴望已久的明信片上的太平洋。不过，这个海港似乎还挺有趣。据说它与哈瓦那类似，在交易所附近，常会举行年轻人的舞会。或者，中产阶级家庭的恋人们也可以在年长亲属警惕的目光注视下绕中心广场一圈又一圈地走：谈情说爱依然得遵守繁杂费力的规则。

不过他俩不算在谈情说爱，也没有好管闲事的亲戚跟在身后，所以卡西奥佩娅和胡·卡姆便只是漫无方向地瞎逛，随便走向想去的任何地方。他们绕进一条小巷，最后在一家咖啡馆坐下，这家店的外墙与这座城市的绝大多数建筑一样，彻底刷成白色，顾客们在店里抽着呛人的烟，喝着浓重的咖啡，免于承受侵袭这港口的闷热暑气。

这家咖啡馆有一份很简单的菜单。这不是人们可以吃到正经餐点的地方，它出售的是从茶壶里倒出来、添了牛奶的咖啡和甜面包。要召来女招待，得用汤勺敲敲玻璃杯杯沿，随后招待便会将咖啡和热气腾腾的牛奶倒满杯子。顾客也可以点罐式咖啡①，用粗糖条加甜。

卡西奥佩娅模仿其他顾客，敲了敲她的杯子，用这种方式叫来招待，给两人点了面包和咖啡，不过，如往常一样，她的同伴对食物没有兴趣。

胡·卡姆摘下了帽子，她第一次注意到，他戴着一只眼罩，它是黑色的，与他身上的白色衣服形成了对比。虽然白不是他的色彩——她怀疑他是特地选择了这个颜色，好混入这城里如此打

---

① 罐式咖啡源于20世纪初的墨西哥革命，当时的墨西哥女性为了照顾前线士兵，将咖啡、香料和糖盛放在大陶罐里，便于携带，后来成为流行。

玉影之神

扮的其他男子之中——但他看起来相当不错。他一直如此,但他身上的新奇感却始终并未消退。

卡西奥佩娅搅动咖啡,他则用一根手指抚过杯子的边沿。他俩坐的桌子太小,如果稍微往前一点儿,她的手肘就会碰到他的,要不然就会把他的杯子撞到地上。其他顾客来得更早,因此桌子也更大些,此刻都已玩起了多米诺骨牌。

"我们要怎么找到这个玛拉卜?他在哪儿?"她问。

"瓦斯特克人是玛雅人的表亲,他们的神也就是我们的表亲。玛拉卜指的不是一位神,而是一群神。"

"洛雷说话的口气像是指特定的某一个神。"

"哦,他所指的确实是某一个。玛拉卜住在山上,在那儿他们演奏音乐、纵情喝酒,与他们的青蛙妻子做爱。但他们中有一些会冒险进入城镇,参加庆典,引诱富有魅力的女性。玛拉卜中年纪最小的那一个比其他神都更傲慢无礼,也正是我的这位表亲,掌握了我的耳朵。"

她知道恰克[①],他手持石斧,敲击云层来布雨。还有阿兹特克人的特拉洛克,他总是戴着苍鹭羽毛制成的头饰,但她不知道玛拉卜。

"那么他,这个神,他有自己的名字,对吧?"

"这个玛拉卜名叫胡安。"胡·卡姆简洁地说完,抿了一口咖啡。

"胡安?神怎么叫这种名字?"一位神祇的名字竟然取自圣徒的姓名,她觉得很失望。这根本没有什么创造性,也不怎么合适。

---

① Chaac,玛雅人的雨神。

"有时他是胡安,有时他是雷电之主,有时又不是。你不也既是卡西奥佩娅,又是滕女士,是石头少女,还有其他排列组合的名字?除此之外,在你心里难道不是还有某个秘密的名字,你用锁和钥匙藏在心底?"

卡西奥佩娅的父亲以前会叫她库凯——萤火虫之意——因为这种小虫子带着从群星来的光,而她就是他的小星星。她不知道胡·卡姆指的是否是这个,它又是否是她早已遗忘的名字。

"或许吧。"她承认道。

"当然。所有人都有。"

"那你有秘密的名字吗?"她问。

他的手臂停住了,玻璃杯悬在半空中。他小心地将它放在桌上。"别问蠢问题。"他以鞭子般严厉的声音对她说。

"我下回会记得问个聪明问题的。"他那尖刻的语气比他们喝的咖啡更烫,激怒了她,"我们要怎么找到你的表亲?这座城这么大。"

"我们会让他来找到我们。我已经解释过了,他喜欢引诱漂亮年轻女人。你会成为诱饵。"

他以肯定的态度看着她,不接受任何借口的肯定,是神在凡人面前自然流露的肯定,但她依然有种想要表示反对的冲动。卡西奥佩娅的两颗门牙之间的缝很大,眼皮耷拉,这两点都称不上富有魅力。报纸上满是美白霜的广告,号称能够制造出"极度诱人"的脸来。而她肤色深沉,也从没有努力在皮肤上擦柠檬,以求制造出人们所谓的更合宜的阴影。

"你一定在开玩笑。"她对他说。

"没有。"

"你刚说他喜欢漂亮的年轻女人,我不是漂亮的年轻女人。"

玉影之神

"我估计你从来没有在镜子里好好看过自己,"他立刻回答道,"最黑的头发和眼睛,黑得就像西考①,吵闹的这一面也很像。"

她能听得出来,他并不是在刻意奉承她,他评价她外貌的口气就像在评价花的外观。另外,他在说那句话的时候也羞辱了她。

他那句话就不是为了恭维而说的。他不可能有这样的打算,她想。

"就算他看到了我——"

胡·卡姆将一只手平摊在桌子的木头表面上。

"我的一部分精华在流入你体内。这意味着我的部分魔力留在你的皮肤上,就像香水一样。它会奏响怪异的音符,这一点毫无疑问会吸引他。它保证一定会有某种强大而神秘的事物存在,且无法忽略。"他说。

她很难想象死亡不是奏响腐朽的酸臭音符,而是如香水一般缭绕在她周身,甚至可能如玫瑰花香般令人心旷神怡。但她没有再多想,因为她忙着发泄怒火。

"我不想被你的表亲引诱,"她反驳道,"你把我当什么了,生性放荡的女人吗?"

"你不会受到任何伤害。你就只要诱惑他,绑住他,然后我来处理他。"胡·卡姆说。

"绑住他?你疯了。我要怎么做?他不会知道——"

"如果非做不可,你可以用吻来让他分心。"他的声音听来很不耐烦,明显是因为他们已经讨论这个问题太久了。

---

① 玛雅词,大尾鹩哥,详见附录。

"说得好像我会四处走动，见一个男人就吻一个似的。你自己吻他去。"

她站起身，差点带翻桌子。胡·卡姆扶住它，以闪电般的速度抓住她的手臂。他也站了起来。

"我是希泊巴的至高之主，阴影的编织者。你要做什么？从我身边走开？你没有考虑过我的魔法？你这么做太蠢了。就算你能走开，如果我不取出你手指里的骨片，它也会杀了你。"他压低声音说道。

"或许我该砍了我的手。"她也悄声回道。

卡西奥佩娅意识到自己不该这么说，这样会让他警觉，发现她知道有这种脱身之计，但她已经在他的傲慢刺激之下，不假思索地脱口而出。她想杀杀他的威风，虽然想羞辱神其实是件办不到的事，但她的年轻让她天真地以为自己能做得到。

"或许吧，但这样做不太好。"他回答道。

他的视线如燧石般严厉，似已做好了打出火星的准备。尽管卡西奥佩娅冒冒失失地让情绪爆发，此刻却不得不垂下视线。

"考虑到你已经答应过我，保证会侍奉我，这么做也是胆小鬼的行径。不过，这或许是你的遗传资质的反映：你的外祖父是个背叛者，一个无耻之徒。他一点也不了解帕坦的职责和它的美德。"

她将双手捏成拳头。她和她外祖父之间毫无共同之处，继承他所有优点和缺点的人是马丁。卡西奥佩娅更乐意认为，自己是父亲的副本，或者至少也是接近她的母亲，尽管她觉得自己身上没有女性的友善。与其他不少年轻人一样，归根结底，她认为自己是个全新的造物，绝不是从什么古老的土壤中一跃而出的存在。

"我不是胆小鬼,"她抗议道,"而且我什么时候保证过会侍奉你了?"

"我们离开你那个镇子的时候。'很好。'你说了,然后接受了我。这不算承诺?"

"呃,算……但我当时的意思是——"

"一有机会就砍了你的手?"他边问边向前走出一步,靠近了她。

她也跟着迈了一步。"不是!但我也不是傻瓜,就……就这么盲目地按照你的命令行事。"

"我没有把你当傻瓜,虽然你的嗓门确实比任何一只金刚鹦鹉都大。"胡·卡姆说着,朝他俩的桌子和那两把椅子做了个动作。他的动作像是乐队指挥,优雅而精确。

"情况可能是这样,在匆忙之中,我曾表现得有些粗鲁,"他说,"但我并不希望给你留下不好的印象。同时,我得强调,我们俩被这可悲的命运绑在了一起,而且得迅速行动。要是有得选,我绝不会像这样麻烦你。但我很需要你的帮助,卡西奥佩娅·滕。"

在附近的一张桌子旁,老人们用枯槁的手给多米诺牌洗牌,将那些象牙与乌木的牌一块块放好。她望着那些牌,看着它们那对比强烈的色彩失了一会儿神,接着视线才又转向他。

"我会帮你的,"她说,"但我这么做是因为我为你而难过,而不是……不是因为你是任何东西的'至高之主'。"

"你怎么会为我而难过?"胡·卡姆诧异地问道。

"因为你在这世界上孤独无依。"

此刻他的面容不再如同燧石,而仿佛玄武岩,冰冷,没有任何恶意或情绪,虽然他的情绪本就很难察觉。就像尤卡坦半岛上的河流,隐藏在地表之下。而现在,仿佛有人将石头盖在井口上，遮住了视线。玄武岩，阴暗，从不宽恕，这就是这位神给她的印象。

"在这个世界上，我们都是孤独无依的。"他的话语是夜晚遮蔽了月亮的云，是将嫩芽扼杀在摇篮里的严酷土地。

但她还太年轻，因此没有相信他的话，只是耸耸肩，接受他的邀请，重又坐下。胡·卡姆也坐下了。卡西奥佩娅喝完了咖啡。在他们周围，多米诺骨牌推倒在木头上的声音，和着金属汤勺敲打在玻璃杯上的叮当声，如同音乐，自有节律。

"你说要绑住他。我该怎么做？"卡西奥佩娅问道。

"用一段普通的绳子。"

"一段普通的绳子，"她重复了一遍，"它用在神身上也能奏效？"

"在绝大部分问题里，重要的是象征的意义。我会朝绳结说出一个具有力量的词，它便会如钻石般坚硬。它会绑住他，剩下的就交给我。别害怕。"他总结道。

"你说得简单。我敢打赌，诸神没什么可害怕的，我们普通人却有许多害怕的事。"

"你不是个普通人，至少现在不是。"

这种状态能持续多久呢，她想知道。不过，她得承认，她之所以留在他身边，并不仅是因为他承诺会将骨片从她手中取出，或是她觉得自己有这样的义务，而是因为改变和成为另一个人的诱惑，她将不再是个小女孩，只能给衣服上浆，擦鞋子，夜里瞥一眼群星聊做安慰。

"别被吓着了，我说。"他用手握住了她的左手。

这个动作的目的不是给她安慰，至少不是那种通过与其他人触碰而获得的安慰。后者需要一点人类的移情与爱恋。胡·卡姆

101

玉影之神

的这个动作只是演示,就像科学家会做的那样。但她依然为此而脉搏加速,因为年轻与智慧总是很难同时共存。

"感觉到了吗,嗯?我的魔法正在你的血管之中。"他一边说,一边摸索她的脉搏。

他说得对。那就像是在织布机上拉动一根线,非常精细,却穿过了她的周身,当他触碰她,便像是拨动出了一声水晶般的音符。在这个音符之上,还有另一个音符,它却世俗许多,那是一个英俊的男子抓住一个女孩的手造成的。

她抽回自己的手,皱起眉头。她也不至于那么不明智。

"如果你的表亲让我受到惊吓,我就逃走,我无所谓,"她赌咒道,"生气的金刚鹦鹉会咬人,你明白吗?"

"那我只能碰碰运气了。"

她用勺子敲了敲玻璃杯,叫来女招待,给他俩又倒了咖啡和牛奶。

"你喜欢吗?这种饮料?"玻璃杯加满后,胡·卡姆皱着眉问。

"喜欢啊。你不喜欢?"

"太浓了,而且甜得可怕。牛奶干扰了咖啡的苦味。"

"我们决不能干扰到咖啡豆的纯净。"她嘲讽道。

"正是如此。"

听到这话,她"咯咯"笑了起来,而他完全不觉得这有什么好笑。这不是说死神应该很开心,甚至在没有人满脸愁容的韦拉克鲁斯,在狂欢节中也是如此,此时此刻,所有麻烦都应该抛之脑后,让它们随风飘走。

因此,他们就这么坐着,阴暗严肃的神与女孩,一起坐在咖啡馆里,而夜晚渐渐降临,华灯在街道亮起。

9
CHAPTER NINE

她们的头发真的太短了！卡西奥佩娅看着所有那些在狂欢节上充当"宫廷女官"的时髦年轻女性，她们的头发都剪得像美国的飞来波女郎①。在卡西奥佩娅的镇子上，没人敢留这么颓废堕落的发型。即便只用粉饼，在那儿也会造成流言。在韦拉克鲁斯，狂欢节期间，四处走动的人群中有不少涂着油彩的面孔，女孩们脸颊上抹了腮红，露出毫不畏怯的表情。如果她母亲在这儿，一定会对卡西奥佩娅说，必须鄙视这种无耻行径，但看到那些女孩大笑的模样，卡西奥佩娅开始怀疑错的人是母亲。

狂欢节的女王在加冕之后，向人群挥手，而后在韦拉克鲁斯赌场和其他选定地点举办的正式化装舞会便开始了。但狂欢者们的活动范围并不局限于各个建筑物之内，那些没钱购买化装舞会门票的人会在街道和公园寻欢作乐，喝酒、舞蹈，有时做些恶作剧。大斋节很快就要到了，到那时候就得与肉体享乐告别。因此，现在正是将谨慎扔到风里，畅饮狂欢的好时节。狂欢节的第一个夜晚，没有人能睡得了觉，有时他们甚至会连续好几天都不上床入睡，全心投入花车、游行和音乐。第二天一早，城里便会有上千的药剂来治愈不少本地人的宿醉。有个当地偏方是早餐吃些甲壳类动物，不过其他人更乐意用阿司匹林来解决问题。

双五节大街上的建筑装饰着彩带和彩旗，这些街道上的汽车则配搭鲜花和彩条。狂欢者们点燃鞭炮，共享美酒。在旅馆和饭店里，民族舞舞者让裙摆转着圈儿，乐手们则演奏着丹松，这是一种从古巴传来的音乐，极为性感，备受欢迎。

韦拉克鲁斯继承了非洲的遗产。在这个港口，欧洲人将奴隶

---

① Flappers，指20世纪20年代的西方新女性，穿短裙，梳波波头，听爵士乐，张扬开放。

玉影之神

从船上拖下来,强迫他们在糖料种植园中劳作。这些奴隶的后代在扬加和曼丁加聚居,不过他们的影响力遍及整片地区,在音乐与饮食上都留下了印记,与其他人一样,他们也参加了狂欢节,挤满了大街小巷。在这儿,有打扮成骷髅的黑皮肤男子,有穿着刺绣衬衫的土著女性,有扮演美人鱼的深肤色女人,还有穿着罗马长袍的白皮肤男性。一旦狂欢节结束,这座城市里肤色更浅、也更富裕的居民便会以蔑视的眼光看待"印第安佬"和"黑鬼",但在这个夜晚,阶级划分的精妙游戏被按下了暂停键。

当他们加入戴着面具乔装打扮的狂欢者群体时,卡西奥佩娅惊异而恐惧地看着这一切。在那天一早,胡·卡姆便以高得离谱的价格租到了两套服装。他只是简单地穿了一件黑色的夏洛人[①]套装,外穿有银色刺绣的短外套,腿上是两侧边上各装饰有一长排纽扣的紧身裤,头戴一顶宽边帽。他扮演的是极有吸引力的戏剧形象,看上去仿佛正准备跳上一头公马,卖弄那些马术师惯常表演的花样,而他右肩上扛的绳子更加深了这种印象。她穿的与他配套,扮演成了女夏洛骑师,同样也满是银色刺绣的外套和裙子,不过她的服装都是白色的。与他不同的另一点,则是她不戴帽子。

这一天的早些时候,还在那家家庭旅馆里时,她曾将刺绣外套抵在胸口,好奇地站在镜子前。"你难道从没在镜子里好好看过自己?"他曾这么问她。

因此她便看了看。不是从前早上她在允许范围之内的匆匆一瞥,而是站定了好好地仔细观看。乌库米尔的牧师警告过她,虚荣是罪。但卡西奥佩娅看着自己的黑色眼睛和饱满的嘴唇,心里

[①] 墨西哥中部的传统马术骑手,详见附录。

觉得，胡·卡姆或许说得对，她确实漂亮，而牧师此刻离她太远，没法就此而对她唠叨。接着，她抓起梳子，将头发梳理整齐。

卡西奥佩娅和胡·卡姆一起踏入拥挤的街道，从附近一座建筑里流溢出了马林巴琴那粗俗的音乐，催她起舞。

"我们往哪儿走？"她问。

"到城里最热闹、人最多的地方去。"他回答道。

比他们经过的所有人群更拥挤的狂欢者如海浪一般向他们涌来。那是号角与鼓形成的混沌，人们装扮成天使与魔鬼，龙舌兰酒与香水的气息融汇聚集。在他们头顶上，阳台里的人撒出五彩纸屑，孩子们抛出装满小闪片的蛋壳，还有些男子则要么是喝饱了老酒，要么就是心怀恶意，将整整一瓶朗姆酒浇在行人头上。

就在这地方，在这羽毛、亮片与面具的混乱之中，胡·卡姆停下了脚步。

"在这附近走几步，"他将绳子递给她，说，"记得有机会就把他的双手绑起来。"

卡西奥佩娅的父亲去世后，她的母亲曾试图干些零工来维持生计。有一阵子，她试过制作手工的流苏花边，还把这种手艺教给了女儿。卡西奥佩娅可以编出许多种绳结，但她不清楚它们在超自然的存在身上是否也能奏效，不过胡·卡姆向她保证，任何简单的绳结都可以。

"那你去哪儿？"她问此刻正转身准备离开的胡·卡姆。

"不该让他看到我在你身边。"

"但是——"

"我会一直看着，跟着你。不管他说什么，别松开他，也别离开他。"

玉影之神

"我怎么知道他长什么样?"

"你会知道的。"

"等等!"他走几步后,她喊道。

他停住了,冰冷的手擦过她的手,她抓着绳子的手松了。

"我会在你身后。"他说的不是保证,而是事实。

说完后他便离开了。她就这么被遗弃在了陌生人之中,这把她吓坏了。在乌库米尔,每年最大的活动是本地圣徒的朝圣仪式,人们会将圣徒像从教堂里拉出来,扛着在镇上游行。而这个狂欢节,它可大多了!这儿有许多戴着可怕面具的女人,还有个男孩在一直敲鼓,卡西奥佩娅满脑子想的就只有逃走。

她握紧绳索,咬住下唇。她说了她会做这事,那她就得完成。她开始行走,在街道中央一对对跳舞者之间硬挤出一条道。她溜过两个朝她扔五彩纸屑的小丑,避开三个吵吵嚷嚷地撞向行人,嘴里还喊着下流话的男子。

"你该不会恰好有火柴吧,有吗?"一名男子以悦耳的声音问她。

那是个深色皮肤的家伙,肩膀很宽,面容英俊,身体强壮。他打扮成了海盗,身穿蓝色外套,腰间围着腰饰带,脚上是高筒靴。他牙齿闪闪发亮的样子,还有他的站姿,一下子吸引了卡西奥佩娅的注意。

就是他,玛,她想。

很有可能,她遇到过一位神,因此便能迅速地认出另一位。抑或者,是封存在她皮肤之下的胡·卡姆的精华,让她得以看出这个陌生人身上带有超凡的元素。

"没有。"她说,低头看着自己的鞋子,但这不是羞怯,而是不想让他发觉她已认出了他。

"真遗憾。你一个人在这样的夜晚做什么呢?"

"我和朋友一起来的,但我似乎找不到他们了。"她神气活现地又说了个谎。似乎她在此事上颇有天赋。

"这太可怕了。或许我能帮你找到他们?"

"可能吧。"她同意了。

他拿出一支香烟和一个打火机,单手环住她的腰,引导她穿过街道。

"我以为你需要火柴。"

"我需要的是个和你聊天的理由。看,甜蜜的小东西,你脸红起来真可爱。"他的声音仿佛蜜糖。

他用那种甜得发腻的口气对她说了很多话,都是些无关紧要的事,因为一两分钟后,她就都不记得了。恭维,诱惑。他的话语带着电流,像孕育着雨水的云般充满电荷。她跟着他远离了狂欢者们,来到一条空无一人的小巷。他将她抵在墙上,单手抚过她的胸部,脸上带着微笑,这触碰让她全身发颤。女人与男人在黑暗中干的就是这事?牧师低声说起的下流行径?书籍上提到引诱的细节时总是含糊其辞。

"你觉得,嗯,给我一两个吻如何?"他扔下香烟,问道。

"现在?"

"对。"他对她说。

卡西奥佩娅点点头。男子俯身吻了她。她从没接过吻,也不太清楚自己是否想和他做这样的事。她转过了头。

她抓着绳子的手指松开了一会儿,接着又紧紧攥住。

刚才她很紧张,但现在,她冷静下来了。她推开他,动作轻柔而羞怯,所以他露出微笑,双手落在她的腰上。她又轻轻推了他一下,抬起绳子,想捆住他的双手,不过要做到这一点有些困难，因为他的一只手此刻漫步到了她的腹部，捏起她衣服上的扣子。卡西奥佩娅恼火地叹了口气，将他的双手捏在一起。

"你在做什么？"他问。

"你要是想要那个吻，就让我做完。"她说，不过她完全没有做这类事的打算。

"你可真是个反常的家伙！你在玩什么游戏？"

"你会知道的，"她说，"现在，要是你乐意，就别动。"

他哈哈大笑，看着她打了个结实的结。打完后，他想吻她的唇，但她转过头，用力给了他一个耳光。甚至此时，他都以为她是在嬉闹，但等他想挣脱绳结，却发现自己做不到。

他的脸色变了：在他脸上凝聚起了风暴。

卡西奥佩娅从他身边溜开。他的双眼如闪电般明亮，开口时，他发出了风吹过树林的"嘶嘶"声。

"你是谁？"他问，"你怎么做到的？我会叫你好看的，姑娘。"

"你做不到。"她回嘴道，踏出几步，远离了他，而他笨手笨脚地想要解开绳结，甚至将绳子塞进嘴里，用牙猛咬，却完全没能奏效。受挫后，他往地上啐了一口，开始绕着她转。

"你给我过来，解开它，姑娘！快点，否则我就把你淹死在河里，在你肿胀的尸体旁弹琴。"

他跑向她，想把她抵在墙上，但卡西奥佩娅往边上一躲，让这神撞在墙上，撞松了好几块砖。他转过身，张开嘴，像是要发出尖叫，从他嘴里出来的却是一股温热的风，将她推得倒退了两三步，还渗进了她的衣服里，感觉就像是有人拿着一块发烫的石头摩擦她的皮肤。

她眨了眨眼睛，想着自己站在这空荡荡的小巷里，直面一个愤怒的神是多么荒唐的场景，她本该向其他方向跑，跑得远远儿的，跑回那所家庭旅馆，或者干脆一路回到老家。但胡·卡姆说过，别松开这个男子，也不要离开他，因此她拨开脸上的头发，双臂交抱。

"你非得让我折了你的每一根骨头是吧，你这白痴？"他看起来像是做好了准备，要像头愤怒的公牛一般朝她冲过来。

"你真是太失礼了。"胡·卡姆说道。

他突然出现在她身旁，仿佛天鹅绒般的天空突然落下的一片，又如同夜间植物展开花叶，向她致意，他的手碰到了她的肩，迅速护住她，让她不受任何威胁的伤害。

胡安微笑起来，注意力转移到胡·卡姆身上。他狂乱地大笑，听起来像是已长醉不醒。

"胡·卡姆，我的表亲。原来给我设下这种温柔陷阱的人是你。真是让我吃了一惊。"微笑让他露出了闪亮的牙齿。

"应该也没有很吃惊吧，我想。难道我的弟弟还没有派他的猫头鹰来通知你，说我已经逃脱，并提醒你我会来找属于我的所有物？"胡·卡姆不带一丝笑意地回道。

"可能派了。我又不会知道。我在群山和溪流之间穿行。要找到我很难。"

"不算很难，狡诈的表亲。"

"狡诈？我？就因为我守着武库布·卡姆主人的所有物？"

"因为你手里有我的耳朵，你这条狗。别说你不知道它到底属于谁。"

胡·卡姆的面容冷峻，但一丝愤怒给他的话语增添了色彩，那是火一般的红色，仿佛香烟的余烬。

"我知道它是你的耳朵。但话说回来，我也知道，如今的希泊巴至高之主是武库布·卡姆。我依阴影九王国的统治者之命行事,难道也要遭受责骂?"

胡安做了个讽刺的动作,在胡·卡姆面前深深地一鞠躬,接着又猛地跳起来,站直身体。

"你在眨眼之间就改换了效忠对象,这一点就该遭到斥责。"胡·卡姆说道。

胡安摇摇头。"我追寻的是风的方向,起了新的风也不能怪我。武库布·卡姆将你的耳朵给了我,没错,而我在他面前屈膝,不仅是因为我爱你的弟弟,也是因为我们必须遵循万事万物的秩序。秩序与王国现在都属于武库布·卡姆。"

说话之间,胡安慢慢地绕着胡·卡姆和卡西奥佩娅走,唇上出现了微笑。而后,他的笑意渐浓。

"这些绳子绑不了我多久,"他说着,双手对搓,又试了试这绳索,"到那时候,你又打算做什么?"

"说得好像绑住你的手很重要似的。我要的是吸引你的注意力。"

"那现在你已经有了。"

"把武库布·卡姆交托给你的东西还给我。"

"违背希泊巴至高之主的命令?你可拿不回它。"胡安说着摇了摇头。

"违背虚假的至高之主的命令,取悦正确的那一个。"

玛耸耸肩。"这都是些让人迷惑的术语。虚假?正确?我不是个赌徒,表亲。今天掌握了王座的是武库布·卡姆。明天则可能是你,也可能不是。我不想在你弟弟发怒时面对他。我俩之间的冲突叫人厌烦,也没有必要。"

话虽这么说,这神还是张大了嘴,他的嘴角鼓胀起来,又吹起一阵风,它比之前那阵更强,或许真的可以如他所说,折断卡西奥佩娅的骨头,只是在转瞬之间。胡·卡姆抬起一只手,地上的阴影便如波涛一般升起,形成一个茧,风撞在这个茧上,四散开来。

玛咳嗽了几声,又张开大嘴,但胡·卡姆说话了。

"别对我用这招,不然我会把你当成野蛮人。"他说。

那位神微笑着摇了摇头,声音嘶哑。"我以为我们在游戏!我们有根绳子可以跳,你的朋友可以扮演多娜·布兰卡,我们可以绕着她跳舞。我不会认真地——"

"安静。"

胡·卡姆的脸如坟墓般严峻。它将另一位神的微笑中的傲慢擦去,让他稍许清醒了一点。

"如果不把属于我的东西归还我,你会发现自己陷入了糟糕的境地。如你所说,绳子捆不了你多久,但这段时间足以让我毁了你在这节日中的快乐一周。而当我重回王座,我保证会让你夜夜不得太平。河流旁再没有鼓声,你将再没有烈酒,你和你的兄弟们也会再没有欢笑。"

"那如果你没能重回王座呢?"胡安带着天真无邪的嘲讽问道。

"你敢冒这个风险吗,表亲?别忘了我是谁,别忘了我的魔法和我的力量。同样别忘了,我的弟弟总是比我弱。"胡·卡姆声音低沉地说道。

胡安的微笑已彻底消失。这个夜晚原本温暖宜人,此时卡西奥佩娅却觉得一股寒流沿她的脊椎向下,擦过她的双臂。寒意从土地渗透出来,向上蔓延,他们脚下的地面像是冻结了。据说,在希泊巴有个冰冷之家,里面会下刀子般锐利的冰雹,切开人的

玉影之神

双手,她想,或许那就是他们此刻感受到的寒意。但不管源头在何处,它都是超自然的,而且立刻在那位神身上产生了效果。

"这……这太冷了。我喜欢温暖的夜,表亲。"胡安说道,牙齿咔哒作响,双唇间溜出一团青烟。

"哦?我什么感觉也没有。卡西奥佩娅,你感觉到什么了吗?"胡·卡姆流畅地问道。

她摇了摇头,玛哈哈大笑,但他的指尖已经发白,手指与手指之间也装饰着霜冻形成的花边。

"我尊敬您,胡·卡姆。您知道这一点。"胡安说道。

"真的吗?我已经开始怀疑了。"

"我不希望你成为我的敌人。"

"那你发誓把我的所有物还给我,我会考虑不追究你的责任。"

虽然胡·卡姆最早出现在卡西奥佩娅面前时,她也曾敬畏惊叹,也曾担心害怕,但她到现在仍未了解他的极限。只有在旁观这些神交谈时,她才能意识到这气象神受到了胁迫,而她则开始好奇胡·卡姆的天性和他的力量。

死神,她正走在死神身旁,而这死神,顶着一张人类男性的脸。也正因此,她才会用与男人交谈的口气和死神说话,朝他提高声音,甚至可能藐视他,然而他当然不是人类的男性。她曾经在落满了灰尘的书本里见过死神的画像。他被描绘成骷髅,脊椎直露在外,身体上还有些象征腐败的黑点。那个死神与胡·卡姆似乎截然不同,但现在,她意识到他俩可能是一样的。

这是第一次,她瞥见了血肉下的骷髅头骨。如果连神都害怕死神,那她是否也该害怕他,而不是与他交谈,分享橘子?

"我以空气和水发誓,有需要的话,我还以大地和火焰发誓。

放我走，我会交出你的耳朵。"胡安说道。

寒霜此时已覆盖住了整片胸膛，还向上延伸到他的脖子，让他只能发出气声，但胡·卡姆说出一个词，那冰晶便自动融化，不过空气中仍然形成了一阵寒意。

他松开了绕在玛双手上的绳子，那位神将手探入口袋，拿出一只木匣，它上面镶嵌着五彩斑斓的珍珠母贝。胡·卡姆打开了它。那里面是一只保存完好的人类耳朵。胡·卡姆将它抵在自己的脑袋上，贴在它本该在的位置，等他拿开手时，这遗落的耳朵便已经连上了他的血肉，仿佛从未被切下来过。

胡·卡姆和蔼地对那另一位神略微点了点头。

"好了，我可以保证，你以后还是我最亲爱的表亲，"胡安说着，双手对搓，"现在你应该会允许我离开了吧。"

"去吧。好好享受这个夜晚。"

玛点了点头，不过此时霜冻已解，他便恶作剧般地对他们抬了抬眉毛。

"如果能给我个机会，让我尝尝你那漂亮姑娘的甜美之处，我在这个夜晚会更享受的。你不能让她和我跳一次舞吗？"这个神边问边将淘气的眼睛看向卡西奥佩娅，"你知道的，我可喜欢人类女人了，既然我们现在又成了朋友，把这个女人给我，让她来给我暖暖身子，算是个很不错的主意吧。我想我俩都同意，我可以喝点酒，等——"

"哦，这种事你想都别想，不然我可以再给你一个耳光。"卡西奥佩娅表示。

"偶尔吃点耳光也挺好。过来吧。"他说着，手心向上，朝她勾了勾手指。

那死神站立如长矛般坚硬，他的手放在卡西奥佩娅的肩膀上。"去别处找点消遣转移你的注意力,"胡·卡姆冷淡地说道,"还有,为你今晚的粗鲁表现向这位女士道歉。"

"你也太容易生气了!我刚才只是想表现得友好一点,不过我现在准备走了。没有必要再冒犯死神和他的侍女。向您道歉,小姐。祝您好运,表兄。"

这位气象神拿出一支烟,点燃了它,边笑边沿小巷往前走,走回了音乐和嘈杂的人群之中。夜晚变得更暖,重又回归成了海港城市普通的热带之夜,胡·卡姆将放在她肩头的手拿了下来。

"谢谢你。"她对他说。

"这么小的事,你不用谢我。"他回答道。

卡西奥佩娅想他说的应该不错,因为他需要她,即便为她挺身而出,那也是因为她于他还有价值。但不管怎么说,她觉得这是个很不错的表态。马丁找她麻烦的时候,从来没有人会为她辩护,所以她无法自控地对胡·卡姆心存感激,对他释放出善意。因此,就在她刚觉得自己该恐惧他、对他保持警惕的几分钟后,她又忘记了他的本性,把他当做了男人。

"滕女士,如果你打算跟上我,那我们还有很多事要做。"胡·卡姆说着,向玛离开的反方向走去。

"哪一类事?"

"既然我已经取回了耳朵,就能听到冥府使者和死者说话的声音了。我们要去找一个合适的十字路口。"

"我不明白你这话是什么意思。"

"你之后会明白的。"

10
CHAPTER TEN

他们渐渐离开闹市区，人群随之稀疏，到后来他们身边只剩下几个人，最后一个人也没有了。他们走了很久。街道两旁的白色房屋静如坟墓。他们衣服上的银色亮片时不时反射出一点光，就像迷失的火花。

他们来到一个十字路口。这附近没有任何房屋，路旁连一座孤零零的棚屋都没有，只剩下他们正在走的狭窄小道。卡西奥佩娅抬头看向群星，寻找夏曼埃克，欧洲人称它为北极星。这颗星是某个有着猴子脑袋的神的象征，人们将柯巴树的树脂摆在路边，就是为了向他敬献。她想知道，他是否也像胡·卡姆一般地真实存在，又是否真的有个动物的脑袋。

一只蛾子从他们身边经过，胡·卡姆伸出手，像是在召唤它。蛾子遵从了他的命令，轻轻停落在他的手掌心，而他闭上手指，将它捏碎了。如果胡·卡姆是凡人，那要行这夜间的巫术，就需要使用更具有实质性的供品——比如一只狗就很合适。但他是神，而且是个取回了耳朵及附在这耳朵上的那点魔力的神，用蛾子就足够了。

胡·卡姆摊开手掌，将灰黑的粉尘撒在地上。

他说了几个卡西奥佩娅不明白意思的词。那是一种陌生的语言，非常古老。粉尘落地之处升起了烟，看上去就像点燃了炭盆。那些烟有形状，像一只狗，但随后它就变化了，变成了男人，接着是鸟，直到最后，她已无法精确地定义这道幻影的性质。她越是想确定，那幻影就显得越纷乱，很可能会让她头疼不已。

"向你致意，感谢你遵从我的召唤，"胡·卡姆说道，"你认得我吗？"

"无星之夜的王子，希泊巴的头生子。你是没有王座的神。"

玉影之神

我认得你。"烟说道。它的声音低沉,像闷烧的火。

"那你应该已经明白你得遵从我的命令,"胡·卡姆将单手按在胸前,以国王般的傲慢说道,"我想知道我的精华藏在什么地方。"

"我欠您三个答案,因此我将给你三个精华的地点。"

那道烟冉冉升起,狗、鸟和难以名状的形体矗立在他俩的上方。它有两只黑色的眼睛,如两个黑色的针眼,漆黑却会闪耀光芒。卡西奥佩娅站在胡·卡姆身旁,感觉到它正在看着自己。这个生物是个难以置信的存在,随它而生的还有焚香和干枯花朵的气味。它让卡西奥佩娅不由得想知道,希泊巴之主还能命令怎样不可思议的野兽。

那道烟张开下巴,开口说话。

"湖上之城,不可思议之城特诺奇蒂特兰。在干旱的废土深处的艾尔帕索。"

幻影摇了摇头,盯着地面,显得有些动摇。显然它不想再多说了。

"还有呢?"胡·卡姆问道。

幻影伸出了舌头。"在下加利福尼亚州,去海边,去铁拉布兰卡。去找寻你的命运,希泊巴之主,但你能找到的只有厄运,因为你的弟弟比你想象的更狡猾,也更强大。"这烟雾状的造物说,它的声音就像木头燃烧时发出的噼啪声。

"别对我说教,信使。"神回道。

"我说的是事实。"

"我的所有物现在在谁手里?他们住在什么地方?"

"您得去问幽灵或术士,又或者其他能够帮助您的存在,主人,我已经给了您三个答案和一个警告,即使是像您这样的神也只能要求我这么多。"

"那你可以离开了,我将带着你的答案上路。"

烟雾变得更大,它鞠了个躬,身体对折,前额触碰到地面。烟气钻入土地,就像雨水渗入土壤,随后消失不见。在他们周围,夜晚的空气微微发颤,向那幻影告别致意。

"你听到我们要去哪儿了,"胡·卡姆对她说,"明天我们就动身去墨西哥城。"

他也可以说他们要动身去南极洲,反正这二者没什么差别,她完全没法振作精神,甚至没法回答,前额剧痛不已。

他们走回那家家庭旅馆。此时已经很晚了,旅馆的前门关着,但胡·卡姆轻轻松松地打开了它。他们走回各自的房间,这趟游历让卡西奥佩娅筋疲力尽,她连衣服也没换,便穿着那套银与白相间的衣服倒在床上。这一夜见到的奇观没能让她撑着保持清醒,她陷入了沉睡。

◆

第二天,他们搭乘夜间火车前往墨西哥城。要是他们能搭上时刻更早的火车,那卡西奥佩娅或许就能凝望窗外,观察大地的景观、沼泽和灌木林,还有一排排的棕榈树。以竹为墙的小屋,坐在破旧椅子上的老人,追逐流浪狗的小孩。她或许还能看到火车从韦拉克鲁斯所在的低矮丘陵一路向上攀爬,来到顶部堆满雪的群山之间。但夜晚就像是洒在书页上的墨水,遮蔽了所有植被和自然景色。

不过,卡西奥佩娅确实能感受到火车的存在。它笨重地缓慢向前,渐渐远离海滨的潮热。她以前从未搭乘过这么精妙的装置。她只觉得自己像是待在金属怪兽的肚子里,就像被鲸鱼吞吃的约拿。她家的《圣经》上有这一幕的插画，描绘了一名男子坐在鱼肚子里，表情惊讶，这张插图常常让她心生不安。现在，她与约拿共情了。她看不到自己的去处，也看不到来时的地方，她周围的时间与世界因此像是产生了变形，难以认知；就好像她正在梦中旅行。

她侧耳倾听车轮碾过铁轨时"哐哐"的金属声，胡·卡姆则背靠椅子坐着。他俩共享一间卧铺包厢，包厢很小，因此当他这么坐，双腿伸展时，他看起来像是占据了所有的空间。卡西奥佩娅倒不介意这一点，对着窗蜷缩身子，全神贯注地望着群星和天空。她将父亲与发霉的书籍、墨水和纸张的"沙沙"声联系在一起——他是个书记员，这些都是他的谋生工具。但在她心中，与父亲联系最紧密的是群星，那是他深爱的事物。

"你可以与鬼魂交谈？"她打破了他们这包厢里的寂静，问道。

"还有在夜间漫步的其他存在，我想你可能已经注意到了。"胡·卡姆回道。

"那你能和我的父亲交谈吗？我很小的时候，他就去世了。"

他转过头，冷漠地看着她。"总体来说，鬼魂会固定在石头或某一个地点上，在很少见的情况下，它们会缚在某一个人身上。在这里，我没法召唤你的父亲。另外，他现在也可能不是鬼魂。不是每一个死者都会将自己绑在土地上。如果你的父亲死得很平静，那他会平静地离开这个凡人的国度。"

"那他会在希泊巴吗？"她问。

"绝大多数凡人在很早以前就已不再崇拜希泊巴的诸神了，他们的信仰僵化后，便不再冒险向下进入我们的道路。你的父亲不是我的臣属。"

刚才那短短的一会儿,她本以为自己可以见到亲爱的父亲的面容,听到他的声音。而现在,她失望地转过头,看向窗外。

"我想这样是最好的。"她叹了口气,说道。

"你这话是什么意思?"

"希泊巴是个可怕的地方。有一条血河,还有蝙蝠之家和阴惨之屋。我不希望我的父亲去这么吓人的地方。"说到这里,她停住话头,手指在车窗玻璃上轻点,皱起眉头,"但话说回来,我听到的故事里说,双子英雄杀了你们,我怀疑这个故事到底有几分真实。或许希泊巴也没有那么糟。"

"凡人们喜欢述说他们的故事,还总是不说真话。"胡·卡姆倨傲地说道。他已脱了草帽,正在检视它,手指仔细地摩挲着它的纤维。

"那希泊巴看起来如何?真实的故事到底是怎样的?"

他对草帽的兴趣更甚于她的问题,而他也不总会给出答案,当他以冷酷而镇静,不带一点感情的声音开口时,她都快放弃得到解释了。

"漆黑之路通往希泊巴,在它的中心,坐落着我的王宫,它就像是你们的国王王冠上的宝石。王宫很大,装饰有彩色的壁画。王宫里的房间几乎有一年的天数那么多。在王宫周围环绕着其他精美的建筑,它们的优雅,没有任何人类的建筑能够企及。你就想象一下,你的掌心放着一颗宝石,对,但这是一颗完美无瑕的宝石。"

他身体前倾,手指尖钩着帽子。他的脸多了几分生气。"要找到我的王宫,得先找到一串蓝绿色的池塘,在这些池塘里最寒冷的深处,游动着最古怪最奇异的鱼,它们目不视物,却极美。它们都像萤火虫一样,自身能够发光。池塘周围有些树。这些树看起来像木棉,但树皮是银的,果实也是银色的,它们在黑暗中会散发出幽光。"

"你想念那里吗?"她问,因为他的话语中有些渴望的意味,他的王国听起来又那么惊人,与她听说的阴影密布的悲伤之地并不相似。

"我属于那儿。"他说。

卡西奥佩娅想,他能够如此确信或许也是件好事。她从未明确地知道自己属于何处,她姓莱瓦,却又并不真正是这个家族的成员。乌库米尔令人窒息。这一点让她担忧,胡·卡姆很清晰地知道自己要去哪儿,而她意识到,自己再也没法回到家乡。

等胡·卡姆取回失去的器官后,她要做什么?这段思绪转而让她开始考虑他的健康问题。

"感觉如何?"她问,"那只耳朵。"

卡西奥佩娅说着碰了碰自己的耳朵。装回耳朵的过程看似毫不费力,但事实可能并非如此。

"什么?"

"你疼吗?"

"不。"

"我的手有时候会痛。"她承认道。

"让我看一看。"

"现在不痛,"她澄清道,"但昨天痛过。就好像眼睛里进了沙子,你明白吗?当然,痛的不是我的眼睛。"

胡·卡姆站起身,来到她身边,抬起她的手举高,像是要好好看一看它,尽管其实从外观上什么也看不到。也许他能看到藏在她皮肤底下的骨片。

"要是又疼了就告诉我。"他对她说。

她抬头看他。他还戴着那只黑色的眼罩。
"相反的情况是不是也成立？你少了一只眼睛的地方会疼吗？"
"少了些器官确实让我觉得困扰。"这些话听来很沉重，如同沉入河流中的石头。
"抱歉。"
他还握着她的手，因此卡西奥佩娅就着这个姿势，轻轻握紧了他。她不期待他会说出感谢的话，这种琐事不像是神会做的，不过她也没有想到他会这样皱起眉，看着她的手指。
"你为什么要碰我？"他问。
"哦。呃……是你先碰了我。"她说。
"不是。我说的就是刚才。"
"抱歉。"
之前他也曾将手放在她的肩膀上。当时他那么做似乎没什么问题。她没有考虑过，自己伸手去碰他，是凡人主动与神接触，而不是神主动与凡人接触，这可能会是种冒犯。
她想抽回手，但他没有放开她，卡西奥佩娅不知道他们是不是要来一场拔河比赛。
"你可以松手了，"她说，"我刚才没有意识到——"
"多么傲慢。"
"你抓着我的手还抱怨了一大通，这才是真的傲慢。"她气急败坏地说道。胡·卡姆的这番表现仿佛她侮辱了他，而事实上她只是想表达出善意，这不公平。
胡·卡姆笑着松开了手。那是真心实意的笑，像受惊的鸟儿般在这包厢里跃动。她也对这份欢乐做出回应，微笑起来。
"你笑什么？"她问。他之前从未如此。

"你真是个有趣的小东西，"他对她说，"就像养了一只宠物猴。"

这算不上侮辱。它听起来像是表示喜爱，但她还是皱起眉头。不过，她的不悦没有持续多久。情况合适的时候，她可以很快就原谅别人。另外，他已经回到了自己的座位，开始静静地休息，因此实在也没有什么可生气的。

等他终于又开口时，她几乎都已经忘了他还在自己的身边。

"你一直在看什么？"

"星星，"她回答道，"今天晚上有一千颗星星。"

"每个夜晚都有一千颗。"

"或许吧。"她低声说着，将脑袋贴在手臂上，在脑海中默念星星的名字，她从小就这么做，这是她上床睡觉之前总会玩的游戏之一。

最后，卡西奥佩娅在上铺躺平，闭上眼睛，陷入沉睡。火车一直在缓慢地向前，车轮锵锵。在下铺，有个希泊巴之主没有睡觉，而是听着火车的节律。从他唇中溜出的笑声并不寻常，他允许自己考虑了两分钟这究竟意味着什么。但他是个骄傲的神，因此这个问题没能占用他超过这两分钟的时间，而后便被他弃之脑后。

但请放心，在地底王国希泊巴，另一个主宰听到了胡·卡姆的大笑声，觉察到了它的意义。

11
CHAPTER ELEVEN

凡 人的想象给诸神塑形，雕琢了他们的面容和他们千变万化的形体，就像水浇筑水道中的石头，在千百年间不断打磨它们。想象同样塑造了诸神的住所。

希泊巴，灿烂辉煌，却又令人恐惧，这是一片让人窒息的昏暗土地，夜晚没有月亮，作为照明的只有一个阴郁的太阳。暮色在此地永不消退。在希泊巴河流中，潜伏着玉石凯门鳄，雪花石膏鱼在如墨般漆黑的池塘中游动着，四处有玻璃的昆虫"嗡嗡"鸣叫，它们那透明的翅膀振动的"叮当"声制造出独特的旋律。在这里，有奇异的植物和繁茂的树，但在冥界的土壤中，花朵无法盛开——或许有些花曾经开放，但此时早已凋谢。

这些都是显了形的梦的碎片，但凡人的噩梦也在希泊巴这非凡的景观之中大量涌现。

在这片土地上，有不少广阔的地块荒芜而灰暗，人们绝望地在荒原中行走，哭喊着恳求宽恕。还有些沼泽，地表覆盖着薄薄一层雾气，水中升起有毒的气体，骷髅鸟停歇在死树上，发出尖厉的鸣叫。有一片地表露出了石灰岩，那儿洞穴密布，如同蜂巢，里面住着迷失凡人的灵魂，他们整日抬头向天，撕扯头发，因为他们忘了自己，也忘了这旅程的目的。自谮妄的怒吼中诞生的野兽和非凡生物在丛林中漫步，将冒险进入此地的蠢货撕成碎片。最安全的还是尽量靠近希泊巴的漆黑之路，这条道路如长长的缎带，穿过这座诸神居住的城市。若是远离这条小径，很可能会陷入混沌与恐怖。

一开始，只有这座城市希泊巴，但随着时间推移，城市周围逐渐涌现出了沼泽、丛林、洞穴，以及冥界的其他怪异地形，因此现在希泊巴的边界比它原初时要更广阔许多。人们用希泊巴这个词指这所有一切，而不仅指以此为名的这座城市。城市本身则

129

由此成为漆黑之城，冥界主宰的王宫也随之称为玉石殿。

胡·卡姆统治这个王国时，喜欢待在王宫的花园消磨时间，但武库布·卡姆更喜欢住在宽阔的房间里，这些房间没有窗，墙壁涂以黄红二色，地板上散落着各色垫子。冥界的四只猫头鹰之一俯冲进他的房间里时，他正好坐在其中一只垫子上。这只猫头鹰是他派往凡世去的，让它四处探查，监视他的兄长。

猫头鹰已经找到了胡·卡姆。在希泊巴的诸位伟大主宰之间有着一种亲密的亲缘联系，它有些类似凡人与其家庭成员之间的血缘关系。而这种亲缘关系，在胡·卡姆与武库布·卡姆之间最为明显。他们是双胞胎，彼此极为相像。身高和体格相同，只是头发和眼睛的颜色不一。先降生的是胡·卡姆，他那黑色的眼睛仿佛水洞的深渊。在几下心跳之后，武库布·卡姆也睁开了他的眼睛，那双眼睛很浅，是灰烬的颜色，不过当他陷入沉思，它们有时候也会呈现出银色，又有些时候，它们则几近于半透明，仿佛占卜用的石头萨斯滕。

那只猫头鹰很了解武库布·卡姆的精华，它飞越中间世界，寻找类似的精华。它必然能找到胡·卡姆。

而当猫头鹰返回希泊巴，它的背上带着一份礼物。

那礼物正是胡·卡姆的笑声，猫头鹰听到了它，捕捉了它，将它封在一只白色的海贝里，而此刻，这只海贝就落在它的主人摊开的掌心。武库布·卡姆将海贝抵在耳朵上，倾听这声大笑。隔了这么久再听到兄长的声音并不是件愉快的事，当这笑声的回音渐渐消失时，他用手指碾碎了这只海贝。接着他从垫子上站起身，取来一把仪式用的黑曜石小刀，走出王宫。

通常武库布·卡姆离开王宫出行，总会乘坐金轿，由他最讲究的廷臣的肩膀抬轿。歌手走在他前面开道，唱歌赞颂他们主宰的美貌与智慧，他的兄弟和剩余随从则跟在他身后，或是焚香，或是高举盛满扎卡的杯子。武库布·卡姆骄傲自负，乐于受人吹捧，诸神一贯如此。

不过，那一天他静悄悄地离开王宫，没有惊动任何仆从。他没有戴头饰，也没有穿精美的长袍，只披了朴素的白色斗篷。他沿着城市的街道前行，直到将所有建筑甩在身后，直到视线里再也见不到那条黑色缎带般的道路，抵达一片沼泽。

在尤卡坦半岛的沼泽中随处可见的凯门鳄也存活在此，它们朝虚空活动着上下颌。但这些凯门鳄就像是正常凯门鳄的幽灵：它们的鳞片都是雪花石膏和黄金。他以凡人招呼狗的动作招来一条凯门鳄，它的体形比所有在中间世界漂浮的凯门鳄更大。他坐在这生物的背上，骑着它横穿沼泽。

红树林的根系在水下紧密交织，散发出怪诞的微光。几只骷髅鸟栖息在贫瘠的枝丫上，用空洞的眼窝凝视着死神。他来到沼泽边缘，登上通往美洲豹之家的台阶。有时武库布·卡姆会派人来这屋子，让那些凶暴的动物将他们撕成碎片，这既是惩罚，也是消遣，他们已经死了，所以不会因此而真正死亡，会及时地恢复原状。

这些美洲豹远称不上驯顺。但当武库布·卡姆踏入室内，这些残忍的野兽低下头，像小猫似的轻轻舔了舔他的手。

武库布·卡姆拍了拍其中一只美洲豹的脑袋，手指沿着它的毛皮往下滑。他喜欢它那双金黄的眼睛。既然已经选定，他便切下了这只大猫的头。他剖开它的胸腔，取出它的心脏。那颗心脏落在地上，美洲豹的鲜血则形成了怪异的图案，这位神仿佛人类阅读纸上的字迹一般读了起来。

这便是武库布·卡姆的天赋：预知。用亮红色的珊瑚树种子，他能数出日期，预测未来可能发生的事，或从黑曜石镜子里占卜出问题的答案。这样的巫术让武库布·卡姆预知到他的哥哥必将从囚禁中逃离，不过他当时不知道此事会在何时发生，又是谁会救出胡·卡姆。武库布·卡姆同样知道，胡·卡姆要逃脱，必须获得一个凡人的帮助。他将如寄生之物一般，以这个凡人的生命力为食，直到他彻底收回自己的精华，另外，由于他将与这名凡人捆绑在一起，便也能在中间世界行动自如，而这一点，则是死神们通常并不拥有的自由。但通行必须付出代价。凡人的生命力给了他力量，让他能在人类的土地上漫游，却也会缓慢地污染他。每一天，它都会让胡·卡姆变得更接近人类，假如他无法取回自己的力量，那么到最后，他必然会从那人类的心脏中攫取凡人最后的一记心跳，加上伴随这心跳的所有凡人精华。他将彻底变成人类，再也不是神。

武库布·卡姆就盼着这个进程早日发生。他知道此事属于必然，因此已经在铁拉布兰卡建造了一座旅馆，以保证自己取得胜利。

胡·卡姆的大笑声证明他确实正在逐渐向人类转变。

这不是说诸神不会表达出愤怒、嫉妒和欲求。但他们的这些情绪都像是可以用铁钥匙随时开启或关闭的隔间，而且在很多情况下，诸神的状态都是平静的漠不关心。他们的大笑出自头脑，从不发自内心。然而，胡·卡姆的这个笑声却自他心中的熔炉酝酿而成。它明亮而活力充沛。

这让武库布·卡姆有些困惑。他没有想到他的兄长这么早就会开始变成人类。事实上，他还没有为此做好充分的准备。他需要胡·卡姆在抵达铁拉布兰卡时处于即将陷入凡人必死命运的终极阶段，到了那时，他将极为虚弱，只是从前那个他的一个空壳。然而这个笑声里全无虚弱的成分，它的欢愉则更暗示出了一种未知的力量。到底在发生什么事？有什么地方发生了改变？

武库布·卡姆思忖着，并因此决定，他需要阅读美洲豹的鲜血——鲜血能提供所有神圣的真实——来辨明未来，保证他的计划万无一失。

但武库布·卡姆在鲜血中读到的并非保证，他皱起眉头。美洲豹们感受到了他激动的情绪，尾巴不住抽动。

武库布·卡姆将指甲按在血迹里，画出一个符号，接着又画了一个。他的指甲蘸了三次鲜血，最后才站起身。他那双灰色的眼睛在这美洲豹的房间里捕捉到了一丝亮光，有那么一会儿，他的双眼因此而闪亮。

他踏出美洲豹之家，沿洁白的石阶向下，来到驮着他前来此处的凯门鳄身边，用那把邪恶的匕首砍下了它的头。凯门鳄的鲜血染红池水，武库布·卡姆则阅读了这绛红色的痕迹。

他再一次大失所望。

最终，这位神拿出匕首，以冰冷的决心切开手掌，让自己的血滴落在水面。他的血如墨般漆黑，不出几秒，池水泛起气泡和漩涡。武库布·卡姆凝视湖水表面。

"这到底是什么诡计？"他低声嘶嘶说道。

他没法妥帖地阅读这些符号。以前，他预见到胡·卡姆的脱逃，也做好了与胡·卡姆在铁拉布兰卡重逢的准备。而现在，他确实还能见到这种未来，但除此之外，却还有不断分叉的小径在他面前隐藏。当试图凝视这些溪流时，会出现一个他从未见过的女人的脸，他却知道她的名字叫卡西奥佩娅·滕。正是她的人类精华玷污了胡·卡姆的不朽，让他难以区分两人的未来。

这种感觉就像失明。他也无法再观察到自己胜利的那一刻。

这让他十分困扰，因为胡·卡姆的逃跑是命中注定，而武库布·卡姆对希泊巴的统治却从未以同样的方式板上钉钉。

死神站在沼泽的水岸边，各种最阴暗的想法在他脑海中溃烂发脓，树上的骷髅鸟感受到了他的怒火，纷纷将脑袋藏在翅膀下。

这位神将手掌收成拳头，再摊开时，他的手已完好如初，仿佛从未被匕首割伤过。用这样的方式无法对他造成伤害。他身上的灼烧伤则与之不同，就像切下他兄长头颅的刀刃，必须是由铁与恶毒的魔法铸造而成的反常之物。

武库布·卡姆唤来两只猫头鹰信使。他共有四只猫头鹰，它们都是可怕的生物，当它们在中间世界自由遨游时，便以人类的噩梦为食。查比-图库尔是四只中速度最快、体形最小的，负责跟踪胡·卡姆的正是它。胡拉坎-图库尔则是最大的，可供一人乘坐，但也正因为这种体形，让它没法在胡·卡姆面前隐身。即使他的兄长少了一只眼睛，见不到这些有翼生物，也很可能可以感受到胡拉坎-图库尔在振动翅膀。武库布·卡姆没法冒这样的风险。因此，他对那只较小的猫头鹰下命令，让它返回中间世界，侦察胡·卡姆。

接着，他朝大猫头鹰开了口。他指示它飞去中间世界，寻找凡人男子马丁。猫头鹰得将这个男子运到墨西哥城，让他在那儿等他表妹上门。胡·卡姆必然会采取这样的行动路线，因为他得尽快让自己恢复原身。

如果马丁成功地拦截卡西奥佩娅，那武库布·卡姆将取得不可否认的胜利。但如果她避开了马丁，或者，更糟的是，她拒绝与武库布·卡姆见面……嗯，死神就没什么机会了。就算改变以某种方式渗透进了他的计划，就算未来在这位神的注目之中隐形，他也将达成自己的目标。

七下心跳的时间分开了这两兄弟。胡·卡姆，头生子，有权获得王冠、王座和希泊巴全境，就只是因为这几下心跳的区隔。随后才出现了武库布·卡姆，尾随他的兄长，手抓着披在胡·卡姆肩头那条黑色长披风的下摆。接下来的时间里，他们的王国不断扩张，美与力量与时俱增，其他兄弟也自烧焦的骨头与噩梦之中出现，让他们的宫廷变得完整。而后，出现了漆黑之城中千变万化的建筑和平原上由灰烬汇聚而成的野兽，凡人不断增加的叹息、祈祷和思想则给他们的世界增添了色彩。

再然后，寂静，朽败，祈祷减少。胡·卡姆像是要与中间世界那漠不关心的时代匹配，成了一名漠不关心的主人，自私又骄纵。武库布·卡姆催他的兄长与自己一起去中间世界旅行，这不是因为他喜爱凡人和他们的城市，而是因为他为半岛上发生的改变而忧心忡忡。他担忧希泊巴。在几个世纪里，胡·卡姆曾冒险去过中间世界，但即使是海那边来的巫师在蒂奥附近登陆，带来恶魔和咒语书，甚至背上还背着一两个幽灵，希泊巴之主依然不屑一顾。

武库布·卡姆夺取这个王国，是因为他必须这么做。长久以来，他都与他的兄长相对，扮演次要角色，但他将成为希泊巴的救星。他才是希泊巴之子，是它的未来和它唯一的机会。

胡·卡姆确实掌握了幻觉的能力，但论实力，难道武库布·卡姆不才是更强大的巫师？难道他不是比他的兄长更狡猾？难道他不是更配得上漆黑王座？

是的，神向自己保证。所有这一切都是真的。所有这些都众所周知。有朝一日，凡人将会歌唱他的胜利，讲述死神如何杀死死神并为自己重塑辉煌的新王国。一个几乎不可能达成的壮举。

玉影之神

凡人们将会歌颂一千年，一万年。

　　武库布·卡姆的唇上浮现出微笑。这是个可怕的笑容，那洁白的牙齿能将骨头咬成碎渣。但话说回来，我们也不能指望死神会有多温柔。

　　神又招来一条凯门鳄，骑着它回到王宫，而那只被他斩首的生物的躯体，则缓慢地沉入淤泥。

　　在神离开沼泽很久以后，树上的鸟儿才敢抬起头，释放出尖锐的叫声，但依然犹犹豫豫，它们还在为主宰的怒火而恐惧。

12
CHAPTER TWELVE

墨西哥城从未激发出多少爱。"至少这不是在墨西哥城！"住在首都之外的每一个人嘴里都会溜出这句话，说话时还得随之摇摇头。人人同意，墨西哥城是个大粪坑，充斥着公寓、犯罪和最下流的下等人的娱乐。矛盾的是，人人也都同意，墨西哥城散发出独特的诱惑，因为它有宽阔的大道和闪亮的汽车，它的百货公司里塞满精美的货物，它的电影院里放映着最新潮的有声电影。天堂与地狱彼此共存，在墨西哥城里一起显形。

1925 年之前，墨西哥城受到的外国影响还相对较少，没有什么飞来波女郎。而后，突然之间，因为一队来这座城市最高级的俱乐部表演的舞者，街上满是巴塔克兰式的图像。苗条、慵懒而又雌雄莫辨的女性统治了首都的广告牌。虽然有些首都佬还紧抓着原本优雅的道德准则不放，对这些"海报女郎"大大摇头，但仍然有不少人急切地拥抱了新的理念，以不信任的眼神看向地位低下的"印第安人"，后者自这个国家的其他地方来，没有费力用粉霜掩饰她们棕黑的肤色，也没有穿着爵士时代的时髦服装。

波菲里奥时期①的人非常喜欢模仿法国的传统，20 世纪 20 年代的墨西哥城喜欢的则是美国，复制美国的女人，美国的舞蹈，还有美国的快节奏生活。查尔斯顿舞！波波头！福特车！英语在明信片、广告上散布，从年轻人的唇间淌出，就像法语的句子也曾被这座城市的人们一遍遍拙劣地重复。当时的男性流行模仿鲁道夫·瓦伦蒂诺②，将头发梳成背头，女人们则争相效仿参演过不少好莱坞电影的墨西哥野猫卢佩·贝莱斯。

---

① 指波菲里奥·迪亚斯执政统治的 35 年（1876—1911）。
② 鲁道夫·瓦伦蒂诺（Rudolph Valentino，1895—1926），20 世纪 20 年代最受欢迎的意大利明星，性感的符号，后来前往美国发展，是默片时代最知名的演员之一。父亲是意大利人，母亲则是法国人，标志性的发型就是背头。

玉影之神

卡西奥佩娅和胡·卡姆离开火车站，招了辆出租车，前往闹市区，一路上，她观察着这座反差巨大而又五光十色的城市。按她看来，梅里达人走路的速度已经算是很快，而现在，墨西哥城的人则是狂野节奏。人人横冲直撞，野蛮的摩托车手狂按喇叭，随时准备大打出手；有轨电车塞满了汗津津的乘客，从大道上飘移而过；卖报的摊贩在街角叫喊当日新闻的头条；广告牌则宣告说你该抽艾尔布恩·托诺牌的香烟。商店里可以买到柯达胶卷和牙膏，而在不远处的十字路口，却有一个可怜的女人抱着婴儿乞讨，身上全无进步与现代性可言。

有钱人可以去的地方很多。胡·卡姆选择了曼切拉酒店，这儿的房价每晚五比索起步，这个价格在卡西奥佩娅看来高得可怖。这儿原本是巴洛克风格的贵族豪宅，后来经过大规模改建，成了一个以钢丝床垫和席梦思牌钢家具自夸的地方。高高的天花板，枝形大吊灯，木头窗框，连同一间漂亮的酒吧凑在一起。简而言之，此处奢华舒适，归墨西哥工人地区联合会的领袖拥有。人们传说他以黄金结账，说他组织了许多场纵情狂欢，还说他拿出了一百万比索来赈灾捐助。而这些传闻，似乎都是真的。

目前为止，他们这一路旅行都没有住过豪华的住处，因此当他们走入大厅，卡西奥佩娅立刻便感受到了威胁，她甚至都不知道自己是否应该与站在前台的人打招呼。不过，胡·卡姆知道自己要干什么，或者，最起码，他轻而易举地就能吸引他人注意。

他给两人订了两个房间，不过他们没工夫去放行李，因为胡·卡姆有任务要与她一起做。为此他让旅馆的工作人员将他们的行李直接送到客房去。

他俩走到旅馆外，轻松找到了胡·卡姆想要的东西：火柴和剪刀。卡西奥佩娅好奇地问买这些有什么用，而胡·卡姆则表示回旅馆再解释。她肚子很饿，只想吃点东西，便不再追问。

"我得召唤一个鬼魂。"等他们回到她的房间，他拉上厚重的窗帘，说道。

"所以你需要剪刀？"她问。

"对。为了剪掉你的一些头发。得用上一大把。"他说着碰了碰她的头发，以示他所需的发量：他要把她的头发剪到齐下巴线。

卡西奥佩娅以为自己听错了。"我的头发。"她一字一顿地说。

"对。"

她不知该怎么对他开口。她只想用力大喊出"不"，但她甚至没法张开嘴，愤怒让她无法将异议组成句子。

"让我来给你解释，"他镇定地提议，"我需要取得信息，知道我失去的元素所在之处，为此我要雇佣幽灵。要召唤幽灵需要用上人类的头发、骨头或牙齿。"

"但是……但是你在韦拉克鲁斯召唤那个东西的时候，不需要我的头发。"她反对道。

"那是个冥府使者，是希泊巴的生物，我的出身让我有能力控制它。如果我们在我的王国里，那我确实不需要供品就能召唤死者。但是，此刻我正在你的世界，而且我又不……完全是从前的我，只能另寻方法。"

他很严肃。她本指望这不过是个玩笑，虽然她也不觉得他有开玩笑的能力。

"你不能把我当成……当成……愚蠢的木偶，"卡西奥佩娅说道，"你不能想要什么就夺走什么，而且——"

"如果你能冷静下来，你会意识到这是最理智的解决方法。"

"我们就不能……找个理发师买点头发如何？反正他们总是要把头发扫进垃圾堆的。"她坚持道。

"象征的意义是很重要的。供品必须自愿奉献。"他说，声音低沉。

孩提时，她不算脾气暴躁，但她每次真的发火，便会把场面闹得很难看，此时此刻，她觉得如果自己不坐下镇定心神，闭上眼睛，就有可能直接一拳打在这死神脸上。以前她这么生气的时候就打过马丁。"魔鬼进了她心里。"每当她大发脾气，母亲便会这么说。

"去你和你那该死的象征意义！我甚至都不知道自己为什么要和你一起到这个城市里来！"她大喊大叫，这是因为他是如此该死的镇定沉着，他的声音始终不过悄声低语。

窗边摆着一张桌子，上面有一个玻璃烟灰缸，很重。她双手抓起它，想朝他扔，但接下来，她又仔细思量，这才跌坐在地板上，把烟灰缸扔在一边。

"你和我一起来，是因为我俩不幸地彼此相连，而你需要我除去将我俩绑定在一起的骨片，"他说，"也或许，是因为这整件事比你或我都更重要。"

卡西奥佩娅顽固地盯着自己的鞋子。"我无所谓。"她低声说道。

他俯下身，像是要好好打量她。

"我们可以尝试以另一种方式来做这件事，这就意味着我们得弄把铁锹，看是否能在墓地里找到一具合适的尸体，但这涉及到招魂术，我猜你更乐意让这事儿简单些，尤其是我们现在时间紧迫。"

他说话的口气如此沉着，如此和蔼，让她觉得自己既任性又愚蠢，想要号啕大哭。于是她紧咬嘴唇，因为要不这么做，她就千真万确地，绝对会，痛殴他的脸。

"为什么不是你？为什么总得是我献上供品？"卡西奥佩娅问道。

"因为，亲爱的，你是个凡人，而我是神。诸神不会献出这类供品。"他说话的语气不带优越感，只是刻意为之的平铺直叙。

她的火气更盛，已经不完全是针对他，而是针对这整个世界，因为这个世界一如往常地要求她成为整个阶梯的最底级。离开乌库米尔的时候，她以为她的地位发生了改变，但事实上没有。她还是卡西奥佩娅·滕，连群星都对她满怀恶意。

"把剪刀给我。"她说，这个念头带来的冰冷怒火让她有了完成这项任务的力量。

她在浴室里站得笔直，死盯着镜子，还有他，因为他就站在她身后。她很快就干完了。卡西奥佩娅想稳住手，却还是把头发剪得惨不忍睹。一束束黑色头发落在地板上，她亲手野蛮地剪下的她的长发。有一会儿，她觉得挺好。再下一刻，她把剪刀扔开，坐在浴缸边缘大哭起来。

她没法控制自己。甚至在她想擦去眼泪的同时，泪水也在不断从脸颊上滚落。"这件事……这是唯一一件所有人都会对我说的事，'你有一头漂亮的长发'。"她轻声说。

他以冷漠的超然看着她，而她坐在那儿，双眼通红，不停吸鼻子，这让她十分羞愧。她早已学会控制眼泪，马丁总是取笑她，她只能这么做。在她以自己的耐性和常识为傲的同时，却表现得像个孩子，实在让她不快。胡·卡姆将手伸入口袋里，拿出手帕，递给这个女孩。她随意地擦了擦眼睛。

"你该开始召唤了。"她说，将手帕递还回去。哭号悲叹她失去的长发没有意义。

他将那些头发搜集起来，接着两人走到卧室。胡·卡姆取来原本摆在桌旁的金属垃圾篓，将头发放在里面，又将垃圾篓放在卧室的中央。他擦亮火柴，点燃头发，刺激的气味让她的双眼重又生出泪水。而这一切都发生在完美的沉默之中。

"抓住我的手，"他对她说，"就算吓坏了也别松开。还有，别与它们对视，明白了吗？"

"为什么？"

"幽灵都很饥饿，"他简单说道，"跟我重复一遍：我会抓住你的手，我不会与它们对视。"

卡西奥佩娅想，她绝不会抓任何男人的手，多短的时间也不行，但话说回来，她也不喜欢"饥饿"这个词与"幽灵"出现在一起。

"我会抓住你的手，我不会与它们对视。"她喃喃道，手指扣住了他的手，她觉得自己这样有一点大胆了，但他没有抱怨。

胡·卡姆说出几个字。是他在十字路口说过的那种未知语言，只是现在她甚至不确定这是否是语言。说不定只是一个声音，是随意的哼哼。

室温骤然下降，她觉得手臂上生出了鸡皮疙瘩。这种冷与她在韦拉克鲁斯体验到的不一样。当时的感觉像是触碰了冰雹，而现在，则是酸臭的土壤中早已死亡、腐败的物体的冷。

一开始，除了冷之外什么也没发生。接着她注意到，房间里的阴影变得……更暗了。光线从窗外流泻入内，从窗帘底下透进来，但室内的一切却变得更灰，阴影则如同一池池的墨水。接着，它们抖动起来，延伸到地板上，越变越大，不断转变形状。它们站起身，有了实体，但又没那么坚实：这种感觉就像是有人在房间里钻了好几个孔，孔里本该有些东西，而现在，这些东西成了黑暗本身。

这些阴影形似于人。它们有手臂，有躯干，有脑袋。它们会动，在房间里冲刺，翻弄窗帘，彼此窃窃私语。

房间中央，那些头发燃烧得极为明亮，它的光成了室内仅剩的照明来源，阴影统治了一切，再也没有一丝光亮能从室外潜入屋内。无尽的黑暗和阴影组成的人站在他俩身前，凑得很近，模糊的火光映照下，可以看到它没有五官，它们的脸如气泡一般光滑。

胡·卡姆叫她握住他的手，而此刻，她用力攥紧了他。这房间里昂贵的家具，巨大的床，墙上的油画，都褪了色。剩下的不过只有黑暗。她甚至不确定脚下是否还有地板。能将她锚定在原处的就只有胡·卡姆。

"您召唤了我们。"虽然阴影人都没有嘴，但其中仍有一个说话了。

"感谢你们为我现身。我是胡·卡姆，希泊巴之主，正在寻觅自己失去的精华。在这座城市里的某一处，藏着我的一小部分身体。你们知道它可能会藏在哪里吗？"

"答案需要代价。"

"放心，肯定会支付的。"胡·卡姆说着，朝他们扔出一团他握在另一只手中的她的长发。

阴影们发出了泪泪咯咯的声音，用手胡乱扒拉，抓起发丝，吃了起来。归根结底，它们还是有嘴的，有长长的灰色舌头，一直伸出来拖到地板上，还有散发出蓝绿色光的眼睛，这些眼睛形成了光的狭缝，飘浮在黑暗中。卡西奥佩娅觉得自己的身体像是变成了铁，现在，她不仅握着死神的手，还与他贴得很近。

"这根本算不上数,都是些碎渣。"一个阴影说道。

"当心,"胡·卡姆说道,"注意用词。我现在可能脾气很好,但我可以更残酷,从你们身上强挤出真相。"

"垃圾和污物,残羹冷炙,一份完整的都没有,"阴影说,"给我们新鲜的肉和骨头。把她给我们。"

所有蓝绿色的眼睛一齐看向卡西奥佩娅,它们极为可怖,她与其中之一对视了。

要是她能分辨它们的脸,就算它们看起来像腐烂的尸体也好,她可能也不会这么害怕。但在黑暗中,这些阴影都有着孩提时怪物的轮廓,它们那蓝绿色的光则让她想到邪恶的梦境。它们的气味也很难闻,带着叫人作呕的甜腻:是枯萎的花朵的气息。

她抬起双手捂住嘴巴,唯恐自己会尖叫出声,但当手指碰到嘴唇时,她意识到自己松开了胡·卡姆的手。她四下环顾,想再抓着他,却发现他已经不见了。整个房间不见了。火也消散了。只剩下那些阴影之柱脚步蹒跚地离她越来越近,它们发光的眼睛越来越鲜明,它们的舌头擦过地板。

"哦,她的心脏,我们要啃两下,吐一口,再啃一下。"一个阴影说。

"还有骨髓,还有骨髓。我们要从她的血管里痛饮。"另一个阴影回道。

一条舌头如蛇一般向卡西奥佩娅伸来,擦过她的脚,她喘了口气,避开了,但阴影的包围圈凑得更紧,像套索一般圈住了她。北,南,东,西。它们到处都是。

她又把双手抵在嘴上,陷入了恐慌,有一会儿,她怀疑那位神是故意想让她单独与这些东西留在一起,这一切都是个诡计,她即将成为它们的晚餐。但她的手指里有那个骨片。他不会这么做。

阴影凑得太近，它们腐败的气息让她几乎窒息。它们张开嘴，呼吸随之盘旋而出，冰冷、潮湿，带着蓝绿色的光，她颤抖起来。

要是她抓紧他的手就好了！

"还有……还有别与它们对视。"她轻声说。

但此刻，她意识到自己正一瞬不瞬地盯着其中一个阴影，它完全吸引住了她的视线。她深深吸了一口气，闭上双眼，感受到身体在摇摆，一双手压在她的肩头。

"卡西奥佩娅，看我。"有个声音说道。

"不。"她紧紧闭着眼睛。

他俯下身，凑在她耳边，她感受到了人类双唇吐露的温暖呼吸："是我，胡·卡姆。"

她猛地睁开眼睛，抬头看他，而他也低头看着她，慢慢地用双手握住了她的左手。在他们周围，阴影们咕哝抱怨了一番，叹了口气；其中有两个往地板上啐了一口。她重又可以看到房间的大致轮廓和燃烧着头发的垃圾篓了。

"我们在挨饿！"它们说，"我们饿极了！"

"哦，她差点就忘了自己是谁。"另一个哀叹道。

"安静，你们这些堕落的魔鬼，服从我，"胡·卡姆说道，他的声音仿佛刀刃，切开了它们的喃喃低语，"你们的眼睛，看地面，再敢抬头看试试。"

阴影们发出"嘶嘶"的声音，那些蓝绿色光渐渐狭窄，最后消失不见。它们站在他俩面前，再也无法看到任何东西。

"现在，把我需要知道的事告诉我。"

阴影们热烈地窃窃私语，低着头，像是在讨论。它们的舌头一会儿垂在外面，一会儿收进嘴里。最终事情定下来了，它们再次开口。

"去诗塔贝的住处。"一个阴影说道。或许它就是之前与她对视的那一个，也或许不是。卡西奥佩娅分不清这些影子。

"她住在哪儿？"

"附近，你看。"那阴影说着，一点火星自动从燃烧的头发里跳进空气，画出一条线，一个形状。

"感谢。"胡·卡姆说着，将最后那点头发扔给阴影，它们彼此推挤，吞吃头发。随着它们落在地上，融合为一，室内的寒意也渐渐消散，黑暗发生了变化，他俩重又站在普通的房间的中央，废纸篓里升起一缕烟，熙熙攘攘的城市也重新出现在他们的窗外。

"我告诉过你，不要和它们对视。"胡·卡姆说着放开她的手。他的声音阴沉，这整件事让她觉得自己蠢透了。一开始她痛哭流涕，接着她松开了他。而且她还表现得这么害怕，就像个小姑娘。

"我知道。"她低声说道。

他扔在地板上的头发和废纸篓里燃烧的头发都已彻底消失，但硫黄的臭气还在室内绕绕不去。他打开窗，让光线和新鲜空气透进房间，卡西奥佩娅对此十分感激，因为屋里的空气发生了变化，带着陈腐的气息。

卡西奥佩娅缓慢地吸了一口气。她觉得累极了，双腿发软像要跪倒在地。她的手不停抽痛，她擦了擦它，弯下腰，双肩像是被放上了一块沉重的石头。她很快又直起身子，但这些已经足以让他注意到了。

"我很抱歉。这对你而言是种沉重的负担。"此时他似乎不再阴沉，就只是冷静而慎重。

"我……我甚至不知道……这些东西到底是什么？"

"幽灵。"

"我想象中的幽灵不是这样的。"

倒也不是说她想象中的幽灵是人披着床单的模样，床单上还得剪出两个洞来让眼睛能往外看，又或者，是那种飘浮在空中的纤细幻影。她就只是没想到它们会这么吓人。更没想到它们想吃掉她。

"这只是某种类型的鬼魂。还有些别的，比如说在马路上作祟的，吃小孩的，"胡·卡姆说着耸了耸肩，"你该休息了。"

"我不确定自己是不是想睡。"突然之间，她开始害怕那些潜伏在黑暗中的生物，若是她拉上窗帘，阴影或许就会入侵。

"我向你保证，你应该休息。我不会随便这么说。每当我施展魔法，就会抽取你的力量。"

她盯着他。"就像……"

"我以你为食。你知道的。"

"不是像这样的，不是——"

"每一小时的每一分钟都会，另外我施展魔法时则抽取得更多。来，躺下。"他说着拍了拍她的手，拉着她向床走去，接着做了个手势，让她坐下。

卡西奥佩娅坐在床头，双手紧握一只装饰繁复的枕头。她原本打算好好看看墨西哥城，但在这么计划的那会儿，她根本没料到自己会遭到幽灵惊吓。她也没想到自己在墨西哥城的第一个夜晚只能用来睡觉，就因为有位神用她的头发和她的能量召唤这所谓的幽灵。她本来朦朦胧胧地想象过一些可能会拥有的快乐。但现在，她几乎没有什么乐子可言，甚至连狂欢节都没怎么享受，不过是远远地看了几眼。

"这样不对，"她说着皱起眉头，手里翻弄着枕头的流苏，"这不公平。我不是食物，不是它们的……也不是你的食物。"

"谁告诉你生活是公平的？"

"可能我本来以为有个神跟在我身边，生活能更公平一点。"

"这么想有点太天真了，"他说，"我得劝你别这么想。谁告诉你这话的？"

他似乎非常严肃——不是残酷，就只是严肃而又带着关心，好像他突然发现她连十都数不到。但他这么严肃地想要探讨这个问题，让她不由得笑了出来。

"有什么好笑的？"

"没有。我就觉得我可能还是得小睡一会儿，"她没有解释，只是这么对他说。她认为他不会明白。"我猜你也想睡了。"

"我不睡觉。"

他俩在船上和火车上都共享一间舱室，但她没有注意过他是否睡觉。他肯定是在铺位上躺过的。她本以为他一定也休息了。

"但你说你在那只箱子里睡着了，还有洛雷，他告诉我说，有些神会陷入沉睡。"她想起了一些细节。

"我也说过这种沉睡与你的睡眠不是一回事，而且你也可以想象，我进入这种状态是在非常特殊的情况下。"

她考虑了一番，点了点头，将枕头放回床上，架在自己身后。"也就是说你不会做梦。"

"梦是留给凡人的。"

"为什么？"

"因为凡人一定会死。"

不知为何这话听起来很有道理。她读到过的阿兹特克诗集里写的尽是些与梦和花有关的诗句，都是些无用的存在。"

"这太悲伤了。"最后，她说道。

"死亡？死亡无可避免，并不悲伤。"

"不，不是死亡，"她说着，摇了摇头，"是你不做梦。"

"为什么我需要做梦？它什么意义都没有。不过是凡人的壁画挂毯，每个夜晚在摇摇欲坠的织机上编织又解开。"

"它们有些可以很美。"

"说得好像用别的方式得不到美丽之物似的。"他不屑一顾地说道。

"对于某些人来说，很少。"她回答道。

她回想起自己在乌库米尔每天要干的苦工。起床，把外祖父的早饭送到他的房间，把吃完的餐盘拿回厨房，扫地，或是把地面擦干净。每天晚上与母亲一起用晚餐，每天晚上向她的守护天使祈祷。周日去教堂，衣服都黏在皮肤上，天气太热了。在私下时间里，细细阅读父亲留下来的书。她的母亲给她梳头，抚平她的忧虑。然后再来一次，循环不断。

"所以你才会看星星？"他问，"你睁大了眼睛，是为了寻找美或梦？"

"我的父亲是个天文学狂热爱好者。他知道群星的名字，还能找到它们。我不想忘了它们。"

她也想回忆起父亲在睡前给自己讲神话传说时的声音，但说实话，她已经忘了。这让她忧伤，但她想将与他有关的其他记忆攥得更紧，她尤其对一本弗朗西斯科·德·戈维多的诗集饱含敬意，这本书的书页已经散了，仿佛一朵枯萎的雏菊，那正是她父亲离世时摆在他床边的书。

"我外祖父听说我叫卡西奥佩娅时，非常生气。一开始，外祖父想让我有个好基督教徒的名字,而不是某些玛雅人的胡说八道,所以就威胁说,如果他们要起玛雅人的名字,他就和我母亲断绝关系。所以他们就给我起了名字叫卡西奥佩娅。'这回是希腊人的胡说八道了。'我的父亲说。"

她还记得牧师听说她没有得体的基督教徒名字时的表情。他坚持叫她玛利亚,后来发现这样行不通,她就成了"莱瓦家的女孩",把滕这个姓排除在外。想到这里,她发现绝大多数人都是用这个名字来称呼她的,即使她也有些表姐妹,她们中的任何一个,其实都算"莱瓦家的女孩"。曾经有些人说,这些表姐妹里的某些人应该去上寄宿学校,但外祖父是个老派的人,相信女人就该属于家里,在家她才能专注地学习如何成为得体的妻子。马丁小时候去上过学,但他厌烦那里的规矩和课程,最终让自己以被开除告终。外祖父就懒得再送他去上学了。

"我外祖父不怎么欣赏这番陈述中的巧思,他还是与我母亲断绝了关系。后来我父亲死了,我们不得不回到乌库米尔生活,"她说,"要是我早知道你关在那个箱子里,那我好几年前就会把你放出来,好让他为难。"

"那我可能会很感激,"他回答道,"至于你的那些星星和你的梦,我想正是它们一直陪着你,因此其中并无任何愚蠢之处。"

她将一侧的脸颊贴在床头板上,望着他。她的眼皮沉重,但她还不想让他离开,她希望他能留在床边,低头看她,双手插兜,挑着一边的眉毛。

"说星星陪着某个人的感觉很奇怪,就好像它们是侍女似的。"虽然她花了很大的力气,却还是没能克制住自己,打了个呵欠。

"我自然是不会挑星星来做我侍从的,但话说回来,我也不是凡人。"

"你都有什么样的侍从?"

"你想象中是怎样的侍从?"

卡西奥佩娅想象出了骷髅、蝙蝠和猫头鹰——各种在夜间作祟的造物,它们都是装点希泊巴王国传说的元素。

"都是些挺吓人的,"她试探着问,"我说错了吗?"

"死去的贵妇和贵族,在几个世纪之前支付了通行费进入我的王国的祭司,他们都身着盛装。"

他面带微笑,像是回忆起了他的正殿和他的廷臣,而她,虽然确确实实一眼也不想看他的这个世界,也露出微笑,因为希泊巴的记忆让他快乐。然后,他看着她,注意到她已精疲力竭——也或许是别的细节让他停了下来——他将单手放在胸膛,礼貌地点了点头。

"我该让你睡觉了。"他说。

她点点头,将脑袋搁在那只雪白的枕头上,甚至懒得钻进被子里。

她听到他离开时的脚步声,接着,脚步声停了。

"我向你保证,你的虚荣心还能继续保持下去。"他对她说。

卡西奥佩娅皱眉仰起头。此时他已来到两个房间相连的门边,低头看着地板,像是陷入了深思。她不确定刚才是否幻听了,毕竟他完全没有看她。

"抱歉?"

"你之前担心你的头发。你说这是你唯一得体的外貌特征。"胡·卡姆说道。

"没关系。帽子就——"

"得体的不止这一点。"

玉影之神

这句子很简单,倘若他不是以如此严肃的真诚态度望着她,让她一阵恐慌,只能像个傻子似的瞪着他瞧,那她或许还能有风度地接受这句话。

"谢谢?"最后她磕磕巴巴地说道。

他关上了相连的门,卡西奥佩娅盯着它过了很久,缠着她的睡意此时已消失不见。她不知道他所说的得体特征还有哪些。之前有一次,他说她漂亮,但她当时不怎么相信他的话。他不过是想表现出友善罢了,她对自己说。但即使如此,体验到如此的善意之举,也依然是件怪异却又快乐的事。

13
CHAPTER THIRTEEN

他们点了客房服务,这是卡西奥佩娅从未体验过的,不过在他们入住时,接待员提了一句,因此她下楼去问要如何才能获得这项服务。他们可能当她是个乡巴佬,才会问这种事,不过卡西奥佩娅总是很乐意能多学一点的。

食物的选项五花八门,不过她不怎么了解人们在这样的地方应该买什么,因此只选了面包卷和橘子酱,再加上热咖啡。很快,一名旅馆工作人员便来敲了她的房门,推着餐车,将两个盘子摆在桌上。

胡·卡姆和卡西奥佩娅在窗边吃早餐,同时讨论了这一天的安排。胡·卡姆想去珠宝店,卡西奥佩娅觉得这有点奇怪。

"那地方有什么是你需要的?"她拿波利罗蘸了蘸咖啡,问道。

"很可能是项链。如果今晚我们要去见诗塔贝,就不能空手上门。"

"不是说诸神不会献出供品吗?"

"这不是供品,只是一种表达好意的姿态。另外,到时候拿着它的人也不是我,是你。"他轻飘飘地说道。

卡西奥佩娅用黄油刀指着他。"你把我当成你的女仆了。"

"是我的盟友,亲爱的女士。"他回答道,同时慢慢地报着咖啡,看起来像是依然不情愿品尝尘世的饮食。

她皱着眉,拿起波利罗的中段,从坚硬的面包壳里挖柔软的面包。在家的时候,她的生活从未奢侈到可以吃波利罗里柔软的部分,在母亲审视的目光之下,她只能有什么就吃什么。而现在,她可以按她喜欢的来,于是她将那些柔软面包块卷在一起,扔进嘴里。

"你可以把石头变成珠宝。"

"我做不到。"

"我明明看到你把石头变成硬币了。"她提醒他道。

"我没法转变物品的性质。那不过就只是一种光与影的把戏,幻象而已。"

"幻象会消散吗?"

"幻象总是会消散的。"

他们问门房怎么去珠宝店。在马德罗大街——顽固的首都佬依然称这地方为普拉特罗斯街,不愿接受它为了纪念一位被谋杀的总统而改的名字——有不少合适的店铺,但门房推荐艾丝美拉达,它曾经是波菲里奥时期贵族阶级的宠儿。1914年,卡兰萨①的军队抢劫过艾丝美拉达,但这似乎已经是上辈子的事了。七年前,它翻修后开业,变得更为华彩照人,并自我标榜为"艺术品与钟表"之地,出售各种极为昂贵的小玩意儿。

那家店铺很大,但就像墨西哥城里不少较新的建筑物,它的风格杂糅,在法国的洛可可中混杂了新古典主义,假如凑近细看,你会觉得有点儿粗俗。绝大多数的首都佬没有意识到,这座建筑标榜的与其说是新艺术运动风格,不如说更像暴发户风格,但假如你把这一点解释给他们听,他们会断然否认这座建筑有任何缺陷。

在珠宝店正前方,以粗体装饰着这家店的名字,上方还安装了一只显示时间的钟。在现在的铁材质建筑之前,这儿矗立过一座更简朴的三层建筑,它以红色的特宗特尔石建成,这种石材最适合墨西哥城柔软的土壤,毕竟,在西班牙佬将水道填平之前,

---

① 贝努斯蒂亚诺·卡兰萨(Venustiano Carranza,1859—1920)墨西哥第一任立宪总统,墨西哥革命的领导者之一,1917年当选总统,1920年遭到刺杀。

这是座运河之城。但后来豪瑟和齐夫推倒了那座老屋,在原址上兴建了艾丝美拉达,如今在这商店里,显贵顾客可以订购巴卡拉牌的水晶和精美的音乐盒。进入建筑内部,目之所及都是大理石、玻璃和深色的木料、闪亮的水晶和无数的装饰品。

胡·卡姆知道自己要什么,他只看黄金项链。与此同时,卡西奥佩娅则看着一只沉重的银手镯,那上面有些黑色的"阿兹特克风"三角形珐琅装饰,这种纹样此时正流行,设计方针便是用这种伪造的前西班牙式纹样来吸引观光客的眼球。这是一种全新的混合物,只有在乐于将传统引入大规模生产之中的墨西哥才会广泛存在。在革命的火焰之后,这个国家渴望融入自身的身份认同——但不管怎么说,这只手镯很漂亮。

"您应该戴上试试。"售货员嗅到了生意的气息,说道。

"我不能。"卡西奥佩娅说。

"我可以保证,您的丈夫会觉得好看的。"

"他不是我的丈夫。"她回道。

售货员看她的表情有些微妙,卡西奥佩娅意识到对方一定认为她是胡·卡姆的情人。太尴尬了!

卡西奥佩娅不自在地拨弄头发。此前她对胡·卡姆说过,这个白天她得去趟理发店,因为她自己剪的太难看了。她现在看起来就像个飞来波女郎,人们会觉得她是个随便的女孩。眼前的这个售货员可能已经把她当成了娼妇。

不做娼妇是很重要的。但她已经穿上了露出双腿的裙子。要挂上这么个名号,除此之外还需要什么别的?当她看起来像娼妇时,她事实上究竟是否名副其实,又有什么重要的呢?

"喜欢就拿起来仔细看。"胡·卡姆站在她身后,说道。

"太贵了。"

"我已经买了一条很贵的项链,再买个手镯也没什么关系。"

她戴上试了试。他问:"你喜欢吗?"

"真的可以?"她回道。

"如果你想要的话。"他说着,朝售货员做了个手势,后者拿过手镯,开始往一只盒子里装衬纸。

"如果我在乌库米尔戴着它,大家会说它很俗气,牧师还会骂我。"

"你现在不在乌库米尔。"

卡西奥佩娅微笑起来。售货员盖上盒子的盖,好奇地看了眼卡西奥佩娅。她很可能有些困惑,无法确定卡西奥佩娅是已经成了他人的情妇,还是即将受到贵重珠宝的诱惑而成为情人。

"谢谢你,"他们离开商店时,卡西奥佩娅说道,"我从未拥有过任何值钱的东西,也没有这么漂亮的。"

在街道中心,有位警察正在指挥交通,他的表情烦闷无聊,而她则紧张地看着警察的旗语和他们周围的人群,想确定什么时刻穿马路才是安全的。她恐惧地看着有轨电车,又惊奇地望向轿车,她身后有个人急于去马路对面,将她推到了一边。这座城市和它持续不断的活动让她困惑,但有胡·卡姆陪着,她也感到了快乐和感激。她把他当成了朋友。

让她产生这种想法的倒不是那件礼物,而是他们日常的交流,他表现出来的礼貌,这些才是让她迅速亲近他的原因。不过也不奇怪,毕竟卡西奥佩娅的朋友本来就很少。这其中还包括她的母亲,一直以永不停歇的乐观帮助这个年轻女孩面对每一天。卡西奥佩娅的表姐妹们则倾向于无视她。年纪更小一些的时候,她还能和女仆的孩子们、镇上的其他男孩女孩们一起玩,但随着她渐渐长大,他们都疏远了。原因主要在于她的外祖父,因为他不希望他的外孙女和"下等人"混在一起,哪怕这个外孙女有名无实。

在这种两难的状态中,卡西奥佩娅将精力集中在每日的家务上,放弃了社交。闲暇时分,她会看书或星星来寻求陪伴。

有人陪在她身边的感觉很陌生,但又让她开心。现在,这场探求之旅带来了乐趣,她刚获得的自由和他的陪伴二者相加的乐趣。

"这无关紧要。"他回答道。

"对我来说不是,"她说,"我想说……当然我想说谢谢你,就算我完全不明白你为什么要这么做。"

她微微一笑。他也回以淡淡的笑容,那笑意极为微小,她甚至觉得自己得用双手捧在掌心,才能保管好它,否则一阵风便会将它吹走。

希泊巴之主并不常微笑,也不会大笑。这不是说他不会觉得某些事很有趣。但那是一种脱水的兴趣,没有受到欢乐的污染。而现在,他之所以微笑,是因为他已发生了错位和改变,而且还在不断变动中,因为凡人必死的特质在他的血管中潜行。但这微笑同样是因为,他与卡西奥佩娅一样,孤单了很久很久,又在其他存在的陪伴之中获得了舒适与安慰。

他凑近她,微笑渐浓,变得无忧无虑。而后突然之间,他意识到了自己是谁。微笑消失了。而她忙于转头张望大道,没有注意到这一点。

"我该去找家理发店。"他们穿过另一条街时,卡西奥佩娅对他说。

"要我陪你去吗?"

"我自己可以想办法。"她不希望被人当做孩子,每一次拐弯都得有人领着。"

"那我到时候在旅馆和你碰头。"他递给她几张钱。

她看着那些钱。"你走开之后,它们会变成一团烟吗?"

"别担心。洛雷给了我一些真钱,我没有再制造幻象来获取足够的法定货币了。不过,如果我们还打算用这些可爱的钱,而不是用木棍和石头付账,那就得叫他再汇些款来。真麻烦。要是我在希泊巴,那就只要命令仆人给我拿地面上的宝石和贵重物品来就行了。要是在希泊巴,我就可以让你戴上真正精美的珠宝,银蛾的项链和你能见到的最黑的珍珠,它们的颜色比最深的墨更深。"

"这只手镯已经很好了。"她用手指抚过手镯的表面,简单地说道,这是因为她不想让自己开始期待不可能的事和巨额财富。

而后她便动身前往邮局。卡西奥佩娅本想给母亲写一封解释的信,但后来又通盘思量了一番。她觉得写信可能会引起麻烦。她也不知道该从哪儿起头,又要如何结尾。于是,她选择了一张漂亮的明信片。卡西奥佩娅只简单地写了几句,说她正在墨西哥城,一切安好,说她慢点还会再写,到时候再给母亲地址。按她的估计,到了这会儿,镇上的每一个人应该都以为她已经和情人一起私奔了,于是她就根本没提她有个同伴。另外,要她说出"这次我跟一位神在一起"这样的话,也不是什么容易的事。

离开邮局后,卡西奥佩娅找了一家理发店,那位理发师好奇地看着她,想知道她是不是本来想自己剪个波波头。卡西奥佩娅说了谎,表示说正是如此。

"对,波波头现在确实流行,"理发师对她说,"我的丈夫不怎么喜欢,但它带来了不少生意。你不是这儿的人,对吧?你的口音……"

等等等等，诸如此类，理发师边剪边随口闲聊。理发师告诉卡西奥佩娅，如果她想跳舞，那最佳去处就是墨西哥沙龙，不过她得买头等区的票，这一点至关重要。

"你得在'黄油'区，而不是'猪油'或'兽油'区，"理发师解释道，她说的这些都是各个分区的绰号，"'黄油'是穿西装、系领带的正派男人跳舞的地方。"

理发师告诉她，"猪油"区聚集的是普通雇工、妓院女佣和秘书。至于"兽油"区，则是下等中最下等的，没有任何一位正派的女士应该去那里。那儿全是娼妓，理发师提醒道。

但当卡西奥佩娅望向镜子，看到她的刘海，还有她那贴在脸颊边的短发，她觉得自己就像是他们告诫过她要提防的那种娼妓。但这发型看起来似乎很不错。这或许说明娼妇也不像人们说的那么糟。又或者，这整件事可能还有完全不同的含义。它与她的这一场旅程中向她袭来的绝大多数问题一样，而她则拥有一种瞩目的能力，可以将它们归类，算进她日后应该探索，此时此刻却不必多加考虑的问题。

她走出理发店，又走了一两个街区，这段路程中她走得很慢，担心人们会朝她指指点点，甚至嘲笑她的新发型。但行人还在前进，警察仍在指挥交通，汽车司机则猛摁喇叭。墨西哥城如此繁忙，根本不会注意到有个外省来的年轻女孩剪短了她的黑发。她朝一名乞丐微微一笑，又找一位女士问了路，那两人似乎都没有为她的外表而吃惊。

卡西奥佩娅放松地叹了口气，意识到没有人会因为她看起来和别人不一样而喊住她。不过，就在她面带微笑时，有人将手重

玉影之神

重地放在她的肩头。

"卡西奥佩娅,我们得谈谈。"一个声音说道。

她很熟悉这个声音。那是她的表兄马丁。

14
CHAPTER FOURTEEN

我们在天上的父啊,他在脑内对着自己重复《主祷文》。但一会儿后,他又将祈祷转为咒骂,再转回去,如此反复。所有咒骂都指向卡西奥佩娅。

他一直紧闭双眼,唯恐自己掉下去,让身体撞在地上,而那只猫头鹰的翅膀拍动得又是那么快。这是个体形极为庞大的生物,它的爪子大得足以将一个男子抓在空中,马丁一直忍不住想,它不是会将他从背上甩下去,就是会用喙把他撕裂,整个儿吞下肚子。

夜风拨弄这个年轻男子的头发,他将眼睛闭得更紧,紧抓住这个超自然生物的羽毛和肌肉。等这猫头鹰在一座建筑的顶上降落时,马丁简直没法抑制自己的欢乐之情。他差点就要哭出来了。

"你的表妹会去曼切拉酒店。"猫头鹰告诉他。

或者说至少他觉得说话的是这猫头鹰,不过也可能是武库布·卡姆通过这只动物来让马丁听见自己的声音,因为这只鸟的话音里带着燧石般的质感,让马丁不由得低下头,本能地对超自然的存在表现出尊敬。

"你要告诉那女孩,希泊巴之主希望能与她谈话,"猫头鹰说,"但别吓坏了她。结盟总是要好过制造仇敌。"

"当然,"马丁说,不过说实话,他觉得给他的表妹一巴掌,让她清醒清醒可能会更好,"要是她拒绝怎么办?"

"那我们就另想办法。在至高之主允许之前,其他的事什么也别做。"猫头鹰说完便拍打翅膀,飞入夜空之中。

马丁独自一人被留在这座他从未来过的城市里某个他完全不认识的建筑屋顶上。此时正是午夜,他很担心自己遇上流氓打劫。此外，他还冷得要命，在猫头鹰背上的这趟旅程让他鼻涕横流，身体疲劳。马丁在卡西奥佩娅的住处附近的旅馆入住，随后便上床睡觉了，因为到天亮之前他几乎无事可做，而且他急需洗个热水澡，并在脑袋下垫个枕头。

他希望自己能有好梦。然而事与愿违，他梦到了乌库米尔，梦到了童年，还有他那可恨的表妹。

※◆※

在梦里，她用拐杖打了他，祖父哈哈大笑。

马丁·莱瓦好逸恶劳、骄傲自大，而且残忍。他的这些缺点并不只是遗传所致。他的家庭通过直接的行动和错误的判断劝诱了他，也强化了这些毛病。

身为男性，他觉得自己有受到赞美的资本。作为莱瓦家的一员，镇上最富有的家庭出身的孩子，他的自我不断膨胀。从斥责仆人，倒像个王国的统治者一般管束他的表姐妹和他的亲姐妹，几乎没有什么事是他不能做的。他的祖父是个严酷的暴君，他复制了祖父的行为习惯，对父亲感到失望，后者比他们要温和许多，温驯而阴郁，受到大家长的管制。因此，他没有模仿父亲，而是效仿了祖父。他视自己为未来的一家之主，莱瓦家族中无可争议的男子汉。

虽然如此，他那自恋的表象偶尔也会龟裂。马丁曾被送去一家很好的学校，却惨遭开除。他艰难地适应过一段时间。这不只是因为学校的智力要求于他那有限而封闭的大脑而言太高，也是因为他可以从其他学生的脸上感受到蔑视。莱瓦家的人是乌库米尔的国王，却不是梅里达的国王。他觉得自己像个局外人，遭到了贬低。他没法成为他人关注的焦点，于是选择让自己被人打包送回老家，而且拒绝再回学校。

但老家也没能提供他期待的尊重，这一点主要是因为卡西奥佩娅也住在家里。

一开始，马丁还不怎么了解该如何对这个比自己小两岁的姑娘做出反应。他很冷淡，但越是观察她，他那冷淡的漠不关心就越是变为彻底的愤怒。首先，卡西奥佩娅的性格就激怒了他。

他从学校回老家的那一天，双手紧紧捏着那封写了要开除他的信，而当时，她就在祖父身边，见证了他的耻辱时刻……

他的亲姐妹和其他表姐妹都是些温顺而安静的生物，知道最好别公然反抗他。但卡西奥佩娅却是由更倔强的材料组成的。她会按照吩咐的去做，但有时会抗议。她反抗过。就算她什么也没说，他也能从她那双眼睛里读出叛逆。

另外，激怒他的还有她的智商带来的问题。马丁觉得书本是给傻瓜用的。男人能做乘除法，能读报纸的新闻标题就够了。有一段时间，负责给祖父读报纸的人是他，他磕磕巴巴地念那些屁话，后来老头便恼火地把任务交给了那个比他更年轻的女孩。哎呀，你看，她可以读得那么好，能写出整洁的句子，做算术时速度也快得惊人。她的母亲教过她不少，后来这个孩子又自学了许多。马丁觉得这行为很可疑，根本不像女人。

"为什么你不能是个男孩？"祖父看着卡西奥佩娅说道，而马丁几乎都要哭出来了……

他一直在这女孩周围打转，怀着恶意发布一个个命令，想掌控她，从这种权力中获得愉悦。但他又有所保留。他的这些举动蒙着一层薄薄的文明的外衣。他说些讨人厌的话，使用的却是绅士的口吻。

但当她打了他之后,这一切都改变了。在此之前的一段时间里,他一直在刺激她,但他觉得她没有屈服。但后来马丁对她说,她基本上算是个私生子,她的母亲未婚先孕,结婚时肚子里就有孩子。卡西奥佩娅抓起拐杖,挥舞着它打了这个男孩的脑袋。

她差点就把他的眼睛打出了眼眶。在剧痛中,他觉得自己身受重伤,于是大喊大叫,哇哇大哭,直到他的母亲和其他家庭成员走出来看发生了什么事。

卡西奥佩娅低着头,装成自己没听见那些话,但她其实听见了,马丁也听见了……为什么你不能是个男孩?

祖父殴打了卡西奥佩娅,但这一点并未让马丁感到满足。没有任何事能让他真正满足。医生给他做检查,往他脸上涂抹药膏的时候,他在床上瑟瑟发抖。他是一个男人,却被女孩击败。那时他已十五岁,觉得自己已经是男人了,但突然之间,他像是又变回了小婴儿。他看到了祖父脸上的厌恶,仆人们遮遮掩掩的笑,在这其中潜藏的蔑视静默却真实,他陡然感受到了强烈的羞耻。

从此以后,他恨上了她。这不是敌意,也不是年轻人的冲突:他就是没法忍受她。

不过,要是他能向自己坦诚,那他会明白,问题在此之前,自他从学校回老家的那一天便已种下。但他不愿去细想这一点。从某种角度来说,身体受到了攻击是一个更好的敌意的起源。感觉似乎更事出有因。是她先动的手。

在梦里,她用拐杖打了他,祖父哈哈大笑。马丁在床上扭动，翻身，喃喃梦呓，嘴上挂着她的名字。

※◆※

在夜里看到这座城市时，马丁就不喜欢它，太阳出来后，他的这一印象也没有任何改善。他觉得这座城市太大，对他漠不关心，在这儿，他是个无名之辈，而在乌库米尔，他是莱瓦家的小主人，当他经过，人们会朝他抬帽致意。

马丁的脑子想象不出任何不具有形体或不可触知的事物，但他确实幻想过功成名就。它们主要是一些粗制滥造的美梦，有很多钱，掌握一些他没有确定概念的权力，获得无可争议的尊敬。在墨西哥城，他觉得这座大都市让他和他的渴望显得如此渺小。他一点也不喜欢。

他一早就起床，去曼切拉酒店门口守着，觉得自己可以这样等着，看卡西奥佩娅是否会出门。她确实出门了，身边还陪着一个身穿海军蓝外套的深色头发男子。毫无疑问，那是胡·卡姆。他俩一起走进一家商店，然后分开了——这对于马丁的目的来说，倒是正合适，而后，她就去了理发店。

她从理发店出了门，头发短得惊人，他逮住了她。只看了一眼，他就很不喜欢她的发型，但他更不喜欢的是她的双眼直瞪着他的脸，她虽然忧虑，却不像她应该的那么害怕。

"你在这儿做什么？"她问。

"这话我也能说，"他对她说，"你的母亲担心得要命，你甚至都没有给她留张纸条，祖父也对你的事念叨个不停。"

这话很大程度上是真的，但他之所以这么说，只是为了告诫她，安抚她，而不是因为他想让她知道乌库米尔的情况。他觉得如果能让她产生罪恶感,她就有可能会同意与武库布·卡姆见面。

"如果我让谁不自在了,那我很抱歉,"卡西奥佩娅说,她看上去是真心难过,但随后又眉头一皱,"你怎么知道我在这儿的?我谁也没告诉。"

"你该不会觉得你可以偷——"

"偷?我没有偷任何东西。"她打断了他的话。

"你偷了,你偷了一个旧箱子里锁着的骨头,而现在我们他妈的要为此付出莫大的代价。"

他俩正站在马路中间。马丁拉着他的表妹往一边走,站到一家商店的雨篷下,这样便有了更多的私密性。

"你什么意思?"卡西奥佩娅问道。

"希泊巴之主武库布·卡姆,他很心烦。他的愤怒是冲着祖父,冲着你母亲,冲着我,还有莱瓦家的每一个人来的。"

"你们和这件事一点关系也没有。"

"你倒是试着去和一位神说说理看。"

他的话起到了预料之中的效果。卡西奥佩娅垂下眼睛,噘起嘴唇。

"抱歉。但我不明白你为什么会在这儿。"她轻声说。

"是他派我来的。"

"武库布·卡姆?"

"对,当然是他。你难道没有想过,当他知道你干了些什么之后,他会对我们做什么?"

"我……我没得选,"她抗议道,"但如果你必须谴责某个人,那就骂我好了。"

"你觉得骂你有什么用？他现在很心烦。"

"但是——"

"不过，武库布·卡姆确实说，他愿意听听你的想法。"

有人从商店里走出来，将马丁往一边推开。马丁皱起眉，想朝这个胆敢这么推挤他的蠢货喊出一两个脏字，却没有抓住机会。这座该死的城市和它粗鲁的市民，马丁敢发誓，在这地方没有任何人会认出他是个出身高贵的男人，这帮不三不四的人不能跟他相提并论。

"我的想法？"卡西奥佩娅重复道。

"对，他想和你谈谈。卡西奥佩娅，你必须答应。要是你拒绝，谁知道等着我们的是什么灾难性的未来。祖父服侍武库布·卡姆，所以我们才能在乌库米尔取得如此高贵的地位。他是我们的保护者。"

"显然他从未表现得像是我的保护者。"卡西奥佩娅回道。

"表妹，我明白我们以前做的事让你做出了错误的选择。但我可以向你保证，如果你和他谈，那这一切都既往不咎，等你和我一起回家之后，你在乌库米尔也会获得你应得的地位，从一开始就该这样。"

虽然没什么想象力，但马丁确实有种天赋，能够操纵人心，理解他人的情绪。他本质上是个摆布他人的高手，虽然他很难与其他人建立真正的亲密关系，但他可以假装有这么一回事。因此，他考虑过与他的表妹交谈的最佳方式，最终他认为，自己应该表现出坚决，但也要给出一个可以软化她情绪的回报。社会地位，在家庭中的位置，这些于他而言是最具有吸引力的。毕竟，他高度看重社会等级，同时觉得其他人也是一样。

"我很肯定,我们可以说服武库布·卡姆明白我们都是无辜的,并没有自愿地背叛他的信任。如果你能让希泊巴之主看到这一点,祖父会很欣慰。"

"胡·卡姆才是希泊巴之主。"她说。

"他以前是。但再也不会是了。卡西奥佩娅,你一点儿也不欠他什么,但你欠我们家族你的忠诚。你是莱瓦家的一员。"他总结道。

这番发言让那女孩露出了愕然的表情。他看着她浑身发抖,垮下双肩,整个人看起来像是变得更小。马丁嗅到了成功的气息。这么多年来一直霸凌卡西奥佩娅,终于还是得到了收获,他因此知道该怎么摆布这个女孩。但随后她抬起头,双眼也变得更有神采。

他没能想起来——或者说他不愿想起——他的表妹身上标志性的桀骜不驯,他忘了她是怎么每隔一段时间就朝他顶嘴,或是私底下不满地咕哝。此时此刻,这种桀骜不驯彻底释放,她站直身体,给了他一个冷酷而坚决的眼神。

"胡·卡姆需要我的帮助。"

"我们难道就不需要吗?你打算像对待垃圾一样地对待我们?"

"明明是你们像对待垃圾一样地对待我,现在,你们需要我了,总算愿意把我以前想要的东西给我了。我以前是多么希望你和家族能够喜欢我,希望能让外祖父为我骄傲,但我做的任何事似乎都不够好。"

这乳臭未干的混蛋!竟敢以这种大言不惭的口吻和他说话,没有哪个女人该用这种口气和男人开口。她带着一股傲慢,仿佛他莫名低她一等，而她本该跪下来乞求原谅。她应该毫不犹豫地同意他让她做的事。他太震惊了，甚至没法开口说话。

"你选他也不选我们？"马丁气得发疯，好不容易恢复了理智后问道。

"在短短几天里他向我展现出的尊重和友善，已经超过了你这辈子展现的总和，"卡西奥佩娅话说得很慢，经过了深思熟虑，"我现在根本就不在乎你提的那些渣滓似的条件。"

渣滓！多么荒谬可笑的说法，他提供给她的可是他想象范围内最了不起的荣誉。乳臭未干的混蛋，婊子。不知感恩的杂种。他想大声辱骂她，但女孩已经说完，转身走开了。这个姿态比她说的话更恶劣。一直以来，都是他主动让卡西奥佩娅离开，是他来决定他们的交谈在何时结束。当他开了口，她就该按他说的做。

"你觉得自己是要去哪儿？"马丁质问道，攥住了她的手臂。

她皱起眉，张开嘴，整个人看起来小小的，这一刻他差一点就要为她而感到难过。差一点。

突然她猛地闭上嘴，高扬起下巴，用力推了他一把。他一下子失去了平衡，那邪恶的东西就脱了身，像只野兔似的窜走了。马丁想跟上她，把路人推到一旁，但她动作敏捷，身形也很娇小，要从人群中挤过去比他容易多了。

"停下！"他放弃追赶，命令道，"停下！"

她回过头来看他，脚下却没有放慢速度。此时正好有个男孩骑着自行车挡住了她的去路，那男孩头顶上还有个篮子，里面装着面包，马丁心想，啊哈，我抓到你了！他向前冲出，手指抓住了她的袖子，但她用手肘推开他，把自行车上的男孩推到一边，

175

甜面包也随之四散，飞得到处都是。

那男孩咕哝着，从自行车上爬下来去捡落在地上的面包，马丁则差点撞在他身上。

在他们前方有个十字路口，交通灯正好要变色。他以为她不敢闯红灯。

但她冲了出去，穿过街道。

该死！

马丁想跟上她，但交通灯变成了绿色，汽车蜂拥而过，道路仿佛河流，将他俩隔开。不管怎么说，她在一个拐角转了弯，而他再也没法在人群中找到她。他摘下帽子，沮丧地用双手攥紧了它。

街角坐着一个乞丐，他的膝盖上摆着一只小小的锡杯，脚边则是一张硬纸板，上面写着"募捐"。那是个老人，脸上深深的沟壑里散布着脏污的微粒，花白的头发也显得十分油腻。当他张开嘴，你会直接看到他的咽喉，嘴里一颗牙齿都没有。原本应该是左臂所在的地方，此刻空荡荡地只挂着一片袖子。

这乞丐抬起杯子，将它摇晃得锵锵作响，想以此来引起马丁的注意。年轻男子低下头，看向这个可怜的残废，却没有给他几枚硬币，而是将他的硬纸板一脚踢开。

"婊子养的！"乞丐喊道。

马丁没有回嘴。他跺着脚穿过街道。乞丐从地上站起，喊个不停。"婊子养的，婊子养的！"等马丁在人群中消失不见后，他大声嘟哝了一句，重又坐下。行人们见惯了这般场面，也都回到自己的日常生活中，或是低头看报纸，或是查看手表上的时间，阅读那些推销面霜和清洁剂的广告牌。

15
CHAPTER FIFTEEN

"你怎么对他说的?"

"你觉得我还能怎么对他说?我让他滚开。"卡西奥佩娅说。

她不断地绕圈走动,担心极了。另一方面,胡·卡姆在一张豪华的椅子上后仰坐着。精致的外套,黑色的头发梳成背头,他的表情看上去只能说是厌倦。

"你就一点也不担心吗?你的弟弟追上来了。"她说。

"我料想过,他迟早会追上来。不过,我很高兴你不答应与他谈话,"他回答道,"和他谈话不会有任何好处。"

"他说家里还是很欢迎我能回去的。说得好像这种事真会发生似的。哎,你怎么这么镇定?"

他看起来确实极为镇定。仿佛雕刻过的石头。显然,他并不愿与她一同焦虑不安,而这一点让她更为困扰。就像有镜子拒绝映出她的倒影。

"若我像个没头的小鸡似的到处打转,就像你现在这样,难道就能让你开心?"他问。

他似乎挺喜欢把她比喻成动物。她不知道接下来他还会说出什么。乌龟?猫?有可能对他来说,她就是整个动物园,既是好玩的猴子,又是漂亮的鸟。

"准确地说说,你到底在害怕什么?"在她彻底被他的评论激怒之前,他又开口问道。

"嗯,我……我害怕你的弟弟,当然了。他找到我们了。"

"我不觉得这能吓唬到你。是你的表哥让你陷入这种状态的吗?"

卡西奥佩娅的脚步停了一秒,双手放在胸脯下方,绞在一起。虽然她想对他说，根本不是这么一回事，这跟马丁毫无关系，但事实上，她此刻的恼怒正与他息息相关。但也不是他。深入内心探问，她发现的是一个略有不同的答案。

"我不想回乌库米尔。"她轻声说道。

她想念自己的母亲，在她的镇子给她提供的安全之外，她对自己没有信心，另外，她也不知道他们的冒险最终将会把他们引领到何处，但她也不希望回头，因为逃离一场探求在她看来近乎于亵渎。

"我看到他的时候……有一会儿，我以为他要强迫我回去。他总是为所欲为，我则必须按他说的做。我就一直想……"她的话音渐渐减弱。她也不明白自己的心思了。

"如果你被绑在这场较量的输家这边怎么办？"胡·卡姆干巴巴地说道，"如果你的表哥比你更聪明，坐在胜利者的角落里怎么办？"

"如果我只能自由这么几天怎么办？"她的忧虑如同一只担忧自己会被人踩死的蝴蝶。

之前胡·卡姆有些分心，四处打量这间屋子。现在他的视线盯着她。神的年龄不可知，看不出特定的范畴。他不老，但也没有年轻人的外表。你或许可以从树的年轮中知道它们诞生的那一刻，但他的脸上却没有这样可以提供类似线索的线条。他身上有种永久的感觉，让这类问题都归于虚无。

不过，当他看向她，卡西奥佩娅注意到他身上有种少年的气息，而这一点是她此前从未意识到的。当然，这是因为他之前从未显出年轻。但在这一刻，他反映出了她的心理，共情和理解改变了他的外表。不知为何，这种理解她的能力也让他的面容发生了改变。他不再没有年龄,而是成了一个年轻男人。路过的人或许会猜他大概二十一岁,二十岁。

"我问过自己同样的问题。"他对她说,他的声音也很年轻,带着翠绿,那是木棉树成熟之前的颜色。

但当他说完,这种年轻的感觉就消散了,就像是他彻底想起了自己的本性和根源。胡·卡姆的脸变得平静,无论他的脸上曾经搅动起怎样的涟漪,此刻都已淡出。他再次变得没有了年龄的感觉,像是一面打磨光滑的黑色镜子。这种变化如此惊人而迅速,卡西奥佩娅甚至都不确定,这样的事是否确实发生。

胡·卡姆再次转头,看向窗户。风翻搅着窗帘。

"我们得和诗塔贝谈谈。"他说着整了整发型,站起身。之前他把那只装有项链的盒子放在咖啡桌上,此刻他伸手去将它拿了起来。

"我听说她是个恶魔。"卡西奥佩娅说,她很乐于改变话题。相比于她的家人和在她的皮肤下纠缠成结的恐惧,对她来说,考虑那些会吃人的幽灵和烟做的怪兽要更容易得多。

"她不是恶魔。谁告诉你的?你镇子上的牧师?"

那些故事并非出自牧师,而是来自于仆人们的闲聊杂谈。牧师不会容忍这类闲话,他会抱怨尤卡坦半岛上的人热衷迷信、魔法和神话传说,农民们在学习教义问答时还会偷偷地说起阿鲁修伯[①]。

她知道诗塔贝多亏了厨师和擦罐仆人,刻意倾听他们讲故事让她知道了这个人物。就像所有神话传说一样,诗塔贝的故事也

[①] 玛雅传说中的骗子灵,见附录。

玉影之神

自相矛盾,很难判断谁说的是对的,谁又说错了。有些人说诗塔贝是个凡人女性,生性残忍冷漠,死后回到活人的土地上,窃取男人的灵魂。有些人则宣称说她是女恶魔。她住在木棉树附近,不对,住在岩洞陷落井里。她会在丛林深处出现,男人要是想靠近她,她就会转身逃跑,如此引诱他,直到最后,让他彻底迷失。但还有些故事则说,她将男人们扔进岩洞陷落井里,让他们淹死在水中。不过,又有人坚持说,她会把男人们勒死,吃掉他们的心脏。他们说她常常利用她那美丽的歌唱一般的声音诱惑男人,厨师则告诉卡西奥佩娅,她用来诱惑人心的是她毫无疑问的美貌,其他人则说她吸引受害者时用的是头发,她一直用一把魔法梳子梳理它们。诗塔贝会勾引,会说谎,会诱惑,她透过树木的枝叶向外窥探,露出血腥的微笑。

不过,卡西奥佩娅不是男人,诗塔贝的咒语对她无效,因此她不怎么害怕这些传说。

"我不记得了。"卡西奥佩娅说着,耸了耸肩。

"她是个灵。你已经遇到过恶魔了。这二者不一样。"

"区别在哪儿?"

"她以前是人类,后来发生了转变。饥饿的幽灵获得了更强大的力量后会变成全新的存在。灵和幽灵不一样,它们能沿着道路四处走动,不用像幽灵一样,锚定在某一个固定的地点上。"

"那她就是某一种类型的幽灵了。但我以为男人可以和她上床,要怎么——"卡西奥佩娅不假思索地说了半句后,立刻因为这直白的句子而感到了窘迫。

这样是不对的,错得离谱,不管男人与女人在床上发生什么事,都不能随便讨论。牧师将贞洁的重要性敲打进了乌库米尔那些年轻女孩的脑子里。尽管如此，卡西奥佩娅也曾亲眼看到仆人们彼此悄悄接吻。有一次，有个巡回旅行剧团带着一个电影放映机来到镇里。在白布上，卡西奥佩娅得到了瞥见好莱坞热爱的"拉丁情人"雷蒙·诺瑞罗的机会，看着他拥抱一位光彩照人的女性，许诺会给她不朽的爱。另外还有书本，都是些她的外祖父不高兴去念的，但她会反复详读。那些诗歌提到了爱和稍纵即逝的欲望。

这是禁忌的知识，绝不能挂在嘴边。

"我说了，她是某种别的存在，可能活着，也可能没有，是有血有肉的生物也可能没有血肉，"他回答道，"她是吞噬男人的诱惑者。"

当然，当他说起"血肉"和"诱惑者"这些词语时，她的意识便立刻从那些不怎么世俗的问题上偏离，专注在超自然存在的情爱追逐上了。如果灵能和男人上床，她想知道恶魔的情况又是如何。或者……诸神呢？玛拉卜显然能够追求女人，没有任何问题。传说在这个问题上帮不了多少忙——双子英雄本身是处女生子的产物，不是阴影的子民。不过卡西奥佩娅读过大量罗马和希腊的神话书，这足以让她回忆起哈迪斯也曾参与过这种追求，抓住珀耳塞福涅，又用石榴籽引诱了她。宙斯也喜欢有宁芙和其他女神陪伴。还有许多不是女神的凡人女性。仰卧的勒达，天鹅抵在她的胸口，有张插图表现的就是这个画面，她觉得它很引人入胜。

她以抽象的概念来考虑这件事。男神与女神。诸神与凡人。不过，此刻有位神正站在卡西奥佩娅面前，因此她的意识不由自主地产生了跳跃，将胡·卡姆与这些类比联系到了一起。

玉影之神

有些事光是想一想就已经属于伤风败俗了，看着他，然后想……嗯。他是不是也曾引诱过女人，用石榴籽诱惑过她？这可真是个荒唐的问题！说得好像这附近能长石榴似的。不过，这一点不是问题的关键，关键在于——

关键在于她脸颊绯红，好在她还有足够的判断力，咬住了舌头，没有把这么厚颜无耻的思绪宣之于口。

"你似乎很心烦。"他说。

卡西奥佩娅逃避地摇了摇头，不愿多说一个字。这反而起到了预料之外的效果，他走得离她更近，像是要好好看清她，仿佛医生决意要给病人做一番检查。而此刻，卡西奥佩娅想要的不过就只是缩在墙纸里，就此消失不见。她没法直视他的眼睛，只恐怕他能猜得出来刚才她在想些什么。

要是他猜到了，她又要怎么说？抱歉，但你太英俊了，既然你这么英俊，那我觉得你肯定在水洞附近追逐过属于你的灵。

她没那么想知道这个问题的答案，此时此刻更是什么都不想知道了，牧师也正是因此才会告诫他们，让他们只想着天国审判所有人的基督与圣徒的作品就好。如果她照办，便不会因为屈辱而死，可惜的是，她知道的圣徒名字还不如她知道的星星的名字多。

"你怎么了？"他皱眉问道。

这些话声再一次地带着青翠。在这一小段时间里，他再次变得年轻。幸运的是，这一点让他变得更为困惑，这是另一种迷惑，切断了原本的他。

卡西奥佩娅又拾回了镇定。她觉得刚才的自己真是荒唐可笑。已经够了。

"我们别再浪费时间了,"她说,"去见诗塔贝吧。"

他点点头,又变回了原来的那个他。卡西奥佩娅虽然不知道他们要去哪儿,还是率先走出房间,又走出旅馆,因为室内实在有些闷热。肮脏的城市的空气始终让人觉得不够清新。她驾轻就熟地加速冲刺,穿过马路。

他俩来到路口,胡·卡姆把手放在她手臂上,引她走向正确的方向,搭上出租车。上车后,他俩前往孔德萨区。

"你得想办法让我们进门,然后我们才能见到她。"出租车沿着街道开出去后,胡·卡姆说道。

"我?"

"侍女要负责引见并送上礼物。"

"怎样的引见?"

"只要能让我们得到允许进门,什么样的都可以。"

卡西奥佩娅的膝盖上摆放着装有项链的盒子。她将手指放在盒盖上,点了点头。

⋉◆⋊

孔德萨区还在不断变动,很现代,充斥着装饰艺术风格的建筑。这片地区曾经是米拉瓦莱伯爵夫人名下一座广阔种植园的一部分。波菲里奥时期的精英常在这儿的一条宽阔大道上举行马赛。而现在,在它的中心建成了一座叫人愉快的现代公园。在这片殖民地,没有随意排布的小巷和住房,只有精心设计调配的林荫大道和树木。

孔德萨区的房屋和公寓都以坚固的钢筋混凝土建成,外表面装饰有鲜明的几何形状图案,以此向现下正流行的"原始主义"

风格致敬。之字形的图案令人联想到非洲的概念，某些彩色的砖瓦则描绘出了中东马赛克的奇妙图案。

孔德萨区对于年轻人和冉冉升起的新星而言，是个时髦的地方。建筑师们告诉自己，这里代表着城市的胜利，尽管这片殖民地尚未彻底完工，建筑也未全建成，还有些地块空着，就像是在目睹尚未孵化出蝴蝶的茧。

胡·卡姆和卡西奥佩娅向较新的建筑群中的一座走去，它有四层楼，双层玻璃的大门着了色，描绘了向日葵的图案。胡·卡姆解开门锁，两人穿过一座满是盆栽的大厅，乘坐箱笼式电梯，电梯很宽敞，全部以闪亮的黄铜制成，顶部和四边也有几何图案和花朵的装饰。胡·卡姆按下去往顶层的按钮，电梯开动了。

胡·卡姆用一块小金属片打开了门，他们走了出去。电梯通往一条照明良好的走廊。

一扇结实的大门上，只有一个门把手。一位严厉的男子立刻向他们迎来。

"我们给这座屋子的夫人带来了一件礼物，希望能得到她的接见。"卡西奥佩娅说道。在出租车上时，她就在心里准备好了说辞。

"夫人说过你们可以今天来访吗？"男子抬起一边的眉毛，问她。

"没有，但她会很乐于见到我的主人。"

"她很忙。"男人说着，打算将门甩在他们脸上，卡西奥佩娅却不会容许这样的事发生：她一把将门推开，那男子的眉毛抬得更高。她倒是没有在心里预演过这一出，但她常常即兴发挥。

"如果你不遵从我的意思，或是让我们干等着，你迟早会后悔的。我的主人是位伟大的主宰,他很友善,但相信我,你绝不会想毁了他这一天的好心情,"她说,"现在,我们再试一次。我们带来了一件礼物,把它拿去给她。"

卡西奥佩娅弯下腰,将装有项链的盒子递给那名男子,后者将盒子从她双手中抓了过去,一句话没说便走开了,让他俩就这么等在门口。

"我想这确实是引起他人注意的方法之一。"胡·卡姆喃喃道。

"这是你会说的那种话。"卡西奥佩娅回答道。

"确实。"他回道,声音里带着愉悦。

男子回来了,领着他们来到一个房间,最适合这儿的可能正是好莱坞的奇幻片。地板上有黑白的方格,仿佛棋盘;微风吹拂下,深紫色的薄纱窗帘轻轻飘动,露出彩色的玻璃窗框。盆栽植物和插着花的瓶子出现在所有能够摆放它们的物品表面——各种咖啡桌、边桌、柜子上,它们都以时髦的胶木制成。矮棕榈树抵着墙壁排成一列,巨大的黑色罐子里种着繁茂的植物,天花板下垂挂着种有蕨类植物的篮子,感觉就像是这座公寓的主人打算抓取一片丛林,将它扔进四面墙壁之间。

在一个角落,有只鹦鹉停在一只圆形的铬合金鸟笼里,鸟笼则挂在一个纤细的金属支架上。它看着他们走进室内。乌库米尔的那只鹦鹉非常刻薄,卡西奥佩娅因此将这只鸟的存在视为噩兆。

在房屋正中,有一张与窗帘颜色相配的深红色长椅。长椅上躺着的女人身穿优雅的白色缎面长裙,这裙子如此精致,独具匠心,让她身体的每一根线条都在这材质下清晰可见。她的颈部装

玉影之神

饰着一条长长的珍珠项链，它深深地落在她的双峰之间。她的指甲涂成红色，嘴唇也是如此，她那头深色的长发则用一条银色与红宝石色相间的发饰带固定在脑后。她看起来更像是个电影明星，而不是危险的灵。

"接下来换我说话，"胡·卡姆对卡西奥佩娅说道，"那边，你站那边。"

胡·卡姆示意卡西奥佩娅站在靠近入口的地方，一排盆栽植物的边上，他自己则走向那个女人。诗塔贝的右手拿着他们带来的项链，动作慵懒，视线在卡西奥佩娅脸上落了一秒钟后，便定在那位神的身上。

"向您致意，诗塔贝女士。"他说。

"怎么回事，这不是主宰胡·卡姆吗？身边都没有像样的扈从队伍，只有一个女仆？"这话让卡西奥佩娅不由得想，在希泊巴的时候，他身边是否跟着几十个皇室禁卫和持伞的仆人。她想了想，嗯，应该就是这样。

"不过我给你找来了一件像样的礼物。"

"感谢你送来的这个漂亮的小玩意儿，但如果你能在来之前先打个招呼就更好了。不请自来真叫人心烦。"

她的声音和她的脸都很美。但这不是人类的美丽，她的每一个角度，每一个五官，都太完美无瑕，太雕琢刻意了。这个房间有种人造物的感觉，她也是如此。她的吸引力如蛇，如美洲豹，能满足男人的最离奇的幻想。她如棱柱般千变万化。从一个角度看去，她的双唇饱满，脸颊圆润，但换一个角度，她的脸就变窄了，颧骨高耸，像是能满足每一个观看者的口味。

完全可以想象，有多少男人受她诱惑，进了丛林，想用双手抓住她的一缕发丝,却最终落得个淹死在水洞里的下场。卡西奥佩娅碰了碰一盆巨大盆栽的叶子。她很紧张。假如他给她分派了任务——比如说守门——那她可能会觉得更好些,但像现在这样就只是站着,感觉很傻。不过,在他的王宫里,可能确实有很多仆人,干的就是这样的事:站在他身后的女仆,不知为何在他面前站成一排的男仆,等等,仿佛一排装饰品。还有些像面前这个女人一样富有吸引力的女性,她们的功能就是与他对话。只因为他现在落魄了,才会在旅行时只有一个笨手笨脚的凡人女孩陪着。

卡西奥佩娅放开那片叶子,皱起眉。

"我很确定你早就料到我会来。"胡·卡姆回道。

女人微微一笑,将手中拿的黄金项链放上长椅。她站起身,将一只手摆在喉咙上。她的动作和她声音都经过了反复练习,让人觉得她是个正在演出的女演员。

"你的弟弟确实暗示过你可能会来这儿。"她承认道。

"你知道我为什么来。"

"当然。为了来恐吓我。强迫我投降,把你必须取回的你的宝贵精华碎片交出来。但是,最亲爱的胡·卡姆,有件事我们都清楚:现在的你已经不是从前的那个你了。我不怕你。"

女人朝他微笑。她的牙齿同样完美无瑕,微笑的表情无比欢欣。但这笑容同样极为锐利,那是捕食者的笑容,是肉食植物的花朵的诱惑。在长椅旁披着一条斑马的皮,它被用作地毯,女人赤足划过这黑白相间的条纹。她前后动着脚,眼睛盯在那位神身上。

"我以为你是个聪明人。"他回答道。

"我是。向你投降才是不明智的行为。"

"我的弟弟一定和你达成了某种交易。"

"是你给予之物无法匹敌的。"诗塔贝说道。

"他许诺了什么?"

诗塔贝站起身,耸了耸肩。她绕着胡·卡姆行走,单手擦过他的后背,另一只手则拨弄着她的那串珍珠,像是要数清楚它们的数目。她叹了口气。

"在他王座旁的一席之地。我将成为他的配偶。"

"他没法抬升你,让你获得神格。"

"你被人骗了,那都是老黄历了。这个世界正在发生变化。"

"你沉醉在武库布·卡姆的梦里了?他那些荒谬可笑的力量理论?"

诗塔贝大笑出声。她那可爱的声音仿佛音乐,她的笑声却不怎么叫人愉快。空洞,如她身上的其他部分一般精心打磨,像金属和装饰这个房间的胶木家具一样闪亮。她双手交叠。她在好几根手指上都戴着戒指,她的手镯叮当作响。当她摇头,昂贵的耳环不断晃动。这一定很不错,卡西奥佩娅想,能够每天都身着盛装,还能一直受到诸神喜爱。

"你也很荒唐,胡·卡姆。在你那阴影的国度中静静存在,光想着往昔的荣光便足以让你快乐。你就像一条渴望吞吃残羹冷炙的狗。"她的声音阴沉,想以此来让这语言攻击显得更客观。

"万物自有其时。诸神是否在大地上行走也有因果。"他的声音沉稳克制。诗塔贝的攻击未能煽动起他的情绪。

"我们可以利用苏勒。"

诗塔贝从他面前走过,裙子沙沙作响。白色的绸缎起了涟漪，裙摆擦过冰冷的棋盘格地板，诗塔贝伸出一只手，抚摸胡·卡姆的脸颊。看不见的魔力纠缠成结，系在那位神的周身。卡西奥佩娅当然看不到它们，但从她的脊椎上传来一阵战栗，她身旁的树木也战栗起来，发出低沉的声音。

"啊，胡·卡姆，别对我失望，我可受不住。你知道我一直喜欢你。你比你的弟弟聪明得多，强壮得多，也英俊得多。"女人表示。

"你之所以这么说，只是因为此时此刻站在你面前的人是我，而不是他。"他的声音有些怪异，发音含糊不清。

卡西奥佩娅注意到胡·卡姆闭上了眼睛，双肩也垮了下来。她知道诗塔贝的传说，但没想到诗塔贝能影响他。通常来说，卡西奥佩娅的推测应该没错，诗塔贝确实没有凌驾于神的力量。但话说回来，此刻的胡·卡姆并不完全是个神，他的不朽精华中混合了卡西奥佩娅的人类自我。此刻的他脆弱不堪。

卡西奥佩娅小心翼翼地观察他。她不懂魔法，但她了解不祥的预感，此刻她很确定，那只鹦鹉就是可怕的噩兆。

"你在做什么？"她轻声问道，不知道自己是否可以靠近他们。上一次她没有遵从他的指示，幽灵差点啃了她的骨头。她干扰他们了吗？这么做是否会让事态变得更糟？

在她身后传来了轻柔的"沙沙"声，但她过于担忧，想听清他俩的谈话，因此没有留意。

"我更想坐在你身边，而不是他身边。这么说你不高兴吗？也不是什么很难的事。"诗塔贝说。

"我……我明白你的意思了。"

这个女人说的每一个字都让胡·卡姆沉溺更深。诗塔贝离他更近,双手放在他的胸膛上。

"沙沙"声还在持续。卡西奥佩娅恼火地看向身后。一株盆栽探出长长的藤蔓,向她伸来。卡西奥佩娅来不及躲闪,藤蔓缠住了她的大腿。另一条藤蔓直接抽中她的脸,用力之猛,让她不由得踉跄后退。第一条藤蔓用力拉了一下,她摔倒在地。胡·卡姆什么也没有注意到。他还在与诗塔贝对话,卡西奥佩娅则手忙脚乱地想把藤蔓从身上扯下来。这些藤蔓像绳索一般坚韧,却比绳索滑溜得多。

"我确实掌握着你正在寻觅的珍贵之物。你左手的食指。让我把它和你的那部分力量还给你,但你要向我保证,你会像对待你的王后一样,给我加冕。以吻保证。"诗塔贝对胡·卡姆说道。

在离卡西奥佩娅两步远的地方有一张边桌,上面摆放着塞满花朵的水晶花瓶。她向前爬了几步,伸手取到其中一只花瓶,此时第三条藤蔓缠上她的躯干,扯紧,陷入她的血肉之中。卡西奥佩娅将花瓶用力砸在地上,碎片在她身旁四散。她捡起一块玻璃片,切向缠着她嘴的藤蔓。那植物发出令人不适的"嘶嘶"声,松开了她。

诗塔贝也随之喘了一口气,摸了摸自己的手臂,手臂上突然显现出了一条刮痕。她看向女孩。

"小心——"

又一条藤蔓捂住了卡西奥佩娅接下来的话,藤蔓抽打她,缠在她的脑袋上。很明显,诗塔贝不希望她开口,也或许,她是想就这样让卡西奥佩娅窒息。不管哪一种都不是好事,她开始用尽全身力气,拉扯藤蔓。

与此同时,诗塔贝还在与那位神说话。她抬起一只手,像是要触碰胡·卡姆的脸,卡西奥佩娅却发现这个女人的手臂上有许多尖利的荆棘。她想在亲吻的同时,用荆棘刺伤他。

卡西奥佩娅拉扯缠绕在她头部的藤蔓,那植物不停发抖,却没有松开她。卡西奥佩娅甚至觉得它在静静地发笑。

这让她气得发疯。她用尽全力一口咬了下去。那植物再次愤怒地发出"嘶嘶"声响——诗塔贝同样愤怒地"嘶嘶"叫唤着,抓住自己一侧的手,她那洁白无瑕的皮肤上出现了牙印。卡西奥佩娅终于将脸上的藤蔓剥了下来。

"胡·卡姆!"她喊道,"别听她的话!"

这个名字从卡西奥佩娅的双唇中溜出来时,胡·卡姆转头看向了她。在此之前,他一点儿也没有听到房间角落里发生的这场骚动,但卡西奥佩娅的声音如同拂去蜘蛛网的手,刺破了诗塔贝编织的魔法。之前一直隐形的力量之结在此时发出一秒蓝光,而后便熄灭了。这个小小的破坏举动也将诗塔贝击倒。她惊愕地跪倒在斑马皮的地毯上。

胡·卡姆重又挺直身体,走到卡西奥佩娅身旁。那株植物本已松开了她,但当这位神靠近,它开始发黑,彻底缩了回去,像是无法抵御死神的怒火。他看起来也确实怒气冲冲,单眼深得仿佛黑煤,伸出手来拂去了卡西奥佩娅发丝中夹杂的一片落叶。他向她伸出手,于是她抓住他,借力站起身。

"你受伤了吗?"卡西奥佩娅问,"需要我帮忙吗?"

"好得很,"他说,"我本打算拿这个问题问你。"

"哦。我没什么磕碰。"她向他保证。

"我明白了。就这儿有点擦伤,"他说着,碰了碰她的前额,一秒后,他便像拂去那片落叶一般地擦去了伤痕,"现在没了。"

玉影之神

诗塔贝站在长椅旁,垂着头,说出了几个代表力量的词,但它们"嗞嗞"发响,像是缺了引燃物的火堆,最终也没能闪起火星。

"你的把戏在我身上不奏效。"胡·卡姆对她说,但他的视线根本懒得落在她身上。

"我差点就做到了。"诗塔贝说,此刻她的声音变成了恶毒的"嘶嘶"声,再也没有一丝甜蜜。她摩挲着手上的伤,卡西奥佩娅愤怒地在她的手上留下了一个极为明晰的红色牙印。

"把我的所有物还给我。"胡·卡姆冷冷地回答道。

"那也改变不了任何事。"诗塔贝对他说。

不过她还是照做了,她走到一面书架前,书架上保存着一只黑色的盒子,盒子的两个侧边各有一道绿色的玉线。诗塔贝打开盒子,将它递给胡·卡姆,同时在他面前跪下,在卡西奥佩娅看来,这明显是一种嘲讽的表现。

"献给胡·卡姆主人,"诗塔贝说着,将盒子的盖彻底打开,"来自他卑微的仆人。"

在黑色的天鹅绒衬垫下,摆放着那根手指。和他的耳朵一样,这手指也保存完好,像是几分钟前才刚刚切下。胡·卡姆将手指抵在手上,它便与他的血肉融合在一起。接着他做了一个动作,让诗塔贝站起身。她照做了。

"这拼图的下一片在谁手里?"他问。

"你觉得我知道?"

"我弟弟希望给你加冕,诗塔贝。我想他该告诉过你。"

"你没法让我说出答案。"

"我已经解除了你的魔法。"胡·卡姆说道。

"没有,不是你,你这自负而天真的主宰,是那个女孩。你是失去了一只眼睛之后就彻底瞎了吗?"诗塔贝嘲讽他说道,"你什么也没做。"

没错,他没有。结束了魔咒的是卡西奥佩娅的声音,是她的意志产生的行为,她的精华与神的精华混合,他的魔法也由此部分地给了她完成这项任务的能力。部分,但不是全部。

"那么,就把答案给我。"卡西奥佩娅说,她觉得很累,疼痛已经开始在她的脑壳里隆隆敲响。她想让这事快点结束。她向前走出几步,站到了离那女人几英寸的地方。

"你破解了一个咒语,就觉得能命令我了?"女人讥讽道。

"我猜事情可能就是这样。如果不是,那我准备把你这儿的所有植物和花都砸成碎片,直到你摆正对我的态度。我想你不会喜欢那样的事。"卡西奥佩娅说道。

"你怎么敢?"

"我很乐意试一试。"卡西奥佩娅说。

"她真野蛮。"那女人对胡·卡姆说。

"滕女士的个性强烈,我不会做得这么过分,"胡·卡姆说道,"不过有一点她确实说得很有道理:你希望我们砸掉你家里的几件物品吗?烧了这些花和植物?"

"当然不,我的主人,"诗塔贝说着低下头,攥紧她受伤的手,"在艾尔帕索有个乌艾,乌艾·齐瓦。他侍奉武库布·卡姆。"

胡·卡姆转过身,像是打算离开,同时示意卡西奥佩娅跟上,但此时诗塔贝再次开口,那双坚毅的眼睛紧紧地盯着他俩。她看起来就像他们适才踏入这房间时一样美,但与此同时,也显

玉影之神

得弱小了许多。

"你应该放弃，胡·卡姆，"那女人说，此刻她的声音显得十分空洞，"忘了王座，就此消失。武库布·卡姆会杀了你的。"

"诸神不会死。"

"对，"诗塔贝点了点头道，"神可能确实不会死。但看看你在镜子里的倒影。"

胡·卡姆抓住卡西奥佩娅的手，将她拉出房间。当他们来到电梯里，他拉动那金属门，制造了"锵啷"一声巨响。

到了楼下，打开那双开的玻璃门半边时，胡·卡姆望了一眼自己的倒影。从他的脸留在玻璃上的模糊倒影上，他看不出有什么需要警觉的。

但要是他拿手持镜，或许就会发现诗塔贝注意到的泄密细节。他的眸色原本深如燧石，映不出任何事物，因为那不是人类的眼睛。但现在，这只眼睛产生了变化。他那黑镜般的瞳仁上出现了倒影。街道，沿着林荫大道开动的汽车，还有他身边年轻的同伴。她的色彩最为鲜明。

是的，咒语之所以能解开，部分是因为这位神的不朽精华存在于卡西奥佩娅体内，让她能够以冥界的力量摧毁诗塔贝的魔法。但另一方面，诗塔贝的咒语失效的另一个原因——卡西奥佩娅和胡·卡姆都没有意识到——则是个更为简单的事实：他的视野已经被卡西奥佩娅占据了太多。她开口说话而他转过头时，他的瞳孔里倒映出的她，把那个房间的其余部分都挤了出去。

像这样的事件，对那些相信自身存在于他人不会踏足的荒岛的两个年轻凡人来说，其实并不少见。

至于胡·卡姆？他不算年轻，出生在许多许多个世纪之前。

但他又确实年轻,在孔德萨区走出那座建筑时,他是个与卡西奥佩娅同龄的男子,他的皮肤上没有智慧留下的痕迹。当然,卡西奥佩娅没能注意到这一点,他俩刚刚相识,她也没有注意到他没有年龄感的事。而现在,他变得年轻,这就好像有人剥去了粗糙的深色树皮,露出其中浅色的内芯。

16
CHAPTER SIXTEEN

在 在与表妹的糟糕会面之后,马丁立刻跑回曼切拉酒店,希望能再遇上她。他想从前台那儿套出她的房间号,但前台丝毫不肯让步,甚至都不愿确认是否有个符合卡西奥佩娅特征的女人入住。马丁先说了些威胁的话,接着又想贿赂对方,但那前台是那种见多识广的首都佬,只用漠不关心的眼神盯着他。马丁被激怒了,硬是在大堂里扎了根,希望能拦截下卡西奥佩娅。但他的表妹一直没有下楼,也可能她已经离开了。

等马丁意识到继续守望也是徒劳,不过是愚蠢的努力,他匆匆跑出旅馆,沿闹市区一路向前,直到找到一名卖烟的小贩。以前卡西奥佩娅会替他跑腿买烟,抓起打火机时他想起了这个细节,抽烟给他带来的那一丁点快乐也随之消失了。

马丁开始寻找卖酒的地方,他发现闹市区里到处都是,便找了一家便宜的普逵酒酒吧,它的一面墙上有墨西哥城的双子火山壁画。这城里的另一些酒吧的设施更高贵一些,其中包括"剧院",据说革命家潘乔·比利亚曾在某天晚上将子弹打入了这家店的天花板,但马丁压根就不在乎他摄入的酒精到底是什么质量。每一杯龙舌兰的口感似乎都比上一杯更苦,他的手指在桌子上不住拍打。涂抹了太多腮红的女人在他身边停下,想从这个衣着体面的粗鲁男子身上挖出几个比索,但他挥手赶跑了她们,嘴里还抱怨着都是女人的错。从夏娃开始,到卡西奥佩娅结束,这是他的看法。巨蛇,该死的毒蛇,说的就是她。

最后,当夜晚降临,马丁走回自己的旅馆,边喘边咒骂卡西奥佩娅。

"二十个娼妇和五十个婊子都比不上她。"他说。

毫无疑问,她身上流淌着某些别的血。不只是因为她的性

201

别,更是由于她父亲的印第安血统,让她变成了现在的状态——马丁绝不会认为她血统中莱瓦家的这一边能有任何遗传上的瑕疵;只能是她属于滕家的那一边导致她的行为如此不管不顾。

"我要告诉她母亲,我要告诉祖父,我要告诉所有人。"他保证道。

他们整个镇子都会知道,现在卡西奥佩娅正在墨西哥城里厚颜无耻地四处游荡,头上几乎连根毛都没有,还反抗家族的指示。

反抗他。

想到这里,他顿住了。不,不,不,他不能提她反抗他的事。

他抽了一支烟,绕旅馆转了一圈,用手扒梳头发,他需要空间,需要时间。

回到房间,马丁将水泼在脸上,终于承认自己不能再拖下去了:那位神想必正在等着消息。他握住武库布·卡姆交给他的戒指,站在房间正中,说出了那位神的名字。

房间里的黑暗在角落聚集,形成一片黑池,室内的光线随之黯淡,武库布·卡姆踏步从这片黑暗之中现身。他身着一袭白衣,背后拖着以浅色海贝制成的斗篷,发色也非常浅,但他给人的印象依然是漆黑的色彩。

武库布·卡姆的视线没有落在马丁身上,相比之下,他似乎更关心其他问题。

马丁第一次遇见武库布·卡姆的时候,几乎不怎么了解这位神。后来,西里洛补救了他这缺乏指导的状态,将他的故事轻声讲述给孙子听。西里洛同样解释了希泊巴之主的性格,说了该如何向他们致意，还说了他们喜欢受人奉承。因此，虽然马丁本性中的傲慢不乐意做出这样的行为，但当武库布·卡姆踏入房间时，马丁仍然双膝跪地，低下了头。

"冥界的至高之主，"马丁说道，"感谢您能到来。我不配让您前来此处。"

"你确实不配，因为你的舌头都在打颤。你辜负我的期待了吗？"神开口问，但他没有屈尊去看这位凡人男子。

"我的表妹，她不愿与您谈话，"马丁将双手搅在一起，承认道，"她是个顽固而不知感恩的孩子。但如果我的主人希望，我会为您找到她，抓住她，拉着她的头发，把她拖——"

"毫无意义的暴力。你这么做能达到什么目的？"

马丁眨了眨眼睛。"她会按照您的意愿行事，不管您希望的是什么。"

"你没法强迫她的手。"武库布·卡姆说道。

"我不——"

"马丁·莱瓦……马丁。下象棋的时候，你会以移动马的方式来移动卒吗？扔骰子的时候，你会假装自己得了四点，而不是两点吗？你明白我的意思吗？"

马丁摇头表示赞同，他没法理解这位神在说什么，但他知道，在此时此刻，他应该不由分说地同意。

武库布·卡姆解开腰上缠着的烟草袋，拿出一枚四面骰来，它的每一面都以黄色和黑色涂就，正是用来玩布尔棋的骰子。马丁以前没有玩过这种游戏——它是印第安人才会玩的——但他了解游戏的目标是"捕获"并"杀死"对手的棋子。

"如果我觉得用野蛮的力量便能让我获得想要的事物，那我

玉影之神

已经把她从中间世界拉到此处了。但在这场棋局中,她也是玩家,我得尊重她扮演的角色。而那个女孩,她不完全是人类,却也不那么神圣,因此没法拖着她的头发,让她匍匐在我脚边。"

"我……当然不行,不行。"

"此刻我也没法直接向她致意,所以才需要中介,而现在我不得不接受了你。"神总结道。

武库布·卡姆示意他站立起身,马丁照做了。

"既然你的表妹如此顽固,那我就给你一个新的任务,或许它会更适合你。"

"好的,我的主人。"他轻声说。

希泊巴之主将骰子扔在地板上。它们打着转儿落地,全都黄色面朝上。在他俩周围升起煤烟般的线条,淡淡的。淡得就像蜘蛛网上的银丝,从某个角度折射光线后便会出现在视线里,换个角度,就看不见了。马丁眯起眼睛,想看清这些线条到底构成什么形状。这是个棋盘吗?

"我要让你去下加利福尼亚州,去铁拉布兰卡,今天晚上,坐在猫头鹰的翅膀上去。我的兄长和你的表妹最终会抵达该地,但你将比他们到得更早。"

"我去铁拉布兰卡干什么?"马丁问。

"你要学习。"

"啊……那我要学什么?"

"学习如何在我的王国的阴影道路上行走。阿尼巴·扎瓦拉应该能指导你。"

马丁不确定在阴影道路上行走是什么意思,但他知道,他不想去任何靠近希泊巴的地方。它被人称为恐惧之地总不会毫无缘故。"

他清了清喉咙。"我会按您说的做,但为什么我要……去学这样的课?还有,阿尼巴·扎瓦拉又是谁?"

"我的信徒。至于你为什么要上这课,是因为万事万物中的对称性总是最让人心神愉悦的,卡西奥佩娅似乎会成为代表胡·卡姆的战士,那你就该成为我的。表兄对表妹,兄长对弟弟。我希望你能欣赏到这其中的象征意义。"

"您的意思是说,要让我以某种方式与她竞争?"马丁问。

"她或许仍有机会向我展现出适当的敬意。不过,如果她不愿依从我,我也得做好准备。"武库布·卡姆表示。

"假如她不愿改变她对您的态度,那我就必须了解该如何在阴影道路上行走。"

"你必须掌握先机。她不会知道该怎么在那些道路上导航的。"

马丁看着地板上的蜘蛛网线,意识到这不是棋盘,而是一个圆。在这个圆里,有着错综复杂的迷宫,它们伸向四面八方,无数小径以各种方式通往死路。他觉得自己可以从中看出金字塔、巨大的雕像、堤道和高耸石柱的形状。一团墨汁般的黑暗落在这迷宫里,沿着其中一条小径行进,那小径便是通往迷宫中心的正确道路。

感觉就像是在报纸的背面偷看到了谜底。但如果这也算作弊,那马丁并不打算抱怨。比其他人掌握更多的优势从不会让他不悦。

"我想我明白了。"马丁说道。

此前希泊巴之主没有看他,他那双浅灰色的眼睛落在房间里的另一个点上。马丁开口时,神将视线转向了他。

"希望你确实明白了。在即将到来的对抗中,你能战胜你的表妹至关重要。要是你辜负了我,我会把你的骨头碾成粉末。"武库布·卡姆说,声音冷漠无情。威胁出现在他的眼中,当他盯着马丁,那双眼睛仿若水银。

马丁觉得有只隐形的手握住了他的喉咙,掐紧了它,尖锐的指甲陷入他的皮肤。他没法呼吸,没法动弹,甚至没法眨眼,一切只剩下那只裹住他脖子的残酷的手。这种感觉很像人们在睡觉时,常会觉得某种看不见的力量压着自己。所谓的"梦魇",鬼压床。噩梦骑在凡人身上。只是现在,马丁十分清醒。

这种感觉持续不超过一分钟,但这种可怕的触感让马丁的心脏恐惧地怦怦跳动,等心跳渐渐平缓,他跪倒在地。

武库布·卡姆朝马丁微微一笑,再开口时,他的声音甜美,就像蛆虫在棺材里对人轻声低语。

"别太不高兴了,马丁。虽然你身上散发出龙舌兰酒和不满的气味,我还是喜欢你。毕竟,我们有太多相似之处,我俩都得解决我们最讨厌的亲戚。等这件事结束,我相信我们会成为好朋友的,就像你的祖父和我以前也是朋友。命运女神让我们走到一起。感谢她的这番好心。"

"是的,我的主人。"马丁粗声回答,用手擦着喉咙,低下了头。

那位神伸出手,骰子又跳回他的掌心。地图消散,升腾如燃尽的蜡烛形成的烟雾。接着那位神后退,步入他自其中涌现的阴影,与之交融,他那白色的披风、白色的衣服和苍白的头发都沉入黑暗之中。

马丁还在擦着脖子，而后他猛地仰起头，"咯咯"发笑，因为他已经听到翅膀振动的声音了，这说明武库布·卡姆那只巨大的猫头鹰即将到来。神不浪费丁点时间。他妈的。好像马丁自己就没什么重要的事可干似的。他在下加利福尼亚州和在墨西哥城里一样，都能大睡一觉来消除痛饮酒精的影响。不过，此时此刻，他已经很清醒了。

"卡西奥佩娅，要是我再见到你……唉，老天，我最好还是别再见到你了。"他轻声说。

一切都因她而起。是她打开了那只该死的箱子，是她让一位神自囚禁中崛起。而现在，又是她顽固的拒绝，才导致马丁不得不落入希泊巴的诸小径之中。这已经不是骂五十遍婊子能解决的了，得一百遍。

17
CHAPTER SEVENTEEN

凡人相信诸神全知全能。事实却没有那么确定；他们的局限性多种多样，反映出各自不同的气质。诸神没法像人们移动棋盘上的棋子一样，粗暴地移动凡人。要达成愿望，诸神可能会利用信使，可能会采取威胁的手段，可能会奉承，也可能会给予奖励。神可能会引发暴风雨来破坏海岸，另一面，凡人则可能高举双手，将供品置于神庙之中，以求停止袭击他们土地的飓风。他们会祈祷，会用龙舌兰荆刺来让自己的身体流出鲜血。不过，他们也完全可以无视神的气象魔法，将大雨或干旱归结于偶然或糟糕的运气，而不将神明与事件联系到一起。

　　神能让火山喷发，将居住在火山山体附近的村民活活烤熟，但这么做又有什么用？如果诸神毁灭了所有人类，那他们就再没有了崇拜和祭品，而后者，正如让火焰燃烧得更猛烈的新鲜木柴。

　　武库布·卡姆也有局限，但他有解决之道。他不能在白天里去人类的国度，只能在有限的夜间时段现身漫步。但他有他的猫头鹰，有他的预言能力，还有他的盟友。虽然人类确实可以拒绝他，但这样的事很少发生。

　　因此，卡西奥佩娅拒绝他的事，于他而言多少有些新奇，甚至让他觉得挺有趣。当他漫步踏入诗塔贝的房间，擦过波浪翻滚般的窗帘时，他事实上正处于愉悦的状态。还有一个机会能再向那女孩致意。她可能会两次，甚至三次对他置之不理，因为"三"这个数字在女人的赫茨梅克①中贯穿始终。他没有像马丁那

---

① 婴儿第一次被人背在腰上时举行的仪式。如果是女孩，那么这个仪式一般会在她们出生后的第三个月里举行。"三"这个数字与女性有关，因为从前女性制造食物时用的烤盘下垫着三块石头。

样烦恼。他知道自己正掌控着这个故事。

"您的光临让此处蓬荜生辉。"诗塔贝说着低下头,在他面前跪下,如往常一般满身宝石。

如今的她完全成了一个可爱而又刻毒的生物,她的凡人出身早已被人忘记,就像很早以前就已抹去的贝壳留在沙滩上的痕迹。武库布·卡姆伸出手,示意她起身,诗塔贝照做了,脸上露出精巧的微笑。

"我已经知道我的兄长来拜访过你了。"此刻他已无法感知到胡·卡姆休眠中的精华,在此之前,诗塔贝一直将它锁在一只盒子里。房间的角落,诗塔贝的绿鹦鹉正站在鸟笼里,将脑袋藏在翅膀下,像是自我保护,免得被这神看见。

"就在不久前他来过,"诗塔贝皱眉回道,"带着他那可怕的侍女。"

武库布·卡姆在这房间里四处走动。他兄长的痕迹已经不见了,但他确实曾经出现在这儿,而这一点让他不由得想让自己的脚步落在胡·卡姆的脚步曾经落下的地方。他俩已经有几十年没见面了,但过不了几天,他们便会再次相遇。

他允许自己回想出胡·卡姆曾经的模样,那是很久以前,他在丛林中行走,一条大蛇盘绕在他颈部,武库布·卡姆则如影随形跟在他身后,肩上站着一只猫头鹰。有那么一会儿,这回忆显得十分甜蜜。当初他俩在中间世界的游历是多么快乐!但后来凡人不再崇拜诸神,胡·卡姆也随之不再关心人类的世界。武库布·卡姆却没有丧失他的这一爱好,随着时间流逝,它占据了他的全副心思。他渴望受到祭司和恳求的信徒的崇拜,而当他将这一点告诉他的兄长,胡·卡姆斥责了他,说他不明白万事万物稍纵即逝的本质。斥责发展成了口角，武库布·卡姆封闭了自己，愤怒的蛆虫噬咬着他的心。

他不再回想过去，转而专注于此刻的现实。

"他没有逗留多久。"

"是的。"

"如此说来，你再怎么吹嘘自己的魔法，事实也证明你的魅力毫无用处。"武库布·卡姆总结道。

也有可能他的兄长会遭到拖延，又或是在抵达铁拉布兰卡之前就受伤，让武库布·卡姆赢得更容易。但再说回来，他心中又有种战斗的渴望，希望胡·卡姆在抵达下加利福尼亚州时是健全完整的状态，耳朵、手指和项链都已齐备，这样当他最终落败便会更为有趣。

"他是那位希泊巴之主。"诗塔贝声音尖锐，落在"那位"上的重音让武库布·卡姆想起了谁才是头生子，谁又是叛徒和冒牌货。

"管好你那漂亮的舌头，"武库布·卡姆回答，不止是声音，他周身的一切都显得极为尖锐，"你不会想要丢掉它的。"

"主人，我的每一次呼吸都在侍奉您，别这么生气地看我。刚才不过是我的口误，"诗塔贝说道，"我还是想留着我的舌头。"

"口误。你该不会更想侍奉我的兄长吧？"

诗塔贝转头盯着他。

"我照做了你吩咐的一切。我离开丛林，住在这座遥远的城市里，在这儿我的力量衰落——"

"你的力量原本没有衰落，因为当时你拥有胡·卡姆的手指。别否定他的精华的威力，也不要贬低我提供给你的这些漂亮小玩意儿和消遣。"武库布·卡姆说道。人们承认他的慷慨让他高兴，而若人们对此不加欣赏，则会激怒他。他一直让诗塔贝保持光彩照人，保证她守护宝物时的生活能够比堪堪可以忍受更强。

"不会，"诗塔贝承认道，"我不会的。但你也知道，我不属于这里，留下于我而言是极不愉快的苦工，但我依然做到了，只是因为你说他有朝一日会来寻找我，而你希望他能沿着你既定的路线前进。"

"他必须如此。也正是因为知道这一点，我觉得你或许想要重新获得那位主宰的喜爱。"他尖酸地说道。

她曾经是玉石殿中受人尊敬的廷臣，常常陪伴在胡·卡姆左右。她能编出有趣的故事，在中间世界所做的恶毒而古怪的行径也常逗乐希泊巴的诸位主宰。有时她会将可怜而无助的男人拖下漆黑之路，带到那座城市里去。这样的凡人没法在希泊巴逗留太久，但看到有男人被可怕的景象吓得发抖，或是像个王子般享用盛宴，却发现食物在自己的嘴里化为烟灰，总能让主宰们哈哈大笑。

当然，即使诗塔贝几乎不可能背叛，武库布·卡姆也依然会怀疑她要背叛自己。

"您的指控伤到我了。"她说。

诗塔贝将指尖抵在那位神的嘴上，又将一只手抚过他的眉峰，像是要抚平那儿的褶皱，让他不再皱眉。他绝不允许她与自己如此亲密，于是后退几步，绕开了她。

"他怎么从你手里逃脱的？"

"如你刚才所说，我的魔法仍有不足。"

"但你告诉过我说你可以。所以我才选你来完成这项任务。"

"我说的是我或许可以拖住他,让他分心一阵子。但他带在身边的那个女孩似乎已经足够让他分心的了。"

诗塔贝的声音听起来不太高兴,却不虚伪。她隔着肩膀看向身后的他。

"我按照您的意志行事,武库布·卡姆。您筹划阴谋的时候,我难道没有帮助您?当时我就可以披露您的整个肮脏的陷阱,从而取悦于胡·卡姆。但我没有那么做,而是隐瞒了您的计划,为您找到了你需要的那个凡人。"

"确实。"武库布·卡姆承认道。

武库布·卡姆站在诗塔贝身后,单手抚摸她的发丝,这种轻慢的姿态与其说是对待情人,更像是主人对待烦人的宠物,尽管他俩也曾是情侣,他承诺会授予她神格,在他身边给她一席之地,从而让她伸出援手,保证她能提供帮助。诸神也有欲望,比人类的更贪婪,他们会迅速地转换追逐的对象,就好像拔去一瓶红酒的塞子,抿上一口,接着便将剩下的一整瓶酒都倒进排水沟。

此时此刻,武库布·卡姆与诗塔贝之间没有分毫情愫。他俩一起密谋时,他曾经很享受这密谋的过程,但现在既然一切都已完成且安排妥当,他便不再着迷于她,而她也是一样。

"他说了什么有趣的话没有?"武库布·卡姆不再半心半意地爱抚,开口问道。他已经厌倦了,想早早回家。希泊巴在呼唤他,他与那影之国度绑在了一起。诗塔贝不属于希泊巴,因为她不是在那儿出生的,也不会觉得腰上有看不见的锁链。他对中间世界有兴趣,没错,但这只是因为那儿居住着会崇拜他的凡人。他的所爱是希泊巴,他爱希泊巴,爱他自己,除此之外再也没有别的。

"我们几乎没说什么。我的魔法没有发挥作用，它没法控制他，于是我将那盒子给了他。他问接下来的身体部件在谁手上，我说是乌艾·齐瓦。"

"他没有再问些别的？"

"他还能问什么？"诗塔贝坐在长椅上，将单手抵在额头，手镯随之叮当作响，"他很着急。我可以感觉得到他正在渐渐虚弱，变得越来越接近人类。"

"我以为我的兄长能坚持得更久一些。"武库布·卡姆说道。

或许到了最后，胡·卡姆终究无法抵达下加利福尼亚州。如果他真的就此衰亡，如迅速燃烧的蜡烛一般消耗殆尽，那他遇上乌艾·齐瓦后的情况就会完全不一样。乌艾比武库布·卡姆的其他帮手更……有力。

"看上去情况不是如此。如果你在他离开之前见到了他，那你或许都不会相信，他走动的样子像是个从未在漆黑之路行走过的人。那个女孩的倒影出现在他的眼睛里。"

武库布·卡姆一直很平静，但诗塔贝说出这简单的几句话后，一阵战栗沿着他的脊椎传了下去。他有预言的天赋。他能从生物的鲜血中读出未来，但有时，预兆也会在他并未探求之时自动显现。这些话语令他不适得近乎噩兆。它们让他停住动作，盯着诗塔贝。

"怎么了？"

"安静。"武库布·卡姆命令道，一阵疯狂的需求攥住了他。

他走向鹦鹉。那只鸟瑟瑟发抖。武库布·卡姆伸出手，打开笼子，抓住那只鸟，拧断了它的脖子。

"你为什么非得要现在——"诗塔贝开口道。

"我说了安静。"武库布·卡姆回道。

他的声音比在他手中显形的匕首更危险,诗塔贝原本因为自己的宠物受到如此对待而倍感屈辱,从长椅上站起,此时又坐了回去,双手交叠。武库布·卡姆将鹦鹉一刀斩成两段,扔了它的身体,让它的羽毛和鲜血洒遍地板。

在此之前,他始终未能观测到自己胜利的未来,即使他确实见到了胡·卡姆抵达铁拉布兰卡。但现在,他甚至连抵达这件事都见不到了。一百种未来在他面前岔开,他越是努力想要看破这片混沌,它们在他眼里便越是纷乱、纠缠、戛然而断。等他终于觉得自己看到了某个景象,那却是他曾见过的那名年轻女人的脸,而后一秒,成了他的兄长在漆黑王座上的画面。胡·卡姆,重又加冕。

这画面虽然短暂,却足以震撼武库布·卡姆,让他手掌中的伤痕抽痛,仿佛重又遭到灼烧。匕首从他的手中滑落,掉在地板上,化作了烟。

这不可能!现在他才是希泊巴的统治者!没有任何事能改变这一点,没有任何事能毁了他的计划。

而后这些分岔的小径像是要安抚它们的守日者,又让他瞥见了另一幅短暂的画面,这一次是武库布·卡姆在黑曜石的王座上。

但这安慰剂并不甜美。他焦躁不安。

武库布·卡姆扔下鹦鹉的笼子,转向诗塔贝。

"像个男人,"武库布·卡姆说道,"他行走如同男人,而她出现在他的视线里。我希望他能享受自己这种人类的状态,因为

玉影之神

他再也不会成为神了。"

"武库布·卡姆。"诗塔贝开口，或许是想问问他现在的心境。

但他受够了中间世界，已沉入一池阴影之中，向他那九层的王国下降，再没有多说一个字。他走向自己的正殿，在他那巨大的黑曜石王座上坐下。

武库布·卡姆将手指抵在那冰冷的岩石上。他的双手发热，伤疤因为他背叛的记忆而滚烫。

他需要感受到这玻璃似的岩石在他手指下的触感，这就像是向他自己保证它就在那儿，还属于他，它不会就此消失。

啊，再没有什么比偷了某样东西更让小偷恐惧的事了，而一个王国绝不只是某样东西。

18
CHAPTER EIGHTEEN

他们行进的路线穿过好几个州,火车在群山和溪谷之间攀爬,如长蛇一般绕过殖民地时期的采矿中心和松树林,最终来到沙漠。她将自己的手抵在玻璃窗上,想要记下这景象,将它们都在记忆中归档——树木的种类、房屋的颜色、云的形状。她看了好一会儿,但最终这一切的信息量还是太大了。

✦

火车上的乘客与地表的风景一样千变万化。有带着一只装在笼子里的鸡的男子,一群身穿统一制服的女学生,三个喝醉了、看上去浪荡不羁的年轻男子,他们各自奔赴火车的不同车厢。每到一站,就有小贩走到窗边兜售货物。尽管他们搭乘的是夜班火车,卡西奥佩娅完全没有料到会有这么多活动。

至少这一趟旅行很舒适。火车公司的广告承诺会提供他们所能提供的最好的住宿条件,卡西奥佩娅则发现广告没有说谎。他们的车厢是最大的车厢之一,有足够的空间,可以放下一张床——不是铺位,而是货真价实的双人床——两把长毛绒躺椅,一个折叠脸盆架,一张翻桌,配有椭圆形镜子的梳妆台,还有一面窗,它的深棕色窗帘正与床上的被子颜色相配。

这个包厢里有不少可供欣赏之处,从表面涂有清漆的木窗框,到精心编织的深浅棕色交织的地毯,不过卡西奥佩娅还是决定专注于床。她已经累了,于是脱下鞋,连衣服都懒得换,直接倒在被子上。

胡·卡姆也踢掉脚上的鞋,躺在她身旁。通常来说,这应该让她的端庄之心产生警觉,因为,嗯,这毕竟是张床。在一个包房里共处是一回事,他们之前也这么做过,但实实在在地睡在一个男人的身旁又是另一回事,更何况两人之间都没有分隔。

"每个男人心中都有魔鬼的一小块碎片,即使他可能会表现得像个圣徒。"她的母亲警告过她。然后,当然了,这话接下来还有下文:别给男人起念的机会。

想起母亲的劝诫,卡西奥佩娅考虑了一会儿,要不要在两人的身体之间筑造起某种分隔之物,比如说用布单建一座墙,用枕头来划分疆界。但话说回来,他不是她的男人,而且他们与诗塔贝的交锋让她精疲力竭,根本没法去在意那些在她脑海里打转的念头。她没有修建城墙,而是将脑袋抵在枕头上,迅速入睡了。

卡西奥佩娅醒来时,轻柔的小雨正洒在车窗上。车窗外很暗。她坐起身,看向胡·卡姆,后者正在睡觉,脸朝着她的方向。

他不只是躺着。他正在睡觉,他的胸膛平静地上下起伏。但他之前明明说过他不会睡觉的。

卡西奥佩娅心中警觉,轻轻拍了拍他的肩膀,他咕哝一声,动了动身子,睁开单眼,他的脸上还缭绕着梦意。但这种状态只维持了几秒钟,因为他迅速起身,警觉地皱着眉。

"抱歉,"卡西奥佩娅说,"你刚才……我以为你不会睡觉的。"

"我确实不会。"胡·卡姆字正腔圆地答道。

此时他的眉头皱得更深,看起来极为心烦,这让卡西奥佩娅希望自己什么都没说,也没有把他叫醒。胡·卡姆周身始终缭绕着某种黑暗,那不仅是他黑色的头发,那只乌鸦般的眼睛,还包括了他整体上的感觉,仿佛他除了西服外套和领带之外,还穿戴着重重阴影。而此刻,这种黑暗变本加厉,无星之夜落在被单上，落在他俩之间，即使这儿的灯光明亮的程度与他们踏入这包间时一般无二，也依然如此。

"是你提供给我的凡人的元素让我变成了这样。它让我变得越来越接近人类。另外，我们与尤卡坦半岛之间的距离也于事无补，远离它的每一公里都让我变得更为虚弱。我的弟弟知道这一点，毫无疑问，他早就料到这样的改变将有助于他实现自己的计划。我不知道我们还剩多少时间。"

时间。是的。卡西奥佩娅想起那块骨片。她抬起双手手掌，五指大张，看着自己的手。她都忘了自己正在逐渐死去，而他则是病源，是寄生之物。遗忘是多么容易！不用神秘的巫术，只消有他的存在，便让她忘了这些事。

"它正在令你变成人类，也在逐渐杀死我。"她说。

"是的，但之前的情况和现在不太一样。现在糟糕多了。"

"哦。"卡西奥佩娅将双手摆放在膝头，轻声说道。她说"哦"，是因为除此之外她不知道还有什么更好的可说。她甚至不觉得害怕，相比之下，她更……惊慌。这似乎不怎么公平。不，这根本一点儿也不公平。她不过才刚瞥了几眼外面的世界，都还没有机会去尝试感受。

好啦，我还不会死，她向自己保证。我还有许多事要做。在海里游泳，在夜店跳舞，开汽车，等等。卡西奥佩娅是个实际的人，一点没错，但既然现在这些事都有可能体验，虽然不是非常有可能，她也不会将它们彻底摒弃，假装自己一点儿也不想要。

她将双手搅在一起，火车突突向前，速度逐渐减缓，而她抬起头，看着他，看着这个可能会令她早逝的男人。

"话说回来，为什么你的弟弟要这样对你？"她问。

不知为何，他俩之前从未讨论过这一点。除非她开口问，否则胡·卡姆不常说出自己的所思所想，而她则没有想过要走上这条痛苦的大道，但此时此刻，她觉得自己有权提出这个问题。

"你难道从未听说过兄弟阋墙的事？你和你的表兄马丁也相处得不怎么好。如果你有机会，难道不会想要解决了他？"胡·卡姆耸耸肩，问道。

"如果你的意思是说，我要让他受到严重的伤害……那我不知道。我从来没有想要解决马丁……我希望能远离他，这是不一样的。"

"得了吧，小姑娘，如果你能报复他，你一定会这么做，"他坚持道，"你会殴打他，用棘刺割伤他。"

"我不是小姑娘，"她生气地回嘴道，"而且我不会。我不是……我不需要通过让马丁受伤来让自己高兴。"

卡西奥佩娅考虑起她表兄的事来。他施加在她身上的那些残酷行径，她因为他而不得不忍受的惩罚。如果风水轮流转，她会抓住机会折磨他吗？难道她没有希望过，他能掉进井里去？但这不过是个孩子心中模模糊糊的念头罢了。她的母亲说得对：她的表兄遭遇不幸也不能给她带来欢乐。

"我伤了他的那一次没有带来任何好处，"她摇了摇头说。"我不会打他，割伤他，或者做其他类似的事。如果我的快乐发自其他人的悲惨遭遇，那我就和他没什么区别了。我和马丁不一样。"

她的这番话让胡·卡姆彻底糊涂了，他似乎从未想过，原来有人能够如此宽宏大量。也不是说她没有与马丁斗嘴，或是用力打过他，但所有这些事都未能让她快乐。她只是希望马丁不要干涉她。

"我的弟弟确实从其他人的悲惨遭遇中获取快乐，我们都是如此。我们是希泊巴之主，友善不是我们的天性。但当然了，他砍下我的脑袋，把我扔进箱子里，并不完全只是这个原因。我的弟弟想要一个新的帝国。"

"这话是什么意思？"她问。

胡·卡姆背靠床头板，摊开双手，做出广阔的姿势。

"苏勒孕育了诸神，但像扇子一样让火焰烧得更旺的，则是人类的祈祷。它能提升我们的力量。乐意的话，你就把它想象成一场宴席。若是没有人类的祈祷和信仰，食物便会平淡无味，但只要加上一点儿这些元素，那就会像调味料给美味的食物增添了风味。

"很早以前，人类便不再崇拜希泊巴，但希泊巴还依旧存在，这是因为孕育了我们的力量之泉根源很深。我相信有朝一日海洋会卷过大地，将它吞噬，而希泊巴的漆黑之路还将依然存在。但我们那坚固的阴影国度还不足以让我的弟弟感到满足。"

"他还想要什么？"

"他想重拾起往日的方式。让人类再度祈祷。给我们的盛宴添上盐。他不满足于古老的荣光。我一直与中间世界保持距离。这儿不是我们的王国，另外，当时我虽然已经意识到我们的半岛发生了一些变化，但它们不足以让我产生兴趣，去了解凡人之间流行的新式宫殿和小玩意儿。"

他们在城市里见到的任何事物都没能让这位神感到惊奇。无论是有轨电车还是汽车，无论是女人穿的裙子，还是男人戴的帽子，都吸引不了他的视线。她本来猜想，那是因为他以前都体验过了。虽然他可能没有开过汽车,但肯定乘过火车,也见过这些建筑,了解过人类的某些喜好。但可能事实并非如此,这些于他而言或许都是些可替代的知识。

"但武库布·卡姆不一样,他渐渐着迷于人类的世界,开始对下加利福尼亚州的某个地点产生了兴趣,那儿也有苏勒汇聚。这种聚集的力量不像尤卡坦半岛上那么强大,但不管怎么说,还是挺有意思的。他与一个凡人男子阿尼巴·扎瓦拉交谈,扎瓦拉有一套理论,认为他们可以将这两个地点缝合在一起。"

"缝合?"

"以某种方式相连。希泊巴可以吸取下加利福尼亚州的力量。大体来说是这样。但我拒绝倾听。"胡·卡姆摇了摇头,说道。

"为什么?"

"武库布·卡姆的想法违背了万事万物的本来秩序。它完全由贪婪和恐惧驱动。"

"神能恐惧什么?"

"这个问题跑题了。最终,神格都会授予我们永恒的沉睡,"胡·卡姆说道,"我不会加入他那疯狂的活动,因此武库布·卡姆便决定解决掉我,他也确实做到了,虽然只有一段时间。但等我取回王座,他将为这一侮辱付出沉重的代价。我在那个箱子里待了几十年。等我砍下他的脑袋和四肢,他将在我为他营造的囚笼中待上几百年,不,几千年。"

胡·卡姆周身的黑暗渐长,给她带来阵阵如同触摸冰块般的寒意。它让卡西奥佩娅觉得自己像是在品尝寒霜,从她微微张开的嘴唇中漏出一小团呼吸,又迅速消散。她闭上嘴,皱起眉,双臂交抱。

"你不会做这样的事,不会真的这么做,对吧?"卡西奥佩娅问。

"你觉得我很好心吗?"胡·卡姆回道,"他在我身上施加了难以忍受的折磨。在黑暗中,我想放声痛哭,却没有声音。我想移动,身体却不过是一堆陈旧的骨头。我存在的同时又不存在,感觉自己就像一只在玻璃罩里横冲直撞的昆虫。他也将品尝到同样的惨痛。"

"如果你知道这样的事无法忍受,那为什么还要将它施加到别人身上?即使对象是他。"

胡·卡姆饶有兴味地看了她一眼。"像你这样一个根本不知道忧愁能有多深的善良孩子,又如何能想象我的怨恨到底多么深重?你觉得诸神在下的是什么样的棋局?"

卡西奥佩娅觉得胡·卡姆在嘲讽她,但当她仔细打量,却意识到他其实非常真诚。"那么,你的弟弟得到了他想要的一切吗?"她问,"他梦寐以求的连接?"

"要是他做到了,那我会知道,你也会知道。世界会与现在截然不同,"胡·卡姆说,"但我怀疑在下加利福尼亚州还有诡计等着我们。我不是傻子。他安排好了道路,希望我们找到他,因此我怀疑他根本没有忘记他的梦。"

"世界将会如何不同?"

"这世上将流淌着牺牲之血和凡人的阿谀奉承。岩洞陷落井里的黄金和尸体将会堆积如山。人类会将身体涂成蓝色,用箭头穿刺体表,不过,当然了,最好的供品还是切下人头。"

她曾经在书中见过这样的画面,在神庙入口竖立的木棒上,陈列着成百上千的人类骷髅,放血的祭仪要用到贝壳和黑曜石匕

玉影之神

首,但如何操作早已为人类遗忘。

"这种事现在肯定不会再发生了?"她说,"你们不会再……在梅里达城里让男人身上扎着箭头?"

"我的弟弟想要的正是这样的事,而且也不只是在梅里达。他想吞噬我们半岛上北部和南部的许多城市。他渴望的是力量,比他曾经品尝到的更多,比我们应该掌握的更多。焚香于他而言还不够。他要燃烧大地和森林,吞下它们因火而起的烟。"

在那一刻,胡·卡姆重又变得冷酷,无边无沿。当然,还有阴暗。胡·卡姆散发出的寒意是墓地的寒意。或许,就是她的墓地。当她的死期近在眼前,为什么还要为他人的牺牲而担忧?可她还是忧心忡忡,因为他在她脑海中勾画出的画面太过鲜活,有那么一刻,它甚至显得比这包间更为真实。它的基调是深红色和黑色的,黑曜石的王座矗立在人骨堆上,她甚至能闻到血肉腐烂的臭味。她想像个小女孩似的啃咬指甲,或是掩住双眼。

她摇了摇头。"你应该早把这些都告诉我。"

"我向你保证过,这事比单只是你和我要更重大许多。"

"骗子。"她轻声说道。

这话让他发怒,她猜他打算发表一番高谈阔论,说诸神行事就是如此,绝不会走漏只言片语,不会将一丝一毫的秘密泄露给低贱的人类。

"我以为你会被吓坏的。"过了一分钟后,他说的却是这么一句。

"我现在才真是吓着了!"

"所以我才没有说。如果你是个英雄,那你会知道事情的发展就会这样。这就是帕坦。当胡纳普和希泊兰克向下,进入希泊巴时他们意识到——"

"这世上还有两名双子英雄，他们神圣非凡，"她打断了他，"因此这一点或许帮助他们知道了规则……杀死怪物。你是觉得告诉了我，我就会逃走？是这样吗？我才不会。"

"我知道你不会逃，但我并不想让你承受所有这一切。我已经毁了你的生活，我不想让你更不快乐。"他以最大的礼貌说道。

她觉得这种彬彬有礼掩饰了他的真实想法。那就是他确实认为她是个胆小鬼，没有价值。她知道帕坦。帕坦不仅是供品，更是无穷无尽的职责，是将你刻在这世上固定之处的义务，而她并不打算忽视它。但她的双手在颤抖。

或许她确实就是个胆小鬼。库奇齐马，将盾牌背在背上，从战场上逃跑。她咬住嘴唇。

"我不是毫无用处的，"与其说她在向他保证，不如说她在对自己说话，"我能很勇敢。"

"我不是在暗示说你不勇敢。"他看着她的视线中有某种沉重而阴暗的成分，也有静谧的部分，这让他的声音显得含糊不清。

他身体前倾，歪着头。这一刻他看起来不像个强大的主宰，而她无法解释这种变化，只知道在过去的几分钟里，当他们说话的时候，他变得更加有形具体。他很英俊，还有动听的声音。但他身上一直有一种距离感，仿佛旧油画上的脸，隔着数个时代凝望着她。那很美，却是无法掌握的美。而此时，当他看着她，有那么一刻，他非常接近普通的男人，这一点让她大吃一惊。

他退回去，靠在床头板上，远离了她，眉头皱在一起。

"你不需要考虑我的弟弟和他的阴谋。我会取得胜利，而你则会如我之前承诺的那般，因为帮助我而获得奖赏。"他不屑一顾地说道。现在，他不再看着她，便又成了伟大的主宰。

他变了。他一直在变化，像是成千上万的细小涟漪、极小的镶嵌格子细工和各种深色的倒影。这让她失去平衡，呼吸在口中变得炽热。

"将这地表上最好的宝石和贵重之物奖赏给我，只要你一声令下，便会有仆人为你取来。"她说这话不是为了讽刺，只是想起了他将银手镯给她时，对她说过的话。她望着自己的手腕，用另一只手抚摸过那件珠宝。

"将你心中最想要的东西奖赏给你。"他简单地说。

啊，当月光在夜里照亮海洋，于海洋深处游动；还有她想开的汽车，她一直很好奇这种在道路上咆哮的金属野兽；露出大腿的漂亮裙子，用来在俱乐部里跳舞，在那儿人们会演奏报纸提及的种种音乐，任何一种她都没有听过。

但当她看向他，想说"我真的可以得到这一切吗？"，那一刻她便如同一个打开主显节礼物的孩子，快乐散开了。

这不是因为他做了什么，或说了什么，因为他什么也没做，什么也没说，只是坐在她身旁。

只剩下寂静，这种静默向外蔓延，仿佛永远，又不过只有几分钟。空虚让卡西奥佩娅不由自主地擦了擦双臂，空虚填满了他刚才说到的她的心。她等他开口，因为她无话可说，也不想没话找话，唯恐自己说错，而他则更乐于保持沉默。她意识到他觉得没有必要交谈。

因此，没错，或许她就是想要出言讽刺，而在她那气势汹汹的讽刺之下，隐藏的是她的恐惧，或许胡·卡姆便是因此而保守秘密，绝口不提，而这一点只让情况变得更糟。

她叹了口气,抬起头,用了一秒钟的时间欣赏他的侧颜。而后她开了口,声音尽可能地轻柔。

"你说现在餐车开了吗?"

"我们可以去看看。"他说完,两人起身。

他拂去外套上的一些褶皱,她则整了整发型。胡·卡姆将手臂递给她,让她挽着。

餐车里没有客人,但桌子已经全部准备好了,配上了无瑕的白亚麻布和闪闪发亮的玻璃杯。卡西奥佩娅将下巴搁在手上,看向窗外的群星,它们正在渐渐黯淡。她的心中产生了向往。不针对具体的某一样事物,而是对一切;她已经向往了很久。而他则让这种向往变得更糟:它静静地跟随它,这种难以处理的感觉就在她的皮肤之下。

"你会梦到什么?"胡·卡姆问。

"什么?"她从窗前转过头,回道。

"你做梦的时候,会梦到什么?"

"哦。我不知道。我想是许许多多各种各样的事。"卡西奥佩娅耸耸肩回答道,单手轻抚玻璃杯沿。

"你会梦到你白天在街上看到的东西和你认得的人吗?"

"有时会。"

她不知道他问这些是想做什么。他看来很严肃,还擦了擦下巴。她注意到他脸颊上生出了一些胡楂。他以前需要剃须刀吗?他之前看起来一直都光彩如新,像是一尊处于完美状态的雕塑。

"我想我昨天晚上做梦了。我不习惯这种活动,这让我很难理解它。"

"我父亲有一本书,上面说所有梦都有隐含的信息。梦到一直在飞说明一件事,梦到牙齿掉了又说明另一件事。梦到自己的牙掉了的时候,我可讨厌做梦了。"

"我梦到了你。"他说,他的声音冷酷,经过了深思熟虑。

卡西奥佩娅咳得如此大声,她甚至觉得整条火车每一个铺位上的每一个人,外加检票员,都能听到她的动静。然后她脸红了,红得太明显,她严肃地考虑了一番是否要滑到桌子底下去。她抓住自己的餐巾,将它扔在膝盖上,没有看他,而是不断地摆弄这条餐巾。

"怎么了?"胡·卡姆问道,"有时候你真的很奇怪。"

"我什么问题也没有。你梦到了我,这没什么问题。"她说着,抬起头,几乎都在朝他大喊了。他难道看不出来她有多手足无措吗?

而此刻,他似乎被激怒了,仿佛她在故意针对他。但她刚才那么做并不是想表现刻薄,只是他说的话完全出乎她的意料。

"我本不应该做梦,不管是梦到你,梦到牙齿,还是别的任何人类会梦到的事。我觉得自己正站在流沙之上,迅速下沉。我正在遗忘自己到底是谁。"他承认道。

他看起来几乎像是迷失了自我。她不知道自己能做什么,于是拍了拍他搁在桃花心木桌子上的手,表示同情。

"你很快就会恢复原状的。"她保证道。

他低头看向放在他手上的她的手指。他似乎很吃惊,她则有些窘迫,觉得自己干了某种错事。但她想抽回自己的手时,他握住了她,点了点头。

"我梦到你在希泊巴的漆黑之路上行走,"他说,"我不喜欢这样的景象。那是一条危机四伏的小道。我很高兴你能把我叫醒。这不是因为我觉得你是胆小鬼,滕女士,是因为我不希望你受伤。"

他抽回了自己的手,卡西奥佩娅则紧盯着面前的空盘。"我想,我们除了期望一切顺利,也没有什么别的可做了。"

"是的,我想也是如此。"胡·卡姆若有所思地说道,同时抓起餐巾,将它展开。一名服务生经过,往他们的玻璃杯里添上了水。卡西奥佩娅猜,他们很快便可以提供早餐服务了。

"我有没有告诉你,"他突然说道,"我的王国东部的群山有多美?它们由不同的地层组成,第一层是坚硬的翡翠,接下来是色彩艳丽的孔雀石,最后一层则是浅粉红色的珊瑚。就算是你的群星也会嫉妒它们的美。"

这着实是个古怪的评价。他是想转移她的注意力?他那只阴沉的眼睛里闪着光。光的色彩柔和。那是半月的光,而不是阳光,却让她迅速而热切地凑上前去。

"你这么说是因为你没有见过群星在天空中丛集。"她回道。

"你的星星是孔雀石和珊瑚组成的吗?"

"呃,不是。"

"那就没法比。"

她朝胡·卡姆露出微笑。他也回以微笑。这算什么意思?就只是模仿?不。这微笑,就像他的大笑声,像他那不该出现的梦,都发自他内心。他意识到这一点了吗?没有。难道每一个傻乎乎的年轻人都能意识到他们情感的深度和广度?当然不能。

那么卡西奥佩娅又是如何?自然,那些十四行诗,诗歌中的措辞多多少少教过她一些。但另一方面,就像胡·卡姆一样,这些都不过只是她间接感受到的事物,是她隔着一段距离见到的世界。她内心的渴望不可能达成,就像孩提时她曾希望能从天空中摘下一颗流星;这种感觉与之十分相似,但又是全新的。她不想要这种感觉,就算她没法正确地命名,也能够感觉得到,这是种徒劳的追求。

火车不断向前,玻璃杯晃得叮当响,他看着她的样子仿佛在此之前他从未真正地看见过她。或许,他也确实如此。

19
CHAPTER NINTEEN

艾尔帕索的炎热与尤卡坦半岛的潮热不同。这儿的是能产生龟裂的干热，它从卡西奥佩娅衣服的领子里滑进去，准备将她像个面包似的烤熟。男男女女都用帽子和报纸给自己扇风，一路通过海关。要等很久。禁酒令让许多遵纪守法的好市民成了烈酒走私者。一箱威士忌在彼德拉斯·内格拉斯或其他北部城镇只卖三十六美元，但拿到圣安东尼奥，就能卖出三倍的价。而且老有人想带稀奇古怪的玩意儿进美国，尤其是异国的宠物——海关就抓到一位男子，想用行李箱运一只吉娃娃狗，另一个人则给六只鹦鹉下了药，好让它们安安静静地入关。每天都有至少十二辆客运列车经停艾尔帕索，旅客都得经过海关。

卡西奥佩娅踮起脚尖，望着排在他们前面的人，想计算出队伍有多长。她很紧张。想到有人会用她不懂的语言问她问题，她就觉得很讨厌，不过，她又想，如果真有必要，找个懂西班牙语的人来应该也不会很难。这座城市里有不少人来自墨西哥。有些人是被革命赶到这儿来的，有些人从这儿还属于西班牙时便已定居，还有些则是新来的：自政府的迫害下逃难而来的牧师和修女，还有执意有朝一日要成为殉道者的"基督战争"参与者。

队列向前移动，终于轮到他俩了。海关官员开口时，她发现她能听懂他在说什么；不止如此，她还能回答他的问题。那些词从她嘴里蹦出来，简单得仿佛她已经说了几十年英语。

官员朝他们点点头，让他们通过。出门后，太阳炙烤着他们，卡西奥佩娅眨了眨眼睛，转向胡·卡姆。

"我刚才能听懂他说的话，"她对胡·卡姆说，"这怎么可能？"

"死神能说所有语言。"他回答道。

"但我不是死神。"

"你就像戴珠宝一样地将我戴在你的手指上，卡西奥佩娅。"他说着，熟练又疏离地递上了他的手臂。她挽住了它，碰到他的袖口时，她的手动作小心。

他俩一路前往圣哈辛托广场。本地人称呼它为短吻鳄广场，这是因为那儿的一座以栅栏围起的池塘里满是这种生物。所有有轨电车的线路都会经过这个广场，它的作用类似这座镇子跳动的心脏，在它周围聚集了不少旅馆。

如今有不少地方可以让旅行者舒适入住。在过去的十年里，艾尔帕索迅速发展，从只有最基础的商店和四散的家庭住房的小地方，转变成了成熟的城市。面对广场的谢尔顿酒店是一座四层楼的红砖建筑，如今正是美国西南部最为知名的酒店之一。在墨西哥革命期间，关注事态发展的记者和卷入争斗中的革命家都住在此地。在此之前的一年里，同样位于广场上的奥恩多夫酒店也开张了，以其高得惊人的价签震撼了所有人的心灵。胡·卡姆给他们在此逗留期间选择的住处便是后者。和在墨西哥城里一样，他俩订的房间彼此相邻，不过并不相通，前台工作人员将钥匙递给了他们。

卡西奥佩娅一到房间，就先冲了个澡。这是她住旅馆时最喜欢的便利设施：舒适的浴室和热水淋浴。她换上了干净的衣服，意识到自己得把其他衣服拿去送洗。而后，她便敲响了胡·卡姆的房门。

几天前她还不敢想这样的事，但现在她就只是随随便便地走进房间，坐在床沿，两人之间的亲密感觉让她舒适。

"现在怎么说？"她问，"我们要出门吗？"

"对。首先我得给洛雷打个电话。"他回答道。

"是要让他寄些钱来？"

"除此之外还有些别的。"

胡·卡姆拿起沉重的电话机听筒，呼叫了接线员。他也换了身衣服，将灰色的旅行装换成了海军蓝的外套和裤子，看起来衣冠楚楚。她看着他站在窗边，露出了微笑。但一旦开始考虑她是否该与他这么亲近，笑容便从她脸上消失了。她在彼此冲突的渴望之间流转，这些概念甚至是连她自己都没法说清楚的。

胡·卡姆放下听筒，看向她，双手插兜。

"他会给我汇款，明天早上就能收到。"

"你看起来不怎么高兴。"

"我本来期望他知道我去哪儿能找到乌艾·齐瓦。"

"但他不知道。"

"对，不过他有个建议。"

她回想起洛雷建议她切掉自己的手。不知为何，她觉得不管洛雷给胡·卡姆的是怎样的建议，都不会很好。而且怪异的是，她觉得这建议与她有关。

"如果你想用我的头发来指路，那我得说，我可没有头发能再给你剪的了。"卡西奥佩娅说着，摸了摸前额的短刘海。她的头发包着颧骨，望向镜子时，她都不怎么认得自己了。

"就算我想试，在这会儿我也没法召唤幽灵。"他回答道。

"但你还能制造幻象。还有通晓语言的把戏。"她反对道。

"我告诉过你。我现在远离故乡，不再强大。现在属于我的不过是一丁点力量，也可能比一丁点稍稍多一些，谁知道呢。"

话虽这么说，面对她时，他看上去却与前一天的模样没什么不同。他站得笔挺，看起来极为强大，毫无虚弱的迹象。而另一方面，她则能感觉到脑袋隐隐又要开始痛起来了。卡西奥佩娅将手横贴在额头。在火车上她睡过觉，但现在仍然很累。她原本是个精力充沛的女孩，习惯天一亮就起床勤劳干活，但这一天，她觉得自己虚弱得像个这辈子连根手指头都没抬起来过的大小姐。

"你有什么想法吗？你到底知道乌艾·齐瓦长什么样吗？"

"像个术士，像头山羊。"他沉着地回答。

卡西奥佩娅觉得，在艾尔帕索的街道上应该不会有半人半羊、有着一双燃烧的眼睛的造物随意行走；也不可能见到这种半岛南部丛林中传说的生物在等有轨电车。

"你隐瞒了什么？"她问，同时仔细打量胡·卡姆，他那流畅而间接的话中有话。

"有个女巫，"他说，"她知道乌艾·齐瓦的事。"

"这里面有什么问题？"

此时她俯身向前，矫揉造作地用词，假装自己无知无觉毫无意义。最好是把事实的真相逼出来。

"她希望我支付报偿。另外，她不会接受金钱。"他对她说。

卡西奥佩娅抿紧嘴唇，低头看向地板。

"是血。"他说。

"当然是了，"她说着，双手紧抓被单，"我可以想象，肯定不是你的血。"

"对。"

"那就没有其他选择了，对吧？我得照办，就像之前一样。你什么也不用做。好吧，行，就在这儿，取了血去吧，"她说着，抬起手腕递给他，"取呀，"她抬着手腕继续说道，"怎么了？我觉得自己现在累得应该大睡上三天三夜，但是没关系。这会儿来看，一点血算什么。"

他什么也没说，他那阴郁的表情让她怒火中烧，于是她便猛地拍了他的胸膛。这个动作确实让他做出了反应，他抓住她双手的手腕，不过他没有露出烦恼的样子。他握住她的双手。

"我知道我向你索求了不少——"

"你索求的是一切！"

"你会获得报偿的。"他说着，碰了碰那只银手镯，像是要提醒她，他有多慷慨大方，会提供给她获得财富的康庄大道。

卡西奥佩娅转了转眼珠。"我内心的渴望。那如果我没法——"

她猛地闭上了嘴。那如果她没法获得她想要的。她甚至不确定，就算能开口要求，自己又该向他要什么。不管怎么说，她需要他来移除那该死的骨片。而且，这世上什么时候有过对人类一无所求的神？供品本就应该献上，再说，她也不想让他说她是个胆小鬼。

卡西奥佩娅收起双手。

"那我们就该去找到那个女巫。"她说。

"如果你希望，可以先休息一下。"他和蔼地建议道。

"不用。我们还是走吧。"她想让这一切尽快解决，于是说道。

胡·卡姆耸了耸肩，这个动作在她的伤口上撒了盐。暴怒的情绪让她没能注意到，他没有斥责她的愤怒，也没有想要提醒她，他的高贵地位和重要性，以及她相对而言的微不足道，而在几天前，这些显然都是他会说的话。

他们一踏出旅馆,这建筑给他们营造的清凉的保护气泡就破了。他们搭乘电车坐了几站路,来到一家花店,它的店名"坎迪德"以手写体题写在花店入口。他们踏入店中,一枚银铃响起,宣布了他们的到来。这是一家狭窄而幽暗的小店,各种香气混杂在一起:百合花、牡丹花,还有带露珠的新鲜茉莉。

有位女人坐在收银台前,她那银色的头发梳在脑后,扎成小髻。她是个满脸皱纹的小个子夫人,身穿粉红色的围裙,上面有她的名字——坎迪德·柯德——与店名是同一种手写字体。她的眼镜镜片很厚。她正在做着刺绣。

卡西奥佩娅孩提时读过的童话书里充斥着欧洲的幻想故事,书上讲到过有魔法的老妇,但在这些故事书里,她们总是驼着背,身披斗篷。另一方面,她镇子上的民间传说则提供了另一种术士和女巫的样貌。在尤卡坦半岛北部,据说有个镇子的所有住民都是女巫,这些生物能脱去身上的皮,变成动物,夜间在道路上或墓地里昂首阔步。这些人既年轻又衰老,是男人,又是女人。狗女巫华亚·佩克,猫女巫华亚·米斯。但无论是哪一种版本的女巫,看起来都与她面前的这个女人毫不沾边。这女人实在太平凡,穿着粉色围裙缝绣花朵的模样又太过甜美。

"想给你的甜心买点玫瑰?"那女人没有抬头看他们,径直说道,"红色代表热情,黄色代表友谊,紫色则代表一见钟情。你选的颜色有不同的意义。"

"我们不需要鲜花。"胡·卡姆说道。

"胡说八道。花朵的魅力对每个人都有用。而且,不然你们在这儿要干吗?这可是花店。"

"有个朋友推荐我来你的店里。"

"他是你的好朋友吗?"

"是箭之侯爵。"

女人点点头,伸手拿剪刀剪断了一根线。她停下动作,用了片刻来欣赏自己的手工,接着将绣花圈的绷面转向他们,好让他们看清她刚才在绣的玫瑰花。

"好吧。这可是个在这附近不太会听到的名字,"女人说着,放下了手中的刺绣,"那个法国疯子最近过得如何,嗯?"

"他在南边,向您问候。"

"身上带着绿,手边有堆扑克牌。"

"很有可能。"

"哈。你都不知道他要是逮到了机会,能给自己惹多大的麻烦。侯爵。恶魔。"

坎迪德整了整眼镜,按着眼镜框的一角将它向上推,然后盯着他俩看了整整一分钟。

"我看不太清你的颜色,年轻人。但是……你不那么年轻,对吧?你,亲爱的男孩,你身上带着黑色。男孩,但又不是男孩。你身上那奇异的黑暗到底是什么?"

"是墓穴的气息,是希泊巴的气息。"

"啊,白事用的花,"女人说着,微笑得露出了不整齐的牙,双手交握,"那这么说来,我的店恐怕太朴素,没法给您提供服务,因为我想您是个伟大的主宰。"

通常来说,胡·卡姆的外表看着已经像个非常优雅的男子了,但当她说出"主宰"时,他站得更为笔直,更为挺拔,卡西奥佩娅不仅能够想象出他的王冠——毫无疑问,以缟玛瑙和玉石制成——甚至觉得自己可以触摸到它。她想知道自己是否甚至能

玉影之神

看到他出现在他的正殿，他站在那儿的模样是否与她想象中的一致，他的身影又是否会倒映在这房间同样以黑曜石制成的四壁上。当然她看不到，她也不会看到，希泊巴是他的王国，当他回去，她将再也听不到他的消息。到那时候她又会做什么？被留在一个与这里相似的边境小镇上，仰望星空。

"我是胡·卡姆。"这位神说道。

"一位主宰想要从我这儿得到什么？"坎迪德问。

"你应该知道在这附近的其他女巫和术士。"

"是的，但你在找的是谁？"

"乌艾·齐瓦。"

老妇做了个鬼脸，撇了撇嘴，像是尝到了难吃的菜肴。

"他啊。你要问他，还不如买一束花。花可比那老山羊漂亮多了，闻着也更香。"

"我还是得知道他的消息。我恐怕不需要花。"

"你的朋友难道不喜欢花吗？女孩，你对花朵过敏吗？告诉我不是这么回事。"

卡西奥佩娅摇了摇头。胡·卡姆压根懒得开口。意识到他们对自己的俏皮话根本没兴趣后，老妇大声叹了口气。

"好吧，那么，如果这是你的期望……代价是七滴鲜血。谁来付账？"

"我……我来。"卡西奥佩娅说。

卡西奥佩娅之前都站在胡·卡姆身后，像是他的又一道影子。而现在，坎迪德让卡西奥佩娅走上前。她有些犹豫，走了几步，擦过那些塞满了鲜花的花瓶。

"让我瞧瞧。路边的一朵小雏菊。靠近点儿，近点儿。你是哪位呀？"

"我是谁根本不重要。"卡西奥佩娅回道，女人那老祖母式的口气激怒了她，另外，这也是实话。她不过就是他用来付账通行的船票罢了。

"还挺谦虚。坐，坐在我边上。"

女人拍了拍柜台后的一把椅子。但卡西奥佩娅没有坐上去，而是倚靠在柜台上，高扬起头，做出了小小的反抗姿态。

"你太瘦了，姑娘。怎么回事，你几乎都只剩一把骨头了，"坎迪德说道，"哦，看看你那深深的黑眼圈。你睡得不好吗？"

"别摆弄我了。取你的血吧。"卡西奥佩娅说着，伸出一只手，手腕向上，就像她面对胡·卡姆时所做的那样。

"你要老这样就不可爱了，"女人说着，不赞同地咂了咂舌，"过来，小羊羔。"

卡西奥佩娅意识到再拒绝也没有意义，便来到柜台后，小心地在空椅子上坐下。老妇用一只手攥住了她的下巴，捏得有点紧，感觉像是卡西奥佩娅想象中的大惊小怪的姨妈会干的事，尽管这也仅是她的想象，她的姨妈们几乎完全不关注她。

老妇松开手，又靠回座椅背上。

"七滴血可不是小事。那意味着七个小时，还得做些年轻人才会做的梦。我可以看得出来，在你的脑袋里有许多梦。你愿意给我七滴血吗？"

"我……我想是的。"

"你得确定。这事儿上我们可不能打折扣。"女巫的声音听起来很严肃。

"我确定。"卡西奥佩娅说。

女人露出了微笑。她抓起针垫,又从柜台底下的某处拿出一只白瓷盘,将它们并排放好。她朝卡西奥佩娅做了个手势。

"你希望我用这些东西来自己取血?"

"这么说吧,亲爱的,有些人喜欢用荆棘,那也可以安排,但这么做效率不怎么高,对吧?"

卡西奥佩娅皱起眉,但还是抓住枕垫,从里面抽出一根长长的银针。她小心地捏着它,将它刺入自己的小指。鲜血涌了出来。她将一滴血滴落在盘子上。又一滴落下。接下来的几滴就得靠她挤出来了。完成后,她将盛了鲜血的盘子递给女巫。

"给你,"卡西奥佩娅说道,"你的了。"

"谢谢你,亲爱的,"女巫说着,将盘子放到一边,"你真是个可爱的小东西。来,我也给你点儿东西,毕竟给你惹了麻烦。你觉得紫色的玫瑰怎么样?"

女人来到一面养着花丛的架子前,抓出一枝玫瑰花,递给卡西奥佩娅。

"为了你的甜心,嗯?"坎迪德微笑着说道,"现在,你可以休息了,我希望你的梦也能一样甜美。"

"我不知道你在说什么。"卡西奥佩娅说完,一把抓起那枝玫瑰。她没有什么甜心,也完全用不着什么花。

但老妇只是一直朝她微笑。卡西奥佩娅觉得精疲力竭。她坐了回去,而后闭上双眼,陷入了沉睡之中。

20
CHAPTER TWENTY

通往希泊巴的道路是一条玷污了大地的黑墨丝带。大地本身则是灰色的荒原,当卡西奥佩娅抬头看天,她意识到天上没有星,也没有月。但大地确实沐浴在一片柔和而朦胧的光中,在路旁各处,则能看到一些植被,相比于普通的植物,它们更像是发光的银莲花,当她经过,它们便摇曳着,闪动辉光。

在她头顶,某个巨大的生物拍打着翅膀飞过,激起一阵淘气的风。卡西奥佩娅注意到这一点时,心中生出了恐惧,匆匆离开道路。路旁竖立着彼此间隔固定距离的石柱,她蹲在其中一根石柱边上,扫视天空。但那会飞行的生物消失了。

卡西奥佩娅意识到自己独自一人,便再次上了路。这道路无穷无尽。最后她抵达一座湖泊,它散发出怪异的蓝色光辉,像是所有的星星都落入水中,聚集在湖底。她伸出一只手触碰湖水表面,它散发的光芒向上弥漫,仿佛要与她的手相触。她看着自己沐浴在蓝光之中的手指,露出了微笑。

就在此时,她注意到有一滴血落入蓝色的湖水,在湖泊表面造成了一圈圈的涟漪。卡西奥佩娅抬起手腕,意识到血是从那儿流下来的,两道伤口仿佛手镯一般装饰着她的手臂。鲜血流淌得越来越密,越来越快,随着它不断下落,湖水变成了血红。

她后退几步,远离湖水,想要赶紧回到黑色的道路上,但那黑色的道路却消失了。取而代之的是一条深红的小径,它仿若滚烫的铁条,烙印在大地上。当她涉足其上,便像是踩在流沙上一般,开始下陷。她越陷越深,虽然想要爬出去,却没有能够抓住借力的地方,随着道路封住了她的头顶,她尝到了嘴里的血腥味。除了心脏的跳动之外她什么也感觉不到,恐惧抓挠她的心脏,而她陷在希泊巴的深处。在极高的高处,在人类的土地,有

玉影之神

个国王坐在黑曜石王座上,王座竖立在山一般高的骨堆之上,那国王有着一双如烟一般的灰色眼睛,她知道他就是武库布·卡姆。

卡西奥佩娅喘着气,盯着天花板。房间里很暗,她几乎什么也看不见。接着,灯亮了。

她转过头,看到胡·卡姆坐在床边的一把椅子上。卡西奥佩娅用手肘撑起身体。她的喉咙干得冒火,费了好大力气才终于能够开口说话。

"怎么回事?"她问。

"你睡着了。"他回答得很简单。

"在花店?"

"当然。"

"我睡了多久?"

"七个小时,就像说好的那样。已经晚上了。"

他原本把她塞进了被子里,卡西奥佩娅想把被子掀开,好站起来,看看窗外来证实这番话,但她正准备掀被子,身体便打了个哆嗦。

"等等,"他将手放在她的肩头,让她停住了动作,"你需要什么吗?"

"水。"她嘶哑地说道。

他带着一杯水回来,在床上坐下时,将它塞进了她的双手中。水从喉咙咽下,让她觉得很痛,但她实在太渴了。她将玻璃杯还给他,而他则把杯子放到一边的床头柜上。卡西奥佩娅揉了揉双手手腕,几乎以为会在自己手上发现深深的伤口,但装饰着它们的就只有她的银手镯。

"你梦到什么不愉快的事了吗?"

"我……我梦到了希泊巴。"她没有提梦里的血,也没有提那条变成血红的路,迷信引发的恐惧控制了她的舌头,感觉若是她将这个事件描述出来,便会给自己带来噩运——而她的运气早就糟透了!不知为何,她将这个梦视为预兆,她的内心深处则知道不能用言语来让事情成真而挑战命运。他想必也感受到了这一点,直觉让他皱起眉,令人不适的寂静在两人之间蔓延。

"你从女巫那儿得到你想要的了吗?"她想消解攥住了她身体的恐惧,于是问道。

"没错。我拿到了乌艾·齐瓦的住址,也确定了他将我所寻之物保管在他的工作室,就在一只有三道锁的保险箱里。"

"但你能打开那些锁。"

"是的。"

"那我们现在就走?"她已经展开肩膀,挺起了腰身。

"为什么你不休息了?"他回道。

"我已经睡了好几个小时。"她反对道。

"但你没有休息。"

"我说我们现在就走。"

她做了个动作,要站起身,但胡·卡姆摇了摇头,他的手示意她停下。

"他明天会去工作室,我们不用今晚动身。"他对她说。

"明天我就要死了。"她反驳道,她没法隐藏自己正在恐慌的边缘起舞的事。那个梦带来了坟墓的尸臭,无法否定地提醒她,她的生命之沙正在不断消耗,她得将那骨片驱逐出自己的身体。

"明天不会的。"他向她保证。

"如果我真的明天就死,你难道会告诉我吗?"她问,"还是说你会保持沉默?"

"我从没对你说过谎。那我为什么非得现在欺骗你?"

"你没有把全部的情况都告诉我。你没说你的弟弟想统治整个世界,还想要让人类给他献上供品,还有……还有好多。"

"我本来确实应该早点说,但毕竟现在我已经告诉你了。你可以相信我。"

卡西奥佩娅想再抓起那玻璃杯,她摸索了一会儿,胡·卡姆举起杯子,将它塞进她的双手之中。杯子里已经不剩多少水,因此她就抿了两口,又尽职尽责地将杯子倒满,保证能满足她的饮水需求。她将杯子放在床头柜上。

"乌艾·齐瓦是人类,不是神,但他能施行魔法。我估计他会做出背叛的举动,我们必须警惕:我们不能为任何干扰分心。我们得在明晚走上这一遭。现在,你先休息,缓解你的过度劳累。休息。别害怕,恐惧会让你盲目。"

"如果你是不朽的存在,要不害怕当然很容易,"她说,"因为你不是人类。"

"恐惧大量存在,并不独属于凡人的心。"

"那诸神到底害怕什么?"她问。

她问了错误的问题。胡·卡姆身上自始至终都带着一种严格的古板,在这一瞬间,他似乎成了木头的雕像,甚至连那只深色的眼睛也变得坚硬。她意识到,他不会回答,就像她刚才没有提起希泊巴的道路和那些血。有些事就是绝不会宣之于口。

"我现在好多了,"她选择了一个无伤大雅的事来转移他俩的注意力,"我们可以想法用些晚餐。"

"我可以让他们给我们送餐。你喜欢什么?"

"我不知道。我们应该给前台打个电话。"

卡西奥佩娅扭头,注意到那枝紫色的玫瑰就放在电话机旁,她的手指触摸到了它长长的茎和精致的花瓣。

"我的玫瑰。"

"那女巫把它给了你,我觉得我得带上它,"他说,"毕竟,你为它付出了代价。"

"但你没有把它放进水里。它都开始枯了。"她回答道。

又来了,又说了错话,她意识到了,这话提到了死亡、腐败、存在的短暂有限性,它们都如同斗篷,压住她的双肩。她沉沉地倒在枕头上,将玫瑰扔回边桌上它原本所在的地方,一阵突如其来的疼痛攥住了她,她用双手抵住太阳穴。

"卡西奥佩娅?"

"我的脑袋在抽痛。我母亲以前经常对我说,'到了早上,一切看起来都会变得更好,'"她说,"只是这会儿我觉得情况不会变好,我恐怕明天早上看起来也不会好。现在糟糕多了……我是说头痛。本来是我的手在痛,现在痛进了我的脑子里。"

"所以我才说你需要休息。"

"休息,休息……太烦人了。你看起来……你看起来挺好的。惊人。"

没错。他看上去确实整洁而潇洒。她想起以前读过一则广告,上面说绝大多数男人穿海军蓝的双排风纪扣外套看起来都会很不错。他当然高贵;那大翻领和微微收腰的设计更强调了他宽阔的双肩,给他添了一分叫人赏心悦目的神气。而她则毫无疑问半死不活——事实上,她已经十分接近于死亡——而且愚蠢,还陷入了恐慌，没法缓解内心深处的焦虑。愚蠢，愚蠢的梦。她确实愚蠢，为这点事大惊小怪。她咬住嘴唇。

"你不应该看起来这么光鲜。"她责难般地轻声说道。

"如果你非得知道，那其实我的感觉也不是特别好。"

"为什么，怎么了？"她问。

他耸耸肩。卡西奥佩娅只想捏他手臂。他怎么可以坐在那儿，愁容满面，却又什么都不说。要他真这么做，她的脑袋会爆炸。

"你得告诉我。"卡西奥佩娅说。

他的背绷紧了，眉头皱起，开口时的感觉就好像他刚从一个怪异的梦中醒来。他的话语显得呆板僵硬，这一点与他平素的样子不同。他平时说话极为优美。每一个句子都像是风度翩翩的保证。字字珠玑。

"很难说。有时……我们聊天的时候，感觉上就像……我忘了。"他嗫嚅道。

"你忘了什么？"

如此的静默。那是群星之间的静默。她觉得自己几乎可以听到血液在血管中流淌的声音，她的心跳响如擂鼓，而当她触碰到被单，那沙沙声则像是将家具拖过地板。

"你打算再说一点吗？"她又问，"你这样让我紧张，不是说我现在不紧张。"

"我忘了一切。我的弟弟，我的王宫，我的名字，"他匆忙说道，"一切。"

她完全没有预料到会听到这样的答案，这话重若千钧，那最后的两个字，如同一块巨石。

"这听起来太可怕了。"她回答道。

"不可怕。但确实是个问题。有一秒钟,我想过如果我忘了自己是谁倒是件好事,这将是全世界最简单的事。但如果你忘过一次自己是谁,便会忘第二次,第三次,要不了多久——"

他不再说话。他的脸看起来很脆弱。而她曾将他与坚固的冷硬之物联系在一起,认为他具有黑曜石的力量。

"如果我的名字不属于我会如何?"胡·卡姆问,"如果我的名字与现在完全不同呢?"

她模模糊糊地回忆起当他们在韦拉克鲁斯时,他曾提过他有个秘密的名字,但当他说起时并不愉快。

"我不明白。"她回答道,她本打算让他详细阐述,但他的表情看起来像是个刚学会一种新语言的人,没法在字典里找到正确的词。看到这个表情,她保持了缄默。

胡·卡姆抬起手,伸出两根手指,碰了碰卡西奥佩娅的额头,接着手指又抚过她的发际线。

卡西奥佩娅已经习惯在封闭的居住场所里与胡·卡姆一同消磨时间,在火车上,他也曾握住她的手,但她觉得他们以前没有靠得这么近。而他留在她额头上的微微一触,与他当初用手指碰了她的手指相比,却也没有显得更私密。但二者依然有所不同。她觉得他当初握住她的手不过是出于同情,而现在……

"我想和你一起数星星,我不知道这个念头是从哪儿冒出来的,但就是这么想。"他说。

风卷起尘埃的动静变得更为喧嚣,但她还是听到了他的话,而且不知道该说什么,目前为止她所说的一切都很蠢,那为什么还要在这个时间点上再添几句蠢话?

玉影之神

卡西奥佩娅盯着他,满脸困惑,没法说出一句连贯完整的句子。她伸出手,像是想如他碰她那般地触碰他,让手落在他的眉上。

突然之间胡·卡姆站起身,抓住她的左手,亲吻了她的指关节,这个动作正是她觉得绅士们会做的,适合在电影或诗歌中出现的友善姿态。

"我不打扰你了,卡西奥佩娅·滕。"

她点点头。他出门回了自己的房间。卡西奥佩娅踢开床单,盯着他亲吻过的手。她想出了一百种说法,都是她可以用来回答他的话,但是当然,他早已离开了她。

CHAPTER TWENTY-ONE

马丁痛恨格格不入的感觉。完全就是因为这一点,他才会让自己被打包送回乌库米尔,没有完成他那昂贵的教育。而在下加利福尼亚州,一切立刻超过了他的理解范畴,他对此心知肚明。

到了铁拉布兰卡,出现在他面前的原来是海边的一座极为巨大的综合建筑群,它是旅馆,也是赌场,建筑风格独特,让人回想起马丁家乡的玛雅元素,但又同时反映出了装饰艺术运动的风格。沿着这座建筑的走廊前行,他既困惑,又感觉自己受到了压迫,这座房屋的规模让他在尤卡坦半岛的家相形见绌,而他原本以为自己的家已经称得上精致高雅了。此外,发现他正处于旅馆之中这件事本身也让他震惊。当那只猫头鹰将他扔在这建筑的地域范围之内时,他几乎无法相信自己的眼睛,夜晚显得极为不祥,只有昆虫的鸣叫时不时将其打破。等他走进建筑里,问及阿尼巴·扎瓦拉,人们告诉他,扎瓦拉早料到他会来。

幸运的是,旅馆的雇员允许马丁开一个房间,好让他梳梳头发,清除外套上的灰尘,这一点多少能够满足他的虚荣心。尽管缺乏教养,马丁依然花了极大的力气来让自己看起来像个绅士。

而后有位旅馆雇员来找他,说扎瓦拉想与他谈谈。

他被领入一间办公室,这里的天花板很高,上面雕刻着超过六英尺高的巨大面具。窗帘上有几何图案的刺绣,窗边的桌子看起来像是个厚实的树干,还没有完全妥当地制成桌子:它的大量节瘤、树根和原本的肌理都还清晰可见。

在书桌后坐着一位老人,他的头发已经灰白,身穿深黄色外套,配深棕色的领结。他留着整齐的小胡子,周身散发出秩序与温良的气息,这种气息隐藏起了某种别的东西。

"欢迎来到铁拉布兰卡。我是阿尼巴·扎瓦拉。"老人说完便从书桌后站起身,走向马丁,而后者还在努力领会着这整一趟旅程,这座建筑,以及这个房间。

"我是马丁·莱瓦。"他喃喃说着,与老人握了握手。

"我想,你找了个地方清洁过了?"

"对。我开了个房间。"

"很好。"

扎瓦拉伸手拿起桌上的一只木盒,从中取出一支粗粗的雪茄烟,小心地剪掉它的顶部,将它点燃,而后露出了温暖的笑容。他没有请马丁抽烟,马丁双手插兜,觉得自己受到了冒犯,却又没法出言抱怨。

"你知道你为什么会在这儿吗?"阿尼巴问道。

"武库布·卡姆说,我应该和你见面。"

"除此之外呢?"

"他说,我需要学习影之路相关的知识。"

"你明白这意味着什么吗?"

马丁摇了摇头,阿尼巴的烟开始散发出柔和的橙光,他深吸了一口烟。

"你明白希泊巴王国的运转规则吗?"阿尼巴问道。

马丁回想起了学校的校长,他一直厌恶校长对他的责难,因此这一次连头都懒得摇,只是紧盯着面前这个老人,他开始痛恨起这场交谈,在任何让他感到不舒服的场景里,他都会如此。通常来说,他的策略总是开口反驳,不过此刻他还是强迫自己闭上了嘴巴。

"我明白了,"阿尼巴说道,"好吧,我想我们得从最基础的教起。"

老人单手抚过书架,从中取出一本书,摊在桌子上。马丁看着这本大部头,它厚实而古老。摊开的书页上展现出了几个同心圆。

"希泊巴一共有九层。穿过这九层大地下降,便会来到漆黑之路,它通往一面由木棉树的荆棘构成的墙。在这座墙后,是一条堤道,它通往漆黑之城的大门,由此便能进入玉石殿。在王宫旁有一座湖泊,世界树从这湖泊中汲取水分,缓解干渴,在这座湖的底部居住着原初凯门鳄,它曾经在原初之海中漫游,世界新生之时,它的脑袋曾被砍下。"

阿尼巴翻了一页,手指在一张跨页的插画上轻点,那插画描绘了一座湖,湖旁有树,树下有一只鳄鱼。这张画没有透视,它不是三维的,缺乏景深,马丁看不太懂它的意思。

"有少数活人完成过前往漆黑之路的旅程。这条道路很长,满是艰难险阻。要抵达漆黑之城的大门,可能需要花费好几年。当然,至高之主不打算让你在这条路上走许多年。我们得加快你行进的速度。"

"你要怎么做到这一点?"马丁问。

阿尼巴又翻开另一页,现在,出现在他们面前的画面与武库布·卡姆曾经给他展示过的迷宫类似,无数黑色的线条排列在图上,它们四散分叉,前后扭转。

"某些术士和祭司,有时也有些普通凡人——尽管这些人通常都是在梦里——曾经以更快的速度找到去往漆黑之城的道路。他们通过穿越影子来做到这一点。"

"什么?"

玉影之神

"如果你仔细观察那条路，在某些地点，你会感觉到缺口。你能从一个缺口跳到另一个缺口中，从而更轻松地在这条路上行走。但你得小心。漆黑之路十分狡诈。它不断变动，时常重组。它绝不会静静地保持原状。它有它的渴望。"

"渴望什么？"

"毁灭，痛苦。别分心，也别离开这条路，不要迷失自己。死者的土地非常广阔。很容易迷路。"

马丁看着书页，但当他这么做的时候，心中产生了一种古怪的感觉，似乎他正在观察的这些线条并不完全固定。墨水在书页上游走。一条他敢发誓原本扭曲向左的道路，事实上向右拐了弯。

"太疯狂了。"他轻声说道。

"如果你仔细观察，马丁，如果你将所有意志力都集中在这条道路上，它便会带着你去往希泊巴的心脏，去往那座宫殿。"

"我敢打赌，你说的比实际上要做的简单多了。"

"你赌对了。我会帮助你，让你熟悉它。"

马丁并不勇敢。他开始沉默，抬起双手，让阿尼巴停下。这是个没出息的姿势，却源于直觉。

"等等。我甚至不确定自己为什么会在这儿。武库布·卡姆说起过某种竞赛，还说卡西奥佩娅——"

"是跑步比赛。如果事态真的发展到那个地步的话。"阿尼巴回答道。马丁的话拖延了他原本的话题。

"对，但为什么得是这个荒唐的跑步比赛？我不——"

"当然是诸神的竞争。你难道以为，武库布·卡姆会和他的兄长手持盾牌和权杖彼此面对？"

"我不明白为什么不可以。反正听起来都很蠢。"

卡西奥佩娅的神话书上有些插图,上面描绘了一些手持长矛或三叉戟,抑或者其他武器的男人。他没怎么关注过这些大部头,但多多少少翻过其中的图片。他还听说过只言片语的玛雅传说。他同样没有太多关注过它们,但他觉得诸神有时会彼此交战。不管怎么说,他有着他们极度暴力的印象。

"我想,你的祖父什么也没有教你。"

他当然没有。那个该死的老木乃伊只会在房间里淌口水,不停抱怨喊痛。虽然没有挂在嘴上,但祖父更喜欢卡西奥佩娅,这于马丁而言,不啻于挨上一记耳光。而现在,他觉得自己像是又被另一个老人打了一巴掌。

"我的祖父很警惕,"马丁回道,"这难道是我的错?他说了他以前是怎么帮助武库布·卡姆的,我觉得这就够了。"

"唔。但没说为什么。"

阿尼巴背靠书桌,用两根手指小心翼翼地夹着雪茄,像是在检查它的外包装。

"诸神会移动棋盘上的棋子,年轻人。这才是你现在在这儿的原因。你的祖父也曾是一枚棋子,是一系列走子中的一步。而现在,轮到你了,这是一种荣誉。"

"在我听来都是狗屎。"马丁尖酸地说着,擦了擦颈部后侧。这一个晚上他经受的已经够多了。他有种喜欢霸凌在他认为比他弱的人的天性,此时这种天性开始抬头,而阿尼巴至少看起来比他更弱,不过是个老人,一个令人不快的权威人物。

"多么粗野的用词。另外,你甚至都没问,你要为了什么而参战。"

"为了什么？"马丁问。

马丁注意到雪茄顶端已积攒起了一段烟灰，应该在烟灰缸里弹一弹烟了，但阿尼巴似乎并不着急。

"在外面的世界看来，我不过是建造了这座旅馆，是它的主人。你觉得我是个普通商人吗？"

"我猜不是。"

"区别在哪里？"

"我怎么知道？"马丁回嘴道。

阿尼巴张开嘴，雪茄的烟从中盘旋而出，升到天花板那么高，盘绕，蔓延，组成一个形状。它在阿尼巴的头顶跃动，像是具有生命，富有活力，它的形状是一只四足野兽。

"我是术士，但又不止于此，我是祭司。是希泊巴之主的忠实仆人。"

阿尼巴弹了弹雪茄，积累在它顶上的灰也升腾起来，与适才的烟交织在一起，让他头顶的野兽变得更具体。那是只狗，阿尼巴又弹了弹雪茄，烟与灰如雨一般落在老人身上，仿佛在他双肩披上了一条斗篷。阿尼巴张开左手，灰烬落在地板上，原本出现在书页的迷宫在地板重现，它的线条在马丁双足周围延伸，舞动。他后退两步，但灰烬升到了他膝盖的位置，他意识到自己再也没法向前或向后移动。

"希泊巴，它在此地，也在彼方，漆黑之路所及之处，极远极广。凡人在希泊巴站立，呼吸，行走，却甚至不知道它的存在，遗忘了他们对恐惧之地的忠诚心。但我们会改变这一点。他们将会知道他们的至高之主的姓名。"

"好吧，我明白你的意思了。"马丁回道。他意识到老人比他想象的更危险，因此他的口气变得温顺起来。

"真的吗？"

在温和的外表下，阿尼巴隐藏了冷峻的内在，他的双眼成了两颗发光的红点，像是有人用火柴点燃了它们。

"你在参与的游戏很重要，马丁。这是创造的游戏，"阿尼巴说道，"祭拜武库布·卡姆的神庙将会建起，欢欣与供品都会随之而来。"

烟与灰混合，形成一座深色的神庙，接着又是另一座，直到出现十几座神庙，围绕着马丁。甚至像他这么迟钝的人也能理解这种幻象的含义。他低下头，心怀恐惧，但也意识到自己无法逃脱这一命运，他必须在那条道路上前行，要以某种方式保证武库布·卡姆取得胜利，由此整个世界也会随之改变。

老人漫不经心地在一只银烟灰缸里磕了磕雪茄，打了个呵欠。

"好啦，我们该开始了。你觉得呢？毕竟，你的表妹很快就要到这儿来了。"阿尼巴说道。

马丁打了个寒战。任何即将面对死者之地的活人都会打寒战，但他也点了点头。

阿尼巴握起拳头，烟与灰形成一个巨大的圆，他踏入其中，又示意马丁跟上。马丁照做，望着灰色的灰烬逐渐变成黑色。他们脚下的地板熔化了，像是成了柏油的质地，马丁闭上双眼。他很害怕，感觉就像是孩提时，他曾经觉得有怪物潜伏在他的床下；而现在，唯一的区别仅在于那些怪物确实存在，而他在帮助它们。

22
CHAPTER TWENTY-TWO

艾·齐瓦的屋子外观很朴素，浅蓝色的墙面上有些剥落的痕迹象，窗口摆放的盆栽则已枯萎。屋子里却完全是另一回事。首先，卡西奥佩娅很确定，这屋子内部的空间过大，感觉在这个家圈出来的范围内还有许多额外的房间，完全违背了所有物理法则。其次，这屋子里塞满了特殊而令人不安的物品。他们踏入其中的工作室里摆放着两座巨大的山羊石雕像，它们与这地方的巫师主人的名字十分相配，令人毛骨悚然，因为这些雕像的风格极为写实，缺乏瞳孔的巨大眼睛让卡西奥佩娅不由得皱起眉头。

在架子上，摆放着大大小小的罐子，里面塞满药草和干枯的植物，还有些罐子里装有海星和珊瑚。有些罐子装着完整的样本：鱼、蛇、蜥蜴、蝎子，都精心保存着。还有些瓶子，因为其中盛放的各色液体和粉末而闪动光芒，有些发绿，有些是鲜艳的红。

房间里有一只金属保险箱，在胡·卡姆的一番操作后，里面露出一个箱子，在这个箱子里，还有一个更小的盒子。屋子很暗，没有人在家，但那石山羊的双眼让她没法放松。他们愚弄过一位神祇，进入过一个灵的住处，但他们还没有从任何人那儿偷过东西。尽管这屋子此刻没有他人，十分安静，在卡西奥佩娅看来，他们的这一大胆无畏的行动依然比他们之前的所有遭遇都更为危险。

"你为什么要花这么久？"她望着胡·卡姆施行魔法，说道。

"这三层容器都是铁做的，这于我是一种折磨，因此我的行动也比我应该能够做到的更慢许多。"

"请你快一点。我觉得我听到声音了。"

玉影之神

"我正在竭尽全力。不光是金属的问题。他还施加了防护魔法。锁上加锁。"

"咔哒"一声,胡·卡姆终于打开了第三个盒子,露出了……什么也没有。此时传来一声恶毒的尖笑,卡西奥佩娅转过头,发现了两名年轻人,他们的头发用过量的头油梳成背头,另有一名年纪更大些的绅士站在门口,三人都看着他俩。发出笑声的是那名年长者,这是个灰头发的家伙,他身穿一件灰色长外套,倚靠在顶上装饰有银质山羊头的拐杖上,唇边夹着一支烟。

"欢迎你们来到我家。我想,没必要进行得体的自我介绍了。"男子说道。

"但自我介绍总是得体的。"胡·卡姆回道。

老人的脚步声响得仿佛在门口大吼,早已宣告了他的身份。毫无疑问,他就是乌艾·齐瓦。他的步态古怪,他那闪动着怪异火花的双眼也是如此,还有他脑袋倾斜的角度,在他周身散发着的……恶臭:烟草和灰烬的气息藏匿在甜到发腻的古龙水之下。

"你们的行为并不得体,乱翻我的物品。我怀疑你们根本找不到任何值得你们花上一点时间的东西。"

年轻男子帮乌艾·齐瓦脱了外套,将它放在椅子上。

"或许你在找这个?"他问。

老人指着自己身上戴的项链,他脱去外套后,它便露了出来。它看起来很沉重,以玉珠和一个有尖刺的牡蛎壳组成。"那些盒子只是摆个样子。我将它戴在头颈上。"

胡·卡姆似乎并未受此影响。"我们实际上是在找我的所有物。"这位神只是简单地回答道。

"你真以为能这么简单就把你的爪子放到它上面去?"

"我只希望不要太麻烦。"

术士朝他俩咧嘴一笑，用手杖指向胡·卡姆，缓缓走向他们，摇晃着手杖。

"那你要相当失望了，"乌艾·齐瓦说道，"我早就做好了等你上门的准备。只有傻子才会猜不到这一点。"

"聪明人会好好选择与我说话时的用词。"

"真是睿智！而你，亲爱的主宰，一定是最不聪明的那一个，要不然我现在也没法戴着死神的项链。我恐怕不会朝像你这样的人鞠躬致意。"

"对，你向我的弟弟鞠躬致意，"胡·卡姆回道，"我猜，还会亲吻他踩过的尘土。"

"我按希泊巴至高之主的意志行事。"乌艾·齐瓦说道，态度极为坚定，说明他一定得到了武库布·卡姆的支持。他迈步向前，将手杖顶部抵在这位神的胸膛上，这是威胁，也是对胡·卡姆权威的践踏。

他让卡西奥佩娅联想到自己的外祖父。

"我的弟弟是个叛徒，以欺骗的手段获得王座。你行事依照的是一个骗子的意志。"胡·卡姆说道。

"这重要吗？权力就是权力。"

胡·卡姆单手挥开权杖，这是个轻巧的动作，像是他随手拂去剪裁得体的外套上的一根线头。

"我知道你，乌艾·齐瓦。你是扎瓦拉家族的成员。制造宏伟幻象的狂欢节魔法师群体。"胡·卡姆随口说道。

这位神身上带着优雅的蔑视，他的话语中没有威胁的词句。感觉就好像在这一刻，他根本不屑于恐吓，也不会在像这术士一

271

玉影之神

般卑微的生物上浪费一丁点儿的呼吸。乌艾·齐瓦必须挥舞手杖，大声咆哮，但胡·卡姆绝不会这么做。他的语言和姿态对乌艾·齐瓦形成了双重羞辱，是最深切的轻蔑的表现。而老人明白这一点。他退了回去，单手紧紧抓住手杖，脸色通红。

他将手杖递给站在身边的年轻人，猛地深吸了一口烟。

"狂欢节魔法师，嗯？"乌艾·齐瓦重复道。

术士小心翼翼地检视着他的香烟。火焰从他口中盘旋而出，又停歇在半空中，滚烫地贴在他的唇上，而后他将火焰一口吐出，用长满皱纹的手将它们推开，把一个火球扔向胡·卡姆。火球的冲击力让这位神撞在地板上，在这个过程中，又掀翻了一张边桌和一只花瓶。

卡西奥佩娅俯身去看他。

"你觉得这像是狂欢节魔法师的水平吗？"术士得意洋洋地问道。

"胡·卡姆。"卡西奥佩娅焦急地低语，用手触碰他的脖子，他的胸膛，他的眉头。火球没有点燃他的衣服，但她触摸之下，他的皮肤似乎热得发烫。他闭着双眼。她轻轻摇晃他。

术士的两位助手手持匕首，切开自己的手掌，乌艾·齐瓦则开口将词句与一个咒语编织在一起。卡西奥佩娅不知该如何是好，只能用双臂搂住胡·卡姆，望着那两个男子将流血的手掌贴在地板上，在他俩周围画出一个圆，鲜血像水溅落在烧热的平底锅上一样，汩汩涌起泡沫，发出"嘶嘶"声响。

卡西奥佩娅的恐惧真实而鲜活，尖锐得令她的手指刺痛，尽管如此，她还是赶走了恐慌的情绪。尖叫或哭泣毫无用处。她不懂魔法，也意识到自己无法破解这个咒语；因此她只能将胡·卡姆拉得更近，仿佛她可以用接触来保护他。她紧拥住他，盯着那两个绕着他俩行走的男子，她的脸没有因为恐惧而变形，反而显得有些心不在焉。

一道火墙自鲜血落下之处升起。火墙中的火焰十分怪异，散发出蓝色。有一刻，火墙坚实得如有实体，下一刻，却又脆弱似蜘蛛网，但还像正常的火焰一般微微发颤。那术士往火墙中撒出一把灰，火焰便有了极为强烈的色彩。

老人与他的年轻助手对此都很满意，他们"咯咯"发笑，得意洋洋地喊出了一些污言秽语。

卡西奥佩娅对魔法一无所知，没法理解这个咒语的性质，她伸出手臂，想去触碰火墙。

"别碰。"胡·卡姆说着，抓住了她的手臂。

他终于睁开了那只深色的眼睛，此时正盯着她。卡西奥佩娅意识到他没有受到严重到难以挽回的伤害——虽然他有不死之身，不可能因为受伤而死——这让她心中升腾起傻乎乎的快乐，几乎就要喊出愚蠢的爱称来，却被那术士的大笑打断了。

"你没法从这火墙中出去，如果你尝试，便会受到重伤，"胡·卡姆在她耳边低语，"它比燃烧的煤还烫。"

卡西奥佩娅收回手臂，点了点头。

"怎么啦？"乌艾·齐瓦问道，"大声点。还是你们已经被我的魔法吓得无话可说？"

胡·卡姆没有表现出愤愤不平。他的眼神冰冷，甚至有点太幽暗，太古井无波，如同一池墨水，静静地直视那银发的术士。

"你的魔法很薄弱，就像掺了水的龙舌兰酒，一点劲都没有。你觉得你的咒语能持续？我已经可以看到它给你带来的负担了。"

273

胡·卡姆的声音如他的眼神一般波澜不惊。

"负担？有这可爱的项链，我就不会有负担。"乌艾·齐瓦说着，碰了碰项链上的玉珠和牡蛎壳的尖刺。

"你的脸说的可不是这么一回事，你现在脸色通红，像个傻瓜。"

乌艾·齐瓦确实涨红了脸，汗珠一滴滴从他前额滑下，溪流一般地淌过他那张愤怒的窄脸，看上去像是跑了很长一段距离。甚至连他说话都有些上气不接下气。胡·卡姆的这番话让他变得更糟，脸色更红。术士用力咬住香烟，力气之大，卡西奥佩娅甚至觉得他会将它咬成两段。

"我不用永远把你困住，胡·卡姆。我只要能拖慢你的速度就够了。等你到了下加利福尼亚州，假如你真能到得了那儿，也会虚弱得像一只小奶猫。"乌艾·齐瓦说道。

"别抱太大的期待。"胡·卡姆说，他的声音如夜般死寂，是彻底的平静，将一切笼罩，让这一刻的灯光也随之黯淡。甚至在他们周围升起的火焰也变得柔和，但随后，术士又往这火焰的藩篱上扔出一把灰，让它再次跃起，闪动出刺目的红。

"好好享受留在我家里的时光吧。"乌艾·齐瓦答道。

但他一走出房间，便以极大的力气弯折了拐杖，他的一名助手走在他身旁，在他耳边悄声低语。另一个助手还留在室内，看来是打算守着他俩。

卡西奥佩娅与胡·卡姆静静地倚靠着坐在地上。那守卫之人用一块手帕裹住了手，双臂交抱，坐在椅子上，紧张地看着他们。但最后，他还是厌烦了，也可能是累了，闭上了眼睛。

"我们要怎么从这儿出去？"卡西奥佩娅压低声音问道。

"我想得费点力。"胡·卡姆简单地说。

卡西奥佩娅听后抬起一边的眉毛。"这是开玩笑吗?"

"我想是的。"

"这个笑话不太好笑。"

"我没有多少讲笑话的经验。"

卡西奥佩娅朝他微笑,而他也回以微笑。几分钟后,他才半转过脸,望向火墙。

"这个咒语听起来是足够奏效了,但每一个谜语都必然有谜底,"胡·卡姆说道,"如果我冲向这片火焰,那只能让自己的身体烧焦,痛苦翻滚。但我不会这么做,至少不会真的这么做。我们现在需要的是让那个守卫到这儿来,站到紧贴着火焰藩篱的地方。"

"你的目的是什么?"

"你有扮演悲痛少女的经验吗?"

"我可以努力。"

"很好。那个男人已经累了,乌艾·齐瓦也是。魔法需要人付出代价。耗尽气力则会引发错误。我会制造一道幻象,让我自己消失不见。你得制造一场骚动。就说我逃走了,然后设法把他尽可能地引过来。"

"就这样?"

"剩下的交给我。"

卡西奥佩娅点点头。胡·卡姆站起身,慢慢抬起双手。他原本站在那儿,但随后,一片墨般的黑暗自地板升起,在眨眼之间包裹住了他的周身,他便消失了。那位本该盯着他们的守卫此时正闭着眼睛,什么也没看到。卡西奥佩娅怀抱乐观的希望,深吸

玉影之神

一口气后大喊起来。

"他走了！他丢下了我，他走了！"

守卫猛然惊醒，从椅子上起身，他的手立刻摸向匕首的刀把。

"他逃走了！"

男子双眼大睁。他张大了嘴巴，但又似乎没法相信自己眼前所见的景象，火圈中只剩下女孩，她正悲惨地用双手捂住自己的脸。

"他走了，像一团烟似的跑了，把我留在这里。求求你，过来，来看。"她含含糊糊地说道。

男子看上去像是要从这房间里夺门而出。卡西奥佩娅指着地板。"看！他就只留下了这么一块宝石，这么小的一颗钻石，你丢给乞丐的钱也不过如此。"

多么富有创造力，她的话语，那是书本和诗歌教会她的。这些言辞，加上她悲痛欲绝的表情，想必奏效了。守卫冲上前来，站在火圈旁，弯腰去看卡西奥佩娅的手所指之处那根本不存在的宝石。

突然之间，守卫的身子被拉向前方，胡·卡姆重又现身，而男子则被用力抡向地板，他的头顶落入了火圈里。鲜血从男子的太阳穴中涌出，胡·卡姆拉着他，沿着火墙的轮廓转了一圈，同时轻声念出几个词。感觉就像是他从石板上擦去了粉笔线，火势减弱，随着他所说的每一个词和男子流下的每一滴血而不断消解。咒语中的每一根线条都很珍贵。其中一条坍塌，其他的也会随之倾覆，而这正是胡·卡姆所做的事。他在原有的血咒上重写，划线，消除了其中一根，那猛烈燃烧的火焰也就此熄灭。

火墙消失后，卡西奥佩娅弯下腰，将一只手抵在那男人的脖子上，发现她的手指下仍有脉搏，这让她松了一口气。

"感谢上帝，他没有死。"她说。

"他就是死了又如何？"胡·卡姆耸耸肩，整了整外套的翻领，回答道，"不过是个男人罢了。"

"我也不过就是个女人。这不表示你能像对待杂草一样，不关心也不多想，就把我割倒，你也不能这样对待他。"

"或许，你忘了我到底是谁。"

"我想你是个君子，杀死一个不需要死的人并不光彩。我错了吗？"她反驳道。

他那平滑如镜的英俊外表包藏着坚硬而丑陋的内核。她的天真无邪让她瞥见了它，但她不可能害怕它。他待她友善，她因此期望他的友善能惠及整个世界。想必他也意识到了这一点，因此没有用刺耳的话来回答，只是礼貌地抬起手掌。

"你很仁慈。为了你，我也会仁慈的。"他对她说。

在这一刻，她注意到，胡·卡姆伸出火墙的手，此时已经变黑，像是烧焦了。这让她不再关心他所说的话，而倘若她仔细分析，便会发现这话极为惊人，因为他说他想取悦于她。他做这事，是为了她。

"你受伤了吗？"她问。

"不是什么愉快的感觉，但很快就会修复的，"他摆了摆手回道，一片片黑色的皮肤剥落，整只手重又变得完好，他伸出这只手去拿守卫落下的匕首，"但我怀疑还得再承受更多的火焰和疼痛。来吧，我们得去找到乌艾·齐瓦。我不能不拿项链就走。"

他们静静地前往楼梯。他们进入这间屋子时，整座建筑仿若

277

玉影之神

坟墓,而现在,它又恢复到了那种寂静的状态,他们的脚步几乎发不出一点声音。他们瞥见在一条走廊的尽头,有个男人正站在一扇门前,于是他们后退几步。那是另一个守卫。

"现在怎么办?"她轻声问。

"跟之前一样,我会让自己不露踪迹。"

说完,那墨般的黑暗便笼罩了他,让他消失了,但若她仔细端详阴影,仍能注意到它们比本该显出的颜色更暗,是天鹅绒般的一团。这片黑暗的天鹅绒飘过转角离开了。卡西奥佩娅紧紧闭上嘴巴,等待着。

两分钟后,胡·卡姆回来了,领着她来到之前有哨兵把守的门口,只是此时,那男子已趴伏在了门前。

"活的,"胡·卡姆用手指着,半开玩笑地说道,"别再说我对你不够宽宏大量了。"

"若有人问,我会说你是我见过的最宽宏大量的神。"

"你的笑话也不怎么好笑。"他回答道。

但他仍露出了微笑,多加练习让这事变容易了。

他转过身,摆弄门锁,像之前处理那些盒子一样,打开了它。乌艾·齐瓦的研究室里满是怪异的标本,他的个人房间则塞了许多瓶子、罐子和各式各样的杂物。房间里也有两尊山羊雕塑,它们与楼下的那两尊配套,是以华贵的深色木头制成。还有一张四柱床,绚丽而沉重。那位老人睡在床上,双手摆在胸口,盖住了那串项链。

他们静静移动,但还没走出三步,那两只木头山羊便朝他们的方向转过头,盯着他们。房间里的温度上升了。

"你俩可真是一对厚颜无耻的傻瓜,"乌艾·齐瓦从床上抬起身子,说道,"像踏入野兽的巢穴似的,步入我的秘密圣所。"

"不管你在谋划的是什么,建议你再斟酌。"胡·卡姆说道。

这劝告毫无用处。术士抬起双手。山羊向他们冲来。卡西奥佩娅及时地向右移动,跳到一张桌子后,让桌子隔开了她自己和其中一只魔法野兽。这让那山羊减慢了速度,却没能让它打消攻击的念头。它以没有瞳仁的眼睛盯着她,垂下头,接着猛冲向前,凶残地猛推桌子。卡西奥佩娅也被推得连连向后退,山羊抵住桌子,将她顶在墙上。

她几乎没有什么能做的,只能看着这动物死盯着她,更用力地抵住桌子,像捏扁一只昆虫一般地压着她。它的角在木料上钻出洞来,嵌入她身后的墙,直接挤压这个女孩;木料的碎屑也随之跳起,在空中飞舞。卡西奥佩娅觉得自己要死了,肺部像是要爆炸,很显然,没有人能承受住这样的攻击。

山羊觉得这番操作进度太慢,开始用牙咬卡西奥佩娅,不管看得到还是看不到的地方,也不管什么部位,先咬了再说。于是它对准了她的脸,它之所以没能将她的半张脸颊都咬下来,仅仅因为卡西奥佩娅在最后几公分的地方设法缩低了身体,避开了它的大嘴,但这让山羊更愤怒,它猛踢家具,将她往墙上顶得更用力。

她没法尖叫。她的呼吸似乎已经全部逃出了她的身体,在空空荡荡的地方盘旋,她的双唇吐不出一句求救的话。

胡·卡姆往前一跃,将匕首扎入这生物的脑袋,喊出了一个词。山羊的头部出现了一道波纹,一道裂隙,它向下蔓延,将山羊一劈为二。这两个半身飞入空中,匕首也随之飞起,木块裂成了更多小块,冲向墙壁,冲向地板,颤抖,扭动,最后逐渐静止不动。

胡·卡姆拉开桌子,将卡西奥佩娅拉向自己。

她觉得自己好像没了骨头,仿佛一朵断了茎的花,要不是有他抱住她,她会摔下,跪倒在地。在房间对面,她看到了另一头木羊的碎片。她深吸了一口气,将一只手抵在自己的喉咙上。

"那把匕首去哪儿了?"胡·卡姆问。

还没来得及再多说几句,他将她一把推开。卡西奥佩娅跪倒在地,看着一条长长的火绳鞭打在他身上,缠住了他的四肢。胡·卡姆将它扯开,但就在这时,那位术士向他冲来。术士原本是个上了年纪的男人,头发花白蓬乱,但在那一瞬间,他似乎并非如此。他变形成了一头怪异的山羊,大得像马,长着尖锐的黑角,沉重的蹄子闪动着钢铁般的光,双眼通红。山羊喷出鼻息,张开大嘴,吐出一道火舌,抽在胡·卡姆身上,将他扔向床的一根柱子,柱子应声撞成两截。

疼痛在她的手臂上蔓延,她将手指紧捏成拳,完全没法站起身。她疼得仿佛身体裂开,眼中聚起泪水,望着那山羊一跃而起,像对待破布娃娃似的撞向胡·卡姆。但他刚才提到了匕首。他提到了匕首,她强迫自己摊开手指。

"匕首。"她轻声说道,当她说出这个词,它便成了她唯一在意的事,手臂上的疼痛也减弱了。她在室内奔跑四顾,在竭力恢复顺畅呼吸的同时,翻检着家具的碎片。最后她发现它在一个角落里,半隐藏在窗帘后,当她伸出手想要取它,原本躺在附近的山羊木像的嘴部碎片却突然跳动着来咬她的手指。卡西奥佩娅大喊一声,拿起一条椅子腿,用力抽打这块雕像碎片,一直一直抽打,直到它再也没法动弹。她将碎片一脚踢开。

她握住匕首的刀柄。又一些木头碎片摇晃着，撞向她的身体，想要刮伤她，让她受到伤害。卡西奥佩娅朝山羊的木头碎片盲扎了好几下，将它们踢开，设法爬到一张桌子上，避开了袭击。

在这一刻，整个房间已经无法用混乱来形容，家具倾覆，裂成碎片，垫子里的羽毛四散在地毯上。乌艾·齐瓦愤怒地跺脚，呼吸喷出的火焰烧灼着那位神的身体，尽管没有留下明显的痕迹，但胡·卡姆看上去就像已经无法呼吸。山羊奔上前来，猛推胡·卡姆。神失去了平衡，脸朝上摔倒在地。

也就在此时，他瞥见了她，做了个紧握的动作。

是匕首。卡西奥佩娅将匕首朝他扔去，他用左手接住。那山羊又往前跃出，但胡·卡姆迅速起身，在这动物高扬起头颅吼叫之时，划出一道迅捷的弧光，切中了这个动物的脖子，几乎将它的脑袋整个儿切了下来。

这是一件于人类的力量而言几乎无法实现的壮举，但更不可思议的是，尽管山羊已躺在地板上，浑身颤抖，鲜血从脖子上巨大的缺口中汩汩涌出，它依然想要站起身，甚至已设法跪起。此时，跪在地上的不再是山羊，而是男子，但胡·卡姆再次出手，男子的头颅彻底与身体分开了。

卡西奥佩娅转过脸，嘴里尝到了胆汁与鲜血的味道。

等她再转回视线，胡·卡姆已从死者脖子上取下了玉石项链，单手紧紧攥住了它。一道带着恶臭的白烟自尸体中冉冉升起。卡西奥佩娅不由得咳嗽起来，眼中泛起泪水。

那道烟没有脸，却确实有个嘴的形状，还说出了辛辣的话语。

"你以为你打败我了,希泊巴的住民?要不了两天,我的主人就会让我从白骨中复活。"

"到了那时候,我们早就跑远了。"胡·卡姆回道。

"啊,对,跑远了。跑去迎向你的天命。但在铁拉布兰卡,你会发现有人比你更胜一筹,而我将会实现复仇。武库布·卡姆带来了新的时代,你却是旧日的渣滓。"

"而你,与此同时,已经死了。"

乌艾·齐瓦的嘴做出了龇牙的动作,却没法咬人,再也无法造成任何伤害,随着术士的鲜血如熄灭的灰烬般渐渐冷却,那道烟也消散了。

她从桌子上跳下来。

胡·卡姆将项链戴上脖子,转头看她。他的脸颊和前额,还有双手上,都是山羊留下的黑色烧伤痕迹,但就在一记心跳的短暂时间里,这些痕迹碎裂剥落,重又露出了平滑无瑕的肌肤。但他还是向她伸出手,倚靠在她身上,就像一个在恶战中受伤的人,就像她曾经倚靠过他一样。

"你还好吗?"卡西奥佩娅问。

"在目前这种情况下算好的。"虽然他说话有些上气不接下气。

卡西奥佩娅点点头,用手背擦了擦嘴。

"你的嘴唇割伤了。"

"怪不得有血腥味,"她喃喃道,完全不知道自己是在什么时候受的伤,"和身上的其他擦伤一样,也会好起来的。"

"什么擦伤?"他回道。

他的手指擦过她的嘴唇,是那种最轻柔的触碰,一触即分。

她意识到他不过是在施展魔法，治愈她身上的各种擦伤和割伤，除此之外没有别的什么私密的想法，但她的心依然小鹿乱撞。

"好了。这把戏挺有用的，你觉得呢？"

"对，但如果你也能修衣服就更好了。"她说。他身上看起来一团糟，完全不像想象中的神的模样，双手沾满烟灰，头发乱七八糟。但这一点关系也没有，因为她的心脏还在舞动，而她露出了微笑。

"我们离开这座城市吧，"他摇了摇头，对她说道，"还得好好睡上一觉。"

"我太同意了，"她回答道，"另外，或许……或许，在此之前我们也可以买些阿司匹林。"

他的嘴角弯了起来，眼睛变得更亮，回以微笑。他以前从未向她微笑过，或者至少不是像这样的微笑，此刻他的表情显得笨拙而质朴。这单纯自然的笑容让他取悦了她。尽管浑身的疼痛未能如擦伤的痕迹一般迅速消退，她还是"咯咯"地笑出声来。

23
CHAPTER TWENTY-THREE

他俩几乎睡了一整天，火车则向西疾驰而去。前往下加利福尼亚州最直接的路线事实上得沿着边境走，穿过美国，而不是墨西哥。这一觉完全没有做梦，卡西奥佩娅对此十分感激。她不希望那死去的术士的模样与她纠缠不休，也不愿预想漆黑之路和希泊巴的灰色土地。能在铺位上沉沉睡上一觉实属幸事。

　　醒来后，他俩在窗边坐下。大地、天空和仙人掌形成了鲜明的色彩条纹。这是一片干旱之地的景色，完全不同于南方那繁茂的丛林和她用来降温的蓝色池塘。下加利福尼亚州已越发接近，这也让她产生了一种预感，似乎有什么重要之事即将发生。假如她知道该如何解读，便能发现空气和云层中的征兆。

　　胡·卡姆很安静，包厢虽小，他却一直保持着距离。他的表情不快，稳稳地坐在面向他们铺位的躺椅上。尽管她已很了解他的沉默，但他的这种静止的状态仍然让她焦虑，让她生气，让她想一跃而起，四处走动，与他唱个反调。

　　有什么事不太对劲。他们战胜了术士，这本该给他们带来快乐。然而他却情绪低落。

　　阳光炙烤着车窗，这是一种白热，就像一张被单。在梅里达时，她还能藏身于室内清凉的内庭，但在这辆列车上，她无处可藏，虽然车厢容纳了各式各样精美的物品，置身其中依然热得仿佛住在铁箱。她将窗子开了一条缝——灰尘和煤渣会被风吹进来，但她需要让自己清凉一点——然后回过头去看胡·卡姆。

　　火车发出了长长的汽笛声。

　　他的视线落在远方，远到她无法触及。

　　"到底怎么了？"她再也无法忍受，问道。

　　"我们行经的道路是他埋下的种子，而我现在想的是，那会

玉影之神

开出怎样的花。"胡·卡姆说。他终于开了口,打破了这片寂静。

"我不明白。"

"我的弟弟将我的身体部件四散在各地,让我去取,引我远离我的帝国中心,远离尤卡坦半岛。这是个精确算计后的游戏,直到目前,他都还没有来打扰过我,但现在我想知道……如果我先找到的是我的眼睛,而不是这项链,是不是情况会更好些。这项链,现在正戴在我的脖子上。我本来以为这就够了,我本来希望这样就够了,但还是不行……我的力量正在衰退。"

他用手抵着自己的喉咙。之前他施展了幻术,因此这玉石项链看起来是普通的领带,但它毕竟还是戴在他身上。不用看到它,她就能感知到它的存在。"你看起来也更虚弱,更脆弱了。"他喃喃道。

此前他一直没有望向窗外,对窗外的风景毫无兴趣,而现在,他将视线转了过去,无视了她。他像是在对沙漠,对沙子和天空说话,而不是对她。

"我必须回家。离开那儿的每一秒都让我无法忍受。希泊巴需要我,我也需要它。有时我会觉得,如果我在这片土地上花费更多时间,就会再也没法回到我所属的地方……没法变回曾经的那个我。"他摇了摇头,"你不会明白的。"

"我确实明白。"

"那可真谢了。"他不屑地说。

他那冷静的淡漠激怒了卡西奥佩娅。他表现得粗鲁、野蛮,而她没有接受这一切,认为它不过是一位神的心血来潮,反而刺耳地高声开了口。

"你根本没有意识到,对吧?"她问,"你完全没有看到自己是怎么让我的世界发生了天翻地覆的变化。原本我在乌库米尔也曾经是某个人，某个我可能永远都没法再成为的人。"

"一取回王座，我就会移除骨片，不会浪费一秒钟。"他说，这些话仿佛当头一击。她高高地扬起了头。

卡西奥佩娅就站在他面前，让他没法望向窗外，没法无视她。她几乎就像揪住他的外套翻领，来强调自己的观点。"根本不是骨片的问题，"她说，"所有的一切都不对。我完全不知道在这件事之后我要去哪儿，要干什么。你难道就一点儿也没有考虑过这个问题吗？你会回到你的老家，但我却已放弃了我的家。我的家族再也不会接纳我，让我回去。"

"这不一样。"

胡·卡姆站起身。荒漠的炎热让他们包厢的边界收缩，让他更靠近她。卡西奥佩娅想起母亲给她说过的一个床头故事，里面的坏女孩们都被烧成了火球。她敢发誓，自己即将受到炙烤，但她仍然紧紧地盯着他。

"我可以感觉得到你的人类精华正在我体内，污染我，我得消除它，还得尽快。"他继续说道。

"你说得我好像有毒。"卡西奥佩娅反对道。

"你确实如此，"他随意而冷酷地说，"至于我，于你而言也是毒药，在你的每一次呼吸之间，都正在杀死你。如果你有哪怕一丁点常识，也会明白我为什么会变得虚弱。如果我已取回了我的眼睛，那我可能会比现在更强些，如果我在梅里达……但我现在在这儿，身体还不完整。你不是傻瓜，一定多少有些概念，知道……"

他越说越尖锐，而她听着他说话，意识到了某一件事，那是

玉影之神

在他们睡醒起床的那一刻，他孤僻地待在包间角落里时，其实就已经是很显而易见的事。"你在害怕。"卡西奥佩娅惊奇地说道。

害怕死亡？还是害怕活着？该如何定义？但他的精神紧张已很明显，从他站着的方式，从他声音的音质都可以感受得到。而且他怎么可能不害怕？他原本是不朽的存在，却突然要面对凡人必死的可能性，他的所有计划都分崩离析。不过卡西奥佩娅没法为自己积攒起太多恐惧，尽管她完全意识到自己正在走向死亡，而他正在吸取她的精华，等他完整之时，她便将彻底崩溃，如同凋谢的花朵。但在这一刻，她更感兴趣的是他的反应。

他恼怒地高扬起头颅，没有回答。

"你早该告诉我的。我以为你什么都不怕。"她得寸进尺地说道。

"现在保持安静，"他说，声音低沉，"你提名之物的力量正在增强。"

她闭上了嘴，紧盯着他，不知道自己刚才说的话会招来怎样的噩运。这其中有些魔法的成分需要处理，还涉及了她不理解的诸神的法则。她刚才让他开了口，但或许她应该让他如他希望的那样，保持安静。

"抱歉。"卡西奥佩娅轻声说道。

"没关系。"他随意地回答道，而她意识到他的口气中有些故意为之的成分：他在紧张，但不想表现在外。

卡西奥佩娅点点头，但他的忧虑清晰可辨，仿佛一头被吓坏了的生物，正在这房间里四处踱步。

"我们去餐车里看看他们有什么吃的。很可能是些恶心的食物，比如烤牛肉。"她说，在此之前她就在无意之中看到了菜单，所有美国菜都叫她失望。

她抓起胡·卡姆的手,在他反对之前便把他拖出了他们的包厢。但在经过华丽的餐车,见到那些银器、水晶和瓷器后,她没有停下,而是继续前进,来到观景车厢。车厢里有桌子,上面配置文具,让旅客可以给家人写信,有长毛绒的椅子,还有全景车窗,提供了极佳的视野,可以看到正在不断远离的车后风景。观景车厢提供酒水和轻食,功能类似于休息室,不过此刻没有服务员,也没有他人在此。所有人想必不是在餐车里享用正经的晚餐,就是已经回自己的车厢小睡去了。用睡一觉来消磨这个夜晚的时间,再自然不过。

卡西奥佩娅坐了下来,胡·卡姆则坐在她身边。在这一刻,她忘了食物,将脑袋抵在玻璃车窗上。

"呃,如果我们坐在这儿什么也不干,那我们其实完全可以留在包厢里,"一会儿后,胡·卡姆说,"跑到这儿来的理由是什么?"

"不是所有一切都需要正当的理由。我想离开那儿,"她对他说,"你想回去吗?"

"我觉得不是很想。车厢都差不多。"

车轴滚动的声音震耳欲聋。咔啦咔啦咔啦。卡西奥佩娅微笑起来。

"我喜欢火车,但我觉得我会爱上的就只有汽车。"她说着,随着这车轴滚动的节奏用脚打拍子。

"为什么会这样?"

"火车朝一个方向开,在一条线上来回。但你能想象汽车吗?你可以往任何你想去的方向去,在公路上呼啸而过。你在城里见过汽车吧？要是喜欢你可以找辆车来这么做。"她想起在他们面前开过的汽车，它们给墨西哥城闹市区的街道增添了一份刺激的混沌。除了在夜间游泳和跳舞，开车也是她最深沉而隐秘的愿望之一。

"你想回家，"她说，"我却不想。过一千年都不想回去，但是……若不照顾外祖父，购买杂物，我又不知道自己要做什么。我从来没有认真想过这个问题，而现在，似乎我确实该好好想想。也可能不用，可能太早了。或许在我根本不知道自己是否能活到十九岁的时候，讨论汽车什么的完全没有意义。但应该挺开心的，对吧？开车。也可能开车和你一起出门。"

胡·卡姆看她的表情有些古怪，是她从未见过的。她将他的所有表情都分门别类过，以为自己已经很熟悉了。而这个表情，却让她没法辨识。它让她联想到了火柴擦过火柴盒时的动作。

"和我一起？"

她觉得有些窘迫，想耸耸肩装作不在意的样子。"不过是白日梦罢了。"

"卡西奥佩娅。"他的话带着深沉而愉快的低音。他将手盖在她的手上。

就像从墨西哥城到艾尔帕索的旅途中一样，她再次觉得自己就像置身于一条轻轻摇摆的鲸鱼腹中。她回想起约拿是为了安抚上帝，才会被扔进海里，他在鲸鱼的肚子里舒服地住了下来，不过，她怎么努力回想，也没法想起他后来遇上了什么事。

他的拇指抚过她的手指关节。胡·卡姆凑向她，这个姿势让她觉得他是要亲吻她。他刚才犹豫害怕，而现在，他镇定下来，轮到她觉得寒战沿着脊椎蔓延而下了。

她回想起一个故事,那是她读到或听说的,她不怎么记得出处,故事说有些男人在火车上占女人的便宜,利用包厢的私密性来干些伤害人的事。可能是牧师在布道的过程中提出了这一警告,这正是他会向他们宣讲的那一类故事。乘火车,发现自己与一个大胆的陌生男人在一起。亲吻一个男人,要不了多久,他就会随意对待你。再等一阵子,你就会怀上一个私生子,在教堂给他受洗,只能起个名,连姓都没有。

没错,在火车上,男人可以变得非常无耻。

女人也是一样,她暗自想道。毕竟,她就在这儿,和他在一起。冒险,追逐空想。追逐某种东西。

她觉得喉咙发紧,阳光透过车窗猛烈地照射着他们,让他那只深色的眼睛颜色显得更深,就好像他为了拒绝太阳的光亮而唤来了更多的阴影。而她既然已经揭下了正派的七重面纱,便觉得自己再揭一层也没什么大不了的,要是他想亲吻,那她也可以允许这样的事。

"我喜欢你的白日梦,亲爱的姑娘。"他静静地说道。

"我以前从来没有大声将它们说出来过。"她对他说。

这是真话。她像对待干花一般将她所有幻想压进书本,小心地隐藏在马丁和西里洛看不到的地方。偶尔,在深夜里,她会放任自己思忖它们。若她大声将它们挂在嘴上,那卡西奥佩娅就可能会让它们在她心里深深扎根,而她根本无法拥有它们。因此,取而代之的是,她偷偷打磨,让它们成为珍贵的碎片,但只有碎片,而不是全部。

现在她理解了,为什么他少言寡语。

他没有亲吻她。他守在她身边,将前额贴住她的前额,而这

玉影之神

比他可能做出的任何冒犯都更糟,更直接。

"语言是种子,卡西奥佩娅。使用语言能让你修饰叙述,而叙述孕育了神话,力量就蕴含在神话之中。是的,你命名之物具备力量。"他说。

卡西奥佩娅双手交握,她的心脏也攥紧了,庄重地点了点头,不过,当他抽身离开她时,她也叹了一口气。

他俩很安静,傻乎乎的,两人都是一样,觉得自己仿佛如履薄冰,若是开口说话,那不知为何这情感的浪潮就会止歇。你所命名之物的力量确实会增长,但还有些甚至都没有被人轻声说出口的事,也会抓挠你的心,即使你的双唇连一个音节都没有发出来,它们也会将你的心撕成碎片。不管怎么说,这种寂静充满了绝望,因为那位神终究还是发出了一点动静:与那女孩的叹息一样的另一声叹息。

24
CHAPTER TWENTY-FOUR

武库布·卡姆在他王宫的花园中穿行，经过了一个个游动着发光小鱼的池塘，最终抵达了一座相对较大的湖泊。他将一只手放在湖边的木棉树上，这棵树比其他树更大，巨大的根系垂挂入水中。希泊巴的木棉树都泛着银光，但这一棵比其他树更亮，树叶也更绚烂，几乎如同虹彩。

这座湖也很特别，它的湖水不会倒映出任何东西。它照不出一片树叶，一根枝条，也照不出绕着湖泊行走的死神的身影。这座湖清澈得古怪，却似乎根本看不到底，湖中也没有鱼：只有伟大的凯门鳄在湖泊深处，当这个世界刚刚形成，满是混沌的怒火，它曾经穿越四海。混沌的碎片依旧留在水中，也正因此，它拒绝倒影，而武库布·卡姆无法读到在它深处的预兆。说来奇怪，占卜的功能遵循的却是秩序的原则。

但或许也不古怪。毕竟，预言追踪的是清晰的路径。武库布·卡姆的天赋在于看出世事之可能性的方向所在，在其他人看来只是单纯的偶然之中，他能追踪到秩序的细线。人类也有这样的天赋，但他是神，因此力量远在人类之上。可是时间越是推移，他预知自己未来的幻象便变得越是紊乱无序。

自离开诗塔贝的家之后，武库布·卡姆还没有尝试过预测未来，但他已思量过自己了解的诸多事实，相当认真仔细地思忖。还有踱步，他一直在这湖边踱步，同时思考着混沌施加在他那精心布置的计划之上的影响力。

武库布·卡姆身边无人陪伴，他暂时屏退了随从。但现在，有两个人靠近死神，到他面前后，深深地低下了头。阿尼巴和马丁。是他招他们来的。在他们表达出了足够的谦卑之后，武库布·卡姆让他们抬起头。

玉影之神

"你觉得我的王国如何?"武库布·卡姆问马丁。他头颈上戴着的黑曜石项链加重了他脸上的严肃神情,给他的话语增添了分量。

"很有趣。"他嗫嚅说道。他是个乏味平凡的人,对奇异之事没什么兴趣,在这整个旅程中,他更乐意全程闭上眼睛。要讨论一座城市的建筑风格,问他还不如问鼻涕虫。

"你觉得自己能独自在它的道路上行走吗?"这位神问道,此刻他已意识到,对待莱瓦家的这个男孩没有必要遵循礼节,说些客套话,这一点多少也有点让他恼怒,因为诸神的虚荣心一直延伸到他们的建筑上,显然他希望能听到一大通对漆黑之城的溢美之词。

"马丁通过了。"阿尼巴说。

"我希望的是快速地通过。"

阿尼巴倾斜了脑袋,恭顺地点了点头。武库布·卡姆又开始踱步,两人跟在他身后,像等着主人扔出残羹冷炙的狗。在树上,黑色的鸟儿盯着这二人一神,却没有歌唱。这位神近来很是恼怒,因此它们明智地将哀伤的旋律留给自己。

"你的兄长已经死了,阿尼巴,"武库布·卡姆随口说道,"那老山羊的问题在于,他总是低估某些任务的难度。"

武库布·卡姆转过身,直视扎瓦拉的脸。神没有表现出不悦,但此前一直拉扯着他浅色头发的风减弱了,变得犹豫羞怯。

"仔细听好了。胡·卡姆和那个女孩很快就会抵达提华纳。你,莱瓦,要在那儿与他们见面。"

"我?"马丁问,"去干啥?"

"因为我给那最初的音符定下了基调,也因为我想向你的表妹提出某些条件。"

"什么条件?"

"细节与你无关。你要与他们见面,亲切地陪伴他们前往铁拉布兰卡。而你,阿尼巴,也得保持礼貌。别咬牙切齿,也别干些报复的傻事。"

"他们杀了我的兄长。"阿尼巴说道。

"这不过是暂时的事。"

"这是原则,我的主人,你完全明白我有多——"

"我完全明白你有时能有多愚蠢,"武库布·卡姆回道,声音刺耳,"但我现在并不关心愚蠢的烟火表演和其他任何你施展的粗糙魔法。胡·卡姆和那个女孩必须如尊贵的嘉宾般受到招待。尤其是那个女孩。"

阿尼巴·扎瓦拉曾经协助武库布·卡姆,监督了铁拉布兰卡的建筑施工,也监督了那把砍去胡·卡姆脑袋的斧子的制造工作。但这一点并不代表当他不遵从命令时,神仍会友善待他。

"卡西奥佩娅?"马丁嘲笑道。

"管好你的舌头。我提问你再说话。"

武库布·卡姆的双眼是在炉底放置多年的灰烬的颜色,早已失去了所有的温度。要是马丁更当心一点,那在开口之前他可能就会发现这一点,但他实在不是个会留意细节的男人。而现在,这双眼睛变得更加冷酷,马丁紧紧地闭上了嘴巴。

"你的表妹将会如同你最好的朋友,你们得向她献上美味佳肴和各种礼物。你要和蔼地与她说话,设法让她再一次地看到,若是站在我这边,一切都会简单许多。现在你明白了吗,小子?"

"是的。"马丁说。

玉影之神

"确保你所说的进步成真。"武库布·卡姆将视线转向阿尼巴，说道。

他甚至懒得下令让他们离开。两个男人鞠躬后，自动退下，主宰不耐烦的情绪让他俩逃得仿佛受惊的秃鹫。

武库布·卡姆站在湖边，权衡着那些让他忧虑的事，现在又只剩下他独自在此了。他突然意识到，他已找到了自己计划之中纠结的转折点：卡西奥佩娅·滕。

她是这一切麻烦的种子，首先，是她打开了那只箱子。尽管如此，此前武库布·卡姆一直将她视作这场较量中微不足道的棋子——总得有人打开那箱子，于他而言，是谁，在什么时候打开，根本无关紧要。

但武库布·卡姆开始担心起这个凡人真正的价值。

象征意义于术士和诸神而言，都很重要，武库布·卡姆本该在此之前就认出这个独特的象征。卡西奥佩娅就像丛林中的某种色彩艳丽的小蛙，比人们第一眼看到它时以为的更危险。

毕竟，她是个处女，而这个象征本身就具备力量。

很久以前，有两个凡人在球赛中向希泊巴诸主发起挑战，被砍了头。他们的身体埋葬在希泊巴的球场下，但其中一人的脑袋安置在一棵树上。有个处女靠近了那棵树，当她向上抬手时，那死人的脑袋往她的手心里吐了口唾沫。以这种魔法的方式，她受孕后生下双子英雄，而后者回来替他们死去的父亲复仇，最终成功地复活了他。

尽管凡人在叙述这个故事的时候做了改动——传说的结尾是希泊巴之主被击败了，而事实上诸神继续存在——但在这则神话之中仍留有少许事实。重要的不在于故事的准确性，而在于其中的力量。符号。隐藏的含义。女人，死而复生，重新取回某种失落之物。容器，通过它便能让一切获得新生的导体。

而那个女孩，她出现了，陪伴在胡·卡姆身边，她可能什么都不是，不过是个普通的女孩，有着普通的想法，还有一切会死亡的事物的虚弱血肉。但她也可能是某种完全不同的存在。到底该如何辨别，毫无线索可言。空气中有魔法的气息，混沌与命运舞动，武库布·卡姆在不满之中变得更加灰暗，不知该如何去除这落入他眼睛里的一点砂子，因此而怒气冲冲。

那个女孩。

要是武库布·卡姆能杀了卡西奥佩娅，毫无疑问他一定会这么干。但她的人类身躯受到一位神的力量庇护，他做不到这一点。

他想过贿赂这个女孩。所以他才会派马丁去墨西哥城找她，希望他能说服她站到自己这一边。他可以向她提供四海的宝藏，一串串的珍珠和大地的宝石，诸如此类能够愚弄男人的承诺。也或者，给些魔法上的奖励，让她能使用降灵的咒语，命令死者说话。也可以是权力，统治整座城市，整一片海岸线——他甚至可以遵守他的承诺。

武库布·卡姆可以尝试以这种方式来动摇她，但他觉得她可能会拒绝。

若是如此，那又该怎么办。

那一天，武库布·卡姆的猫头鹰曾给他带来过一个有趣的小道消息。那只猫头鹰曾用一只白色贝壳捕获了胡·卡姆的大笑声。而这一次，它带来了两枚贝壳。在一只黑色的蜗牛壳里，整齐地塞着卡西奥佩娅的叹息。它很精致，仿佛夜行的蝴蝶。也很

玉影之神

漂亮。在深红与蓝色的条纹中，它描绘出了最精美的心痛画面。

武库布·卡姆多少能够将发出这声叹息的女人的想法重现。他做不到全知，但他能得出结论，这些结论总是敏锐而精确，毕竟他是守日者，习惯于从最细小的叶片和路上的鹅卵石中梳理出故事。

也正因此，按他推测，卡西奥佩娅·滕不会受到珍宝箱子或权力的盛宴吸引，却迷恋他的兄长。胡·卡姆才是她渴望的奖励。

武库布·卡姆明白自己必须利用这个弱点，但在此之前，他还没有完全决定该如何做到。而现在，不管怎么说，当他对着湖水沉思，他的想法也逐渐成形。

如果她想要的是胡·卡姆，他也可以勉为其难地将胡·卡姆赐予她。真的，他们指望不了其他方法能在一起，因为若不如此，那像这样的事会立刻招致厄运。

至于胡·卡姆？假如事先让他意识到有这么一个阴谋，他又是否真会反对？

不过，对了，还有第二只贝壳的问题。这只贝壳是黄色的。在其中藏着另一声叹息。吐出这声叹息之人的想法，武库布·卡姆没法像在处理卡西奥佩娅的情况时那么完整地重现：这是胡·卡姆的叹息，他那不朽的希泊巴精华包裹住了他的真实想法和欲望。不过，武库布·卡姆依然能从中见到足够多的凡人元素，也正因此，虽然有些犹豫，它依然描绘出了另一种画面。它的结构不那么精美，也不像卡西奥佩娅的叹息那么明亮，而是如同一幅未完成的雕刻般粗糙。这声叹息勾画出了一个男人的身形。

折磨着胡·卡姆的是凡人必死的本质，武库布·卡姆原本觉得，这一点将会引发一场竞争和最终的斩首局面。而现在，他瞥见了另一条道路，更柔和，也不那么麻烦。道路总会向左或向右分叉，只要能让武库布·卡姆获得王冠，它究竟通往何方又有什么关系？

而胡·卡姆的叹息让一件事变得明确。亦即是，让人难以置信的，不朽给他带来了苦恼，折磨着他，而他则在奋力与之抗争。

曾有神为了一个女人而放弃自己的永生吗？没有。不能指望任何不朽的存在做出这种愚蠢的行为。但凡人却常常屈从于一时的多愁善感。胡·卡姆现在除了半个傻子之外，还剩下什么？他的声音年轻，他的眼中几乎没有任何阴影。他叹息，他渴望，而在那渴望之中，存在着可供利用的虚弱之处。

他们两人都不过是无害的血肉组成的愚蠢木偶。

武库布·卡姆将贝壳扔入湖水之中。它们激起涟漪，但在这湖水中，他看不到未来，他也没打算这么做。扔贝壳的动作不过是针对密谋反对他的混沌而做出的蔑视表现。

"这是我的王国，只属于我，也将由我守护。"他对湖水说。

他那双银色的眼睛和他的微笑仿佛贪婪大海的边缘，武库布·卡姆迅速离去，回到自己的宫殿。

25
CHAPTER TWENTY-FIVE

他们在墨西卡利换了车。铁轨成了更狭窄的轨道,他们换乘更小的火车,它一路痛苦颠簸,最终抵达提华纳。这儿热得可怕:人们因此将提华纳南方的道路称为"通往地狱之路"。

甚至充作火车"车站"的刷白棚屋提供的阴凉,也不足以给人安慰,这座棚屋里只有几张长椅,其他设施几乎什么也没有。胡·卡姆和卡西奥佩娅边用帽子给自己扇风,边凝望这座边境小镇。

禁酒令曾给提华纳带来不少好处。这座城市的主动脉革命大道上满是旅馆和向游客兜售旅游纪念品的商店。这儿有一排排小饭馆,其中不少直接以英语做广告标牌。小贩们挨家挨户地上门推销,想诱骗新来的人购买他们的商品。在一个街角,有个男人带着一匹被刷成斑马的驴子,只要付一点点钱,孩子们便能骑在它背上合影留念。

最近几年,各色沙龙的数量成倍增长。赌博俱乐部也如雨后春笋般冒出:蒙特卡罗,蒂沃里酒吧,海外俱乐部。一些邋遢的商店里混有别的服务,它们向游客承诺说可以一瞥"旧日的墨西哥",这种虚假的造物比任何好莱坞电影都更浪漫。但游客又知道什么?美国人纷纷跨过国境线,涌入墨西哥,准备给他们自己建造一片新的游乐场,痛饮他们在洛杉矶、圣迭戈和旧金山不能喝的烈酒。节制女神不住在这儿。世界上最长的酒吧就在提华纳,在这儿的酒吧里喝一杯啤酒,只要十五美分。甚至连远在纽约的人都会谈起日落酒店这样的赌场,在这儿你可以靠打法罗牌和蒙特牌赚上或输掉一大笔钱。还有音乐,舞者,甚至还有会从帽子里拉出兔子来的魔术师。

所有人都来到提华纳,挤满了卡莱克西科和圣伊西罗相交的十字路口。格洛莉亚·斯旺森、巴斯特·基顿、查理·卓别林,都来这儿冒过险。自远东而来的富人身穿花呢外套，拘谨庄重，却会在舞厅地板上彻底放纵。热爱爵士乐、打扮狂野的人在镇上穿行。罪犯、妓女、酒贩，和菁英之辈混杂一处，抽烟，推杯换盏，共饮龙舌兰酒，到处猛砸美钞。

卡西奥佩娅和胡·卡姆在这片享乐主义的避难所中穿行，进入一家旅馆，接待告诉他们说，他们得雇人开汽车，才能抵达铁拉布兰卡。

"那儿有这个国家最他妈好的旅馆和赌场。你们沿着海滩走，到罗萨里托，"接待告诉他们，"明天早上那儿会有车愿意载你们去的，不过晚上就没几辆车了。"

此时已是夜间，而且在艾尔帕索的冒险让他俩都很累——不过，不知道什么原因，每天的这个点卡西奥佩娅总是很累——胡·卡姆便在这家旅馆里订了两个房间。接待向他们保证，第二天一早他就会替他们叫辆车来。

卡西奥佩娅一点时间也没浪费，立刻换上睡袍，倒在床上。房间很狭窄，不怎么通气。而且枕头也太多了，她把它们都推到地上。

前几天的夜里，她都避开了希泊巴，但现在，噩梦回来了。她看到了漆黑之路，看到了长满怪异植物的灰色风景。卡西奥佩娅觉得自己不是孤身一人，翅膀拍打的声音提醒她，空中有某种奇怪的存在。她再次来到一座微微发光的纯蓝湖泊旁，她的手腕又涌出鲜血。鲜血淌下她的身体，皮肤从她的骨头上剥落，露出微微颤动的血肉，鸟儿用强力的喙猛啄她，撕下一块块肉。它们彻底啄干净了她的骨头，随后这些骨头便被放置在黑曜石王座之下，武库布·卡姆则坐在王座上，他的头颈上戴着一条人类骷髅头串成的项链。

她尖叫着醒过来。他们订的两个房间彼此连通，胡·卡姆一定听到了，因此才会冲进屋里，像是受到了惊吓。一开始卡西奥佩娅什么也没说。她羞愧极了。她把他吵醒了，而他似乎完全不知道是该开口，还是该立刻离开。

"怎么了？"

"我死了。"她对他说，嘴唇微微颤抖，不过她其实想说"我做了个梦，我会继续好好睡觉的"，尽管这梦一直跟着她，而房间则静得怪异，阴影也显得太暗了。地板上的枕头可能曾经是头准备袭击的野兽，还有墙纸，那是远方丛林中的植物。

"我刚才在希泊巴。"

这个名字，如此轻柔，好像昆虫的翅膀，而胡·卡姆的脸却在听到它时变得紧张、犹豫。卡西奥佩娅把被单踢开，站起身，说话时声音嘶哑。

"那儿发生了什么？"

她摇了摇头。"有血，我的血。道路随之变为深红。我不想再说了，你告诉过我，有些事我们不该宣之于口。"

她擦了擦她正隐隐作痛的左手，低头看向地板，小心地避开了角落里那些过深的阴影，它们形似黑色的幽灵。她知道，如果她盯着它们，它们便可能移动，朝她咧嘴发笑。它们是死者在黑暗中的记忆，是在做梦的死者，但它们那梦的特质毫无虚假。

"又疼了？"他问。

"对，"她说。不止是手，她的头，她的身体，疼痛像是潮水，一阵阵向她涌来。她的手臂和大腿仿佛插了别针和缝衣针，她的嘴里有股酸味。疼痛来来去去，始终没有尽头。

胡·卡姆伸出手，握住卡西奥佩娅的手。疼痛消散，他松开了她。卡西奥佩娅抬头看他。"我很抱歉让你产生了这种不舒服的感觉，无论是你身体上的疼痛，还是凝视希泊巴给你带来的精神上的伤痛，"胡·卡姆说，"我知道，对于凡人来说，注视我那尘与烟的王国绝非易事。"

"'昨日是梦，明日是尘土，往昔无所留，往后不过无常烟雾'。"卡西奥佩娅回答道。

这是个不假思索的反应。她渴望安抚自己，于是便让思绪游走，寻找某些熟悉的事物，最后找到的，正是那记录了戈维多的十四行诗的旧书。一个不怎么样的选择，但匆匆之下也只能如此。

"漂亮的字词，"他说，"它们是什么意思？"

"这是首诗，我爸的一本书里记着的。它的标题是'他说生命必然短暂，充满未知与苦痛，终究得经受死亡'。我根本不在意生命是否短暂，除非……"

"除非什么？"胡·卡姆逼问道，但她没有说话。

"你会笑话我的。"

"我没怎么笑话过你。"

通常来说，她一个字也不会说给他听，其他人也不行，但恐惧如同蜘蛛网一般缠住了她，她想将它们抖落，在这个过程中，她忘记了自己该为说话如此直白而羞愧。她说的都是些胡话，没错。但归根结底，她真的在乎吗？她不是已经对他说过许多这样的话了？

"我想跳舞。跳那些我们在乌库米尔没法跳的舞。我的母亲，她说她那会儿能跳个华尔兹就很不错了，而如今，她听说现在的人跳的舞都太快了。但我就想跳快舞。"

她不知道该从何说起,也没法想象人们到底是怎么跳查尔斯顿的,不过人们总会窃窃私语,甚至在像乌库米尔这样的小镇上,人们也会谈起舞蹈和舞鞋,说女孩子们穿的裙子。这已足够将这个念头种在她的意识里,让它扎根。

"除此之外呢?"

"夜里游泳,在太平洋里游。尝尝海水的味道,尝尝咸味。看看它的滋味与尤卡坦半岛的水是否有所不同。"

他听后笑了起来。

"你说过你不会嘲笑我的!"她责骂道。

她说话时,城市的声音回来了。汽车喇叭遥远而刺耳的音符在夜晚炸响,步行者的笑声溅落在他们的窗上,这个房间也变得普通:喷过漆的床头板看起来很平滑,地上的枕头不过是一团白色的棉花,墙纸上也只有菱形的花纹。卡西奥佩娅和胡·卡姆也变得普通了,他们正坐在任何一个春天的夜里都会有的半明半昧之中。无论曾有怎样怪异的阴影爬到他们的身边,他们都已经将它吓跑了。

"我不是出于恶意才笑的。我说了,我喜欢你的白日梦。你听好了,等这事结束,我会给你许多礼物,让你可以去跳舞,去游泳,就像你希望的那样。"他说着用手做了个动作,往地板上扔出几百颗黑色的珍珠,它们滚到了床和椅子底下。

她捡起其中一颗,它在她的手指尖化为虚无,那不过是一道幻影,就像他曾经制造过的其他幻象一样。而现在,轮到卡西奥佩娅"咯咯"而笑了。

"它们不是真的。你给我的是假珍珠。这就好像给了我一块蛋糕又把它拿走。"

"就是消遣罢了,目前为止暂时是。但我会给你回报的,等这一切都结束。"

"等这一切都结束。"她重复道,但她没法控制自己说话时不带上一点犹豫。

漆黑之路,还有她双手上的鲜血,都已经不见了,但还存在于记忆之中。她的手很疼,手里的骨片则属于死神,她知道自己微不足道,即将死去。

"我不会对你说谎,"他说,"我也不知道在铁拉布兰卡等着我们的是什么。我的弟弟是个谎话精,也是个叛徒,如果他能将我的头颅砍下一次,那毫无疑问,他还会再做出这样的尝试。你得勇敢,而且你可能还得更勇敢一些。"

"我不会现在止步不前的,我们几乎都已经要到那里了,"她回答道,她不希望胡·卡姆觉得她在此刻产生了犹豫,"等事情过去,等你成为神,我们就可以嘲笑我们经历过的所有磨难。或许人们甚至会讲述我们的故事,就像他们讲双子英雄的传说一样。"

她微微一笑。卡西奥佩娅本以为这话能让他安心,谁知胡·卡姆却紧张起来,转开了视线。刚才吓坏了的人是她,而现在,轮到他看起来很焦虑了。她觉察到了他的恐惧,它似乎抓挠着她的皮肤,但那是另一种不同的恐惧。她害怕死亡、希泊巴和她手里的骨片。胡·卡姆害怕的却是别的东西。

"听我说,今天晚上已经不剩多少时间了。一切很快都会改变,"胡·卡姆说得急切,仿佛有人正在追赶他。像是要强调这句话,他开始踱步,来回走动。"明天我可能就会成为另一个人。

六个小时以后，十六个小时，也或许明天还不行，可能得六十个小时，但没关系，要不了多久。我会以完全不同的目光注视你。而现在，我和你说话的时候，你必须信任我，好吗？"

他说个不停，完全不给卡西奥佩娅开口的机会，他的话显得十分急迫。

"我会制造幻象。这是我的天赋。但这不是幻象。这一刻，与你在一起的我到底是谁。你明白吗？我没法说得更清楚了。记得这样的我，假如你真的选择要记住我。"

"你会忘了我。"她说。在这一刻，他想要表达的事已经显而易见，那就是神的记忆并不可靠，而他最终站定不动。

"不，不是忘记……但会记住的人不再是我，而我不会……这儿有心，在这具身体里，"他说着，单手按在胸膛上，"但这不是我的身体，卡西奥佩娅。它不过是我在这一刻穿戴的外套，而这一刻即将结束。等到那时候……"

"你会像个陌生人一样对待我。"她总结道，她的心，这麻烦的东西，开始隐隐作痛。

"是的。"

"也就没有什么'以后'可言了。"她轻声说道。

这不公平。但故事总是不会说到"结局以后"的，不是吗？不过是幕布落下。不管怎么说，她也不在童话里。"以后"又能怎么样？他，从死者的土地上给她寄张明信片？他俩就此成为笔友？可能到了最后，会发生的事也不过就是她搭上便车回镇子，每天给她外祖父的房子擦地板，完全看不到她所有努力的成效。回到棋盘的起始格上。这还得是她在接下来的几个小时里没有倒下了结生命，没有被秃鹫撕烂血肉才能拥有的结果。

玉影之神

"你会获得属于你的黑珍珠。你心中最渴望的那些东西。"他说得慷慨，而她仅此一次地，蔑视他的彬彬有礼。他还不如什么都不提。

卡西奥佩娅嘲笑了他的话。她从未渴望过珍珠。他不了解她，她想。他一点儿也不了解她。

26
CHAPTER TWENTY-SIX

她醒来时疼痛深入骨髓，心里满是悲伤，甚至让她觉得没法从床上起来。外面的世界似乎静默灰暗，这一点她倒是觉得挺合适。她这辈子不正是从出生起便笼罩在灰暗之中吗？在过去的几天里，她经历的五光十色本就超乎她的寻常。

镜子里呈现出了一个病恹恹的女孩的脸，眼睛几乎都睁不开。

一个正在死去的女孩，卡西奥佩娅想。她检视左手，想找到骨片刺入的位置。

此时浴室门上传来敲门声。胡·卡姆说了些马上就该上路了的话。

卡西奥佩娅扬起下巴，穿上一件短袖的黄裙，这裙子的腰部装饰有一朵小花。

当他们踏出旅馆，马丁已在等着了。卡西奥佩娅惊得差点丢掉了手提箱。胡·卡姆则似乎并未受到她表兄突然出现的干扰，后者就靠在一辆时髦的黑色汽车旁。在马丁身旁，还站着一位身着白色制服的司机。

"早上好。我们奉命来接你们。武库布·卡姆主人想与你们谈话。"马丁说着，折起他刚才在读的报纸。

"他可真和蔼，"胡·卡姆答道，"我们可以自己去。"

"不用。请进。"

司机替他们打开了车门。

"我们该上车吗？"卡西奥佩娅抓着胡·卡姆的臂弯，问道。

"是不是自己去没什么差别。"他回答。

他俩坐进汽车后座，马丁坐上了副驾。他们没有交谈。汽车隆隆开出城市，一路向南，卡西奥佩娅的表哥用报纸给自己扇风。即使此刻还早，天气已经很炎热了。

太阳漂白了他们周遭的土地，滤去了卡西奥佩娅的生命力，她只能懒洋洋地躺在汽车后座，时不时用手扒梳头发。

这一刻她极为疲劳，也不愿去想这意味着什么。她设法让自己不去关注抵在车窗上、正抽痛不已的手。

在他们的视野中，出现了一座白色的建筑，它的周围环绕着违背了沙漠酷热的葱郁植被，还有两排棕榈树通往前门的阶梯。假如她曾见过，便会知道这是一片绿洲。卡西奥佩娅的双目像是再看不见任何东西，是这座建筑的净白让她变成了这样。

这是精确而高大的建筑结构。他俩已住过一些很不错的奢华旅馆，但这一座却超越了奢华。它似乎……它似乎几近于神殿，就像一座形似古代尤卡坦神庙的王宫，虽然其中没有任何全然模仿她所熟悉的那些玛雅建筑的元素。不是完全照搬。这种相似感源于这座三层建筑粗犷的线条和雪白的墙壁，它们让她联想到了石灰岩，想到了盐。当汽车在前门入口处停下，她也看清了装饰在它外表面的雕刻。鱼，海星，海龟，海洋植物。门房替他们打开了双开的大门，这扇门以金属制成，上有睡莲的格纹。

大堂的装饰也有类似的海洋主题。天花板极高，仿佛在此间行走的应该是巨人，而不是人类。地板有着蓝白相间的地砖，枝形吊灯，家具的线条，前台后悬挂的油画，各处都可以看出明显的装饰艺术风格特色。她注意到，电梯两侧摆放着以抽象表现的石质凯门鳄。许多及地大镜子扩展了大厅的视觉空间，复制了入口，更放大了它，还有些奶蓝色的窗子，它们改变了流泻入室内的光的色彩，让他们感觉像是置身于水洞底部，仰望天空。

大厅里还有壁画，墙面则涂以灿烂的蓝色，这种颜色名为玛雅蓝，是你能见到的最蓝的蓝色。墙上出现了满是海洋生物的大洋，植物与动物则以鲜艳的红和热烈的黄来表现，画面的边缘以几何图形为装饰。在他们头顶，天花板以金色与银色组成，表示土地和水的象形字符一遍又一遍地重复。

感觉像是跌跌撞撞地闯入了另一个世界，此处展示的各种物品的纹理——包括石材、玻璃和木材——混合在一起，最终的成果是如此沉重，让你不可能不停下脚步，呆滞惊叹。

"过来，"马丁说道，"不用登记入住，都安排好了。"

"安排好什么了？"卡西奥佩娅终于重获说话的能力，问道。

"你们在这儿逗留的事。"

他们走入电梯，一切都是闪闪发亮的金属，象形文字也在此处出现，他们来到三楼。门房一直跟着他们，替他们拿了行李。当他们来到一条走廊的尽头，马丁打开房门，示意他们进去。

他们站在一道玄关内，可以看到黄色的沙发和蓝色的墙。屋子正中央摆着一张桌子，桌上有百合花。玄关两侧各通往一道门。马丁打开了其中之一，接着又将另一扇门也打开。

"你们的房间。"他说。

卡西奥佩娅犹犹豫豫地步入其中一间卧室。黄与蓝的主题色也在这儿占据了主导。窗户很宽，通往一座阳台。如果她站在阳台上，应该可以闻到大海的味道，闻到咸味。他们来到了这么远的地方！在这一刻前，她都没有意识到他们这趟旅程有多远，他们穿过了那么多个州，在他们的车窗外经过了那么多个城市，这才来到海边的这个地点。

此时此刻，她感受到了快乐。这是她梦想中的事情之一。一片大洋向她展开。这是那收在旧饼干罐头里的明信片，是她深埋心底,让她无法呼吸的情绪。她走出去,来到阳台,用双手抓住护栏。从她站的地方,也能听到他们谈话的声音。

"今晚八点,你们要与扎瓦拉共餐,"马丁说,"他请你们在楼下的商店里购买所需的服装。扎瓦拉会在大舞厅用餐。只穿旅行套装和普通的裙子不符合着装的要求。"

"很好。那么我的弟弟,晚餐时,他会屈尊与我们见面吗?"胡·卡姆问道。

"我不知道。八点我会来接你们。不管是什么,你们都可以按铃索要。"马丁说着便离开了。

卡西奥佩娅转过身,走回房间,靠在阳台门上,望着胡·卡姆。他四处走动,仰望天花板,检视窗户和所有华丽的装饰,双手一直背在身后。他面带微笑。

"武库布·卡姆正忙着准备他那聪明的游戏。非常,非常聪明,我的弟弟。"

"我不明白。"

胡·卡姆继续检视,此刻他将双手放在墙上,用指甲挖了挖那蓝色的涂料。卡西奥佩娅能看到的就只有奢华的房间和它那复杂精致的装饰,但显然,他在这些布置上发现了某些非同寻常之处。"我告诉过你苏勒的事,还记得吗?武库布·卡姆想将两个具有力量的地点连接在一起。看看这个地方。看看这些象形文字,它的形状,每一面墙,每一个角度,它们都在以魔法歌唱。这不是一家普通的旅馆。"

卡西奥佩娅抬起头,盯着天花板和墙面上的装饰主题。它让她联想到历史书上的一些画面,在丛林深处的神庙或散布在她成长的半岛上那废墟中的壁画。"这是个没有建造成的金字塔。"她试探着说。

"完全正确。"胡·卡姆看起来很愉快,尽管她不怎么确定,他为什么会这么高兴。

"你说过他还未能将两个具有魔法的地点连接在一起。"

"对,他还没有成功。这个地方具备了可能性,它是沉睡的野兽,是还未启动的引擎。"

在她的梦里,出现过一张黑曜石的王座,坐在上面的是希泊巴之主。而现在,她回想起了更多细节:堆得如房屋那么高的白骨山遍布大地,人类的颅骨堆成墙壁,鲜血流淌过土地。是的,她瞥见了一些现在还不存在的事,但它们很有可能发生。

"为什么它还没有启动?"她问。

"这不是显而易见的事吗?"胡·卡姆说道,"在这儿的某处,必然有个停尸的房间。他打算杀了我,统治这整片大地,我的鲜血势必会成为最后一块基石。是的,我能感觉到它。"

"那你为什么不害怕?"

他的微笑更浓,仿佛她说了个特别好笑的笑话。"因为,卡西奥佩娅·滕,他还没杀死我,不是吗?"

"但他有可能冲进那道门来和你战斗。"她手指着门的方向,说道。这事其实不太可能,但完全不考虑这种可能性也没有道理。

"诸神不会拿盾与剑彼此交战。这不体面。"

"他切下过你的脑袋。"

"我知道。等我解决了他,我会把这地方夷平,一点一点地,都扔进海里,他所做的一切一丁点儿也不会留下。那将多么光荣。让他享受在一个外有雕刻的盒子里待上几个世纪的快乐时光,他那哭喊时的悲惨,还得再加上眼睁睁地看着他的创造物化为齑粉的痛苦。"

"所以,这就是你的计划。你打算一点不差地以牙还牙,"他的话刺耳得让她吃了一惊,"很难说这么做是对的。"

"我的计划一直都是这样。"

卡西奥佩娅退了几步,远离了胡·卡姆,擦了擦左臂。疼痛已经蔓延到手腕,这是一种持续不断、贯穿全身的钝痛,但在她的手部痛得尤其厉害。"那么说,诸神不会以剑交战,却会像人类一样琐碎小气。"她自言自语道。

"别责备我。我等这复仇等得太久了,我已打定了主意要好好享受它。"

"这残酷得毫无必要。"

"那你是觉得我该找把尺子来,敲敲他的手指?你打算让我怎么做,嗯?"

"我不知道。"她承认道。她甚至都没法想象神明之间的冲突究竟要如何展开,但她之前就不喜欢乌艾·齐瓦遭到斩首的画面,即使后来他又站起来了,形成了一团能与他们交谈的怪异烟灰。她也不想目睹胡·卡姆的弟弟身首异处。

胡·卡姆在一张装饰成亮黄色的椅子上坐下,双臂交抱。他看起来还不到二十岁,不过只是个怒气冲冲的少年。卡西奥佩娅摇摇头,在他对面坐下。

"你从没告诉过我他到底是怎样的神,在你们交恶之前,他是什么样子。"她也没有问过这个问题。很可能她希望将胡·卡姆想象成一个独一无二的存在,没有其他人与他一样,不过这显然不符合逻辑,他有兄弟就证明了这个概念是错误的。

"什么?"

"你和你弟弟总不能始终彼此仇恨。"

他皱起眉。"我俩是同一件事的不同实质。月亮不可能轻视群星,我们也不可能一直处于仇恨的状态。"

她看着胡·卡姆,发现自己想到的是她自己的家庭,想到的是马丁。马丁对她怀抱的始终只有仇恨吗?她又是否真的恨他?在尤卡坦半岛时她曾经觉得如此炽烈的愤怒,在旅行的过程中已渐渐冷却。

"我的弟弟想要的不止如此,"胡·卡姆说道,"静滞存在于永恒之中,但他没有……我是我俩中更年长的,是夜晚的统治者。他会质疑我,会在不该开口的时候说话,也没有展现出恰当的顺从。忿恨的情绪,它一直存在。但这与仇恨不同。"

"你们没有好好谈过?"

胡·卡姆嘲弄地"哼"了一声,而她又想起马丁。马丁想要的不就是这样吗?要卡西奥佩娅展现出恰当的顺从,要她保持安静?在尤卡坦半岛的时候,她的忿恨不正是郁结壮大,啃噬她的心?她惊讶地意识到,她与武库布·卡姆之间的相似之处,比她与他的兄长更多。

"怎么了?"胡·卡姆皱眉问道。

她抬起头,看着他,她想,是他将她从那一切中拉了出来。当然,他不是有意为之,但他确实给了她所需要的,让她远离乌库米尔,远离马丁和所有人。但武库布·卡姆却打算永远住在希泊巴,留在他的兄长身边,被他那沉静的怒火包裹。

"或许,对他来说,这很痛苦,"卡西奥佩娅说道,"看着你说出盖棺论定的话,必须按照你的每一个命令行事。"

玉影之神

"你是说,他对我做出这些事是对的?"胡·卡姆在说话间从椅子上站了起来,用手指着自己的脸,那只眼罩藏起了他空空的眼窝。

她也模仿他站了起来。"当然是错的。但我觉得你们曾经都很残酷。现在的你并非过去的你的镜像。"

"期待坟墓里能有美好的人都是傻子。"他表示道。

"不是美好。但是……我不知道,可能是友善。这说来奇怪,或许是因为我正在逐步走向死亡,所以不希望其他人也死了。我想所有人都能活下来。"

这是真话。她能听到屋外海鸥的动静,浪涛拍打在岩石上的声音,透过窗户流泻入室内的阳光也比从前更为明亮。是她对那张旧明信片的记忆,是那种孩提时的欢欣,让她快乐,让她恢复活力,她的脸不再黯淡,也不再灰暗。

胡·卡姆以冰一般冷酷的面容看着她。他没有允诺她任何事,但他的表情慢慢柔和,与她一同发生了变化。

"我告诉过你,你说出口的词语具有力量,但你似乎没有理解我的意思,对吧?"

卡西奥佩娅慢慢摇了摇头。他就在那儿,与她如此之近,她甚至可能可以将手指抵在他的胸口。他会靠近她吗,是他靠近了她吗,还是她填上了他俩之间的空隙?

"我俩在一起的时候,我是另一个人……我会想变得更和善。"胡·卡姆说。他说话时有些窘迫,成了某个近乎天真纯洁的人。"我以前很残酷吗?我曾经是神,你完全可以去问河流,它在河道上流淌时是否温和,或是去问冰雹,落下时是否会伤害大地。有时,我几乎都想不起来这些事了。"

他没有说谎，看着他的脸时，没有人能说这是一张曾经在地底度过悠久岁月的造物的脸。看着他的脸，任何人都会想，这个困惑的傻瓜到底是谁？而后便会走开。甚至他的美也变得温和，不再是她第一次见到他时那种令她痛彻心扉的英俊，而是年轻男子常有的端正长相，在许多城市的许多街道上，你都能见到这一类年轻人。

"这就是你施展的魔法，你看到了吗？"胡·卡姆对她说，声音低沉。

胡·卡姆说话时没有看着她。从他的表情上，她可以猜到，他正在看的是希泊巴。是他记忆中的希泊巴，那阴影的国度在他的脑海中熠熠生辉，无法拒绝。

它诱惑着他。它就是他。

将她的手贴在他的胸口也没有用。

"我的弟弟，他会设法给我们下圈套，"胡·卡姆改变了语气，说道，"他会利用我们的弱点。我们绝不能让他赢。别相信他承诺的任何事——他是个小偷，是个欺诈师，是个谎言家。不管他说了什么威胁或奉承的话，你都要站在我这一边。"

卡西奥佩娅感受到了左手中的骨片，后退远离了他，点了点头。

27
CHAPTER TWENTY-SEVEN

你所向往的一切便利设施在铁拉布兰卡都能找到。这儿有一家发廊,一家洗浴中心,一个游泳池,还有众多商店,提供皮草大衣、香水和古龙水、烟斗、玻璃制品、衣服、杂志,满足富有之人及其随从的各种享受需求。人们可以花费大量财富购买正宗的日本和服、法国丝绸、花呢外套和刺绣衬衫。这儿的理念是顾客永远都不该缺少任何东西,永远都不必离开这儿的建筑群,整个世界自会前来铁拉布兰卡。

马丁从未接触过这种层级的奢华和宏伟的品位,因此,当他在外等着卡西奥佩娅从服装店里出来时,只觉得浑身僵硬,很不舒服。她带着两个袋子出来,他松了一口气。

"我来帮你拿。"他说着伸出手。

卡西奥佩娅没有同意,反而定住了动作,警惕地看着他。"你在干吗?"

"你是打算回自己的房间吗?"

"我要去理发,"她说,"这跟你有什么关系?"

"我想和你说句话。求你了。"

她似乎不怎么乐意,不过还是点了点头,他俩迅速来到商店入口的一侧。

"现在怎么说?"她问。

"我这儿有份给你的电报,可以吗?你先读一下。"他说着,将电报拿了起来。

卡西奥佩娅接过那张纸,展开了它。是她母亲的信件。卡西奥佩娅皱起眉头。

"你把她拉进这件事情里来?"她读完后问道。

"没有。我给祖父拍了电报,告诉他我现在的情况,是她自

玉影之神

己也想发份电报过来。她很担心你。她知道的是,你和一个男人私奔了,祖父派我来找你。"

"你是打算这样来让我内疚?"

电报确实是个意外事件,就像他对卡西奥佩娅说的那样,但马丁觉得,它可能可以帮助他。面对卡西奥佩娅的质问,他耸了耸肩,但他心里明白,电报确实造成了他希望的效果。卡西奥佩娅看起来很慌乱。

"如果你早点内疚,在墨西哥城就已经听我的话了。"

"没错。抱歉,我不想再和你多说下去了。"

"放松点。我只是把电报给你而已。你难道希望我直接把它扔掉吗?"

卡西奥佩娅扭着手中袋子的提手,没有开口。

"武库布·卡姆在墨西哥城时就想和你谈谈,没错,如果你那时就和他谈了,那也省得我再跑这一趟。不过,你现在又有了另一个机会,"马丁说着,举起一只手,"在说你什么也不想听之前先等一等,因为我接下来要说的话对我俩都有好处,好吗?"

"说得好像你干过什么对我有好处的事似的。"她反驳道。

"我刚才说的是,我俩。就算你不相信我有好心,至少也得相信我有私心。看,这些神根本一点也不关心我们。我在干的事不过是让我的脑袋留在原位而已。你肯听我接下来的话吗?"

卡西奥佩娅有些犹豫,没什么把握地点了点头。马丁握住了他表妹的手臂,引她沿着走廊前进。他不想一直站在商店边上,在人体模型的阴影中说话。这儿的赌场有网球场和漂亮的花园,如果你沿着一系列台阶向前走,便能来到海边,拥有观海的绝佳视野。马丁沿着一排棕榈树,领着她来到花园里。在这儿看不到仙人掌，迎接他们的是盛开的鲜花和繁茂的植物：它们的目的便是让顾客们遗忘在那一排排修剪整齐的树木后的不远处，残酷无情的沙漠正等待着他们。

"扎瓦拉打算在今晚提议召开一场竞赛。武库布·卡姆希望能在稍晚后与你见面，向你提出另一个条件，一场小小的交易。"他说。在此之前，他思考过这次该如何与她开口，最后决定直截了当，不说些半真半假的话，也不采用欺哄的手段。至少他要尽可能以这样的方式来达到他的目的。

"什么条件？"卡西奥佩娅问。

"我不知道具体的条款，他们不会说，但武库布·卡姆会对你十分慷慨。他……如果你接受他的条件，那最好不过，因为另一个选择，就是我刚才说的第一种情况，不怎么好。"

"为什么不行？"

"那儿有条路，对吧？漆黑之路，在希泊巴的。他们会让我们在那条路上行走。"

"你和我？"

"对。竞赛。"

他们站在一座石喷泉旁，水从喷泉顶上的石蛙嘴里喷涌而出。它让他想到了家，想到了他们家里的庭院，笼子里的鹦鹉。他只想回到乌库米尔。他从未渴望过外面的世界，想要它的人是卡西奥佩娅。

"看，卡西奥佩娅，我不……不管他们计划的狗屁比赛到底是什么，它都快把我吓得尿裤子了。所以要是你这辈子能有一次按照别人跟你说的去做，那么……我是说，你跟着一起到处瞎逛的那个混蛋，他可能不——"

"你在说什么?我一直都在做别人吩咐的事。"她打断他道。

"不,你没有。你每次都得先吵一架才肯去做。"他说。

这倒是实话。她很固执,在她那喃喃说出的"是"之下隐藏着匕首,她的视线总是直视他,又像油一样滑得根本捉不住。就好像此刻,她的嘴抿起来的方式,一个字都没说,就已经完全是一幅反抗的画面了。

"所以你才恨我?"她问。

"这重要吗?"他回答道。

他回想起在某一天下午来到乌库米尔的那个深色皮肤的小女孩,她从一辆轨道车上下来,脑后梳着辫子,身边则是她漂亮的母亲。在那会儿,他的心里没有敌意,只有好奇。她是个穷亲戚,马丁不知该如何与她聊天,不知道和她一起玩是否合适,所以他就只是小心地与她保持距离。在一个春天,这种淡淡的礼貌冷却了。

"你还记得我从学校回来的那一天,就是他们把我从学校里赶出来的那时候?"他对她说,回忆让他的话头变松了,"我去和祖父说话,当然,他在他的房间里,你也在,正在给他读报纸。"

她穿着式样简单的海军蓝裙子,坐在那儿,辫子长及腰部。马丁踏入室内,意识到自己得在她面前自我辩解,这一点更增加了耻辱,他觉得自己悲惨极了,但祖父命令他开口说话,压根就懒得让女孩出去。

"我吓坏了,但我必须得告诉他发生了什么。我以为他会用手杖打我,但他只是叹了口气,转身对你说,'为什么你不能是个男孩?'在那时候,我完全明白他是怎么看我的了。"

"这又不是我的错。"卡西奥佩娅说。

"它就是。问题根本不在于你是否有意为之,我们从那时起就注定了要成为敌人。"

现在的卡西奥佩娅,头发剪得那么短,还穿着一条亮黄色的裙子,似乎早已不是椅子上那个大眼睛的小姑娘,但那个孩子的某一部分依然留存,仍然会为他的奚落而受到伤害。

"我一直想让你成为我的朋友。"她承认道。

"对此我很抱歉。"他对她说,这几乎是他对她说过的最真诚的话,可能也是最友善的一句。不过……如果他能再回想一下,那他会想起曾经有个午后,就在她来到乌库米尔后不久,他俩曾经一起去屋子后面抓虫子。用木棍挖地,玩得指甲缝里都是泥。后来他母亲走出屋外,把他拉进屋里,还说了些难听的话。

穷亲戚。跟他们混在一起没有意义,尤其是这亲戚和女仆也没什么区别。看看她,他的母亲说道,不知道的人完全会以为她是个彻头彻尾的印第安女孩。马丁只能对母亲点点头。

"所以现在……现在我该做什么?在武库布·卡姆面前跪下,就因为你觉得很抱歉?"卡西奥佩娅问,声音尖锐,让他猛地抬起了头。

"因为这么做才是聪明的,好吧?"他回嘴道。

"你甚至都没告诉我武库布·卡姆有什么打算。"

"他们不会告诉我。他们说话模棱两可。这也没什么奇怪的。我长大的这些年里,祖父什么也没跟我说过,希泊巴也好,漆黑之路也好,他一个字都没有提。"

"但你确实知道将会有一场竞赛。"

"反正就是那一类的东西。卡西奥佩娅,我和你都不应该踏上死者的土地。不管他提出的条件是什么,都接受它,好吗?怎么啦，你难道不想回家吗？就算什么都不考虑，也得想想你的母亲吧。"

马丁拍了拍外套，点燃了香烟。这类动作能帮助他建立自信，提醒他自己还活着，见过希泊巴之后，他近来对这一点十分焦虑。观察过恐惧之地之后，没有人能完全没有任何改变。

"我希望不要再有任何麻烦，摆脱这件事，"他对她说，"我想回家。"

这一刻，倒退回去的人成了他，他成了祖父房间里的那个孩子，淌着鼻涕，害怕长辈的怒火，紧捏着衬衫的袖口翻边。做这个动作的时候，他的手指从死神的戒指上滑过，他的身体发生了改变。他扔了烟头。

他发现有个说话声毫无预警地自他的身体响起。他不是听到了它，它只不过是存在于他身体之中，仿佛他是某种乐器，而其他人正在演奏他。一阵寒意在他的血管中奔涌，让他的眼睛亮得如同打磨过的石头。

"胡·卡姆不再需要你的时候，便会将你抛弃在路旁，"马丁说，这不是他自己的声音。它太严肃，太辛辣。这完完全全不是马丁，尽管听起来像他。虽然不知如何做到的，但那是武库布·卡姆。"他给你的将是尘与醋，因为他并不慷慨。你要面对的却是仇敌和磨难，还会被抛下，什么都得不到。"

"我帮助他不是为了获得奖励。"她回答道。

"但这不公平，不是吗？你的家人将会失去他们拥有的一切，而你则将两手空空地回家。假如你能找得到归家之路，假如你经历过这一切之后还能活得下来的话。他所做的一切就只有索取。索取，然后再索取更多，难道不是吗？"

他抬起手指，按在唇上，露出了得意的笑容。"别否认。他索取了你的生命，你的鲜血。那为什么你不能取得某些东西来作为交换？"

她想必已经注意到了他身上的变化，他眼中的闪光。

"武库布·卡姆……他在这儿，是吗？"她轻声说道。

"对，他在。"马丁喃喃道。

卡西奥佩娅四下环顾，像是想找到死者们的主宰，但很显然，武库布·卡姆并未站在任何视线所及之处。马丁低下头，将双手架在卡西奥佩娅的太阳穴上。

一阵灰雾笼罩了他。它污浊了他的视野，充塞着他的大脑。他就在现场，但又好像不在。碰到卡西奥佩娅的时候，灰雾散去了一会儿，他觉得仿佛有一千种色彩在他的眼中起舞。蓝，红，黄，白。在那一刻，在色彩的旋涡之中，他看到卡西奥佩娅死在一座湖畔。接着是另一片同样可怕的景象：一只有着蝙蝠翅膀的怪物撕下了她的脑袋。在这之后，又出现了各式各样的阴惨死状。最后一幕是马丁将一把匕首扎入她的身体侧面。在所有幻象之中，武库布·卡姆都坐在他的黑曜石王座上，眼睛一眨不眨，这些幻象中的他不断叠加，宛如马丁视野边缘的一片阴影。就在那儿。得意洋洋。永远如此。

卡西奥佩娅喘起粗气。马丁知道她也看到了。他还知道，在他们眼前展示的，都是些可能会发生的事。

"开价吧，我会把你想要的授予你。无论你想要的是荣光还是黄金，希泊巴之主都能给你。但别只考虑悬而未决给你带来的好处，停下来多想一想违抗我会给你带来的风险。"

他松开卡西奥佩娅，她踉跄后退了几步。她的眼神幽暗，眼中含着泪水。

"亲吻主人的戒指,你将会成为他喜爱的廷臣。"马丁以那不属于他的嗓音说道。他摊开手,让她看那只戒指。

卡西奥佩娅惊恐地看着他,他们还小的时候,他对她冷酷以待时,她就是这样的表情,马丁不知为何,在这一刻感到了羞愧。羞愧于从前的自己,羞愧于此刻的自己。但话说回来,他已经没有时间来考虑这些事了,因为她摇了摇头。

"不。"她还带着那种孩子气的顽固。

强烈到可怕的疼痛攥住了他,从他脊椎的底部一直蔓延到头顶,他咬紧了牙,面容扭曲。通过他这个中介物,武库布·卡姆只能说上几个字,而当这压倒性的存在离开他时,可怜的马丁瑟瑟发抖。

"马丁?"卡西奥佩娅说。

"他走了。"马丁嗫嚅道。

"你想坐下来吗?"

他俩附近有一张石椅。卡西奥佩娅想扶他过去,但他完全没法移动。他的双腿发软,喉咙里夹着呜咽。"不,不……卡西奥佩娅,我们就不能直接从这儿出去吗?我们就不能直接离开吗?"他乞求她道,"你能带我回家吗?"

这是他最渴望的事。家,没有怪物,没有诸神,也没有旅行。

"唉,马丁。"

卡西奥佩娅将一只手搁在他的肩头。有一会儿,他以为她打算接受,承认他所处的才是正确的一方,并按照武库布·卡姆的命令行事,但随后他便注意到她的同情绝不是柔软虚弱的象征。

"不行。"她说,但这一次她的声音友好多了。

"上帝啊。别这么固执了!"他大吼着一把推开她的手臂,她的温暖比她的拒绝更叫他怒火中烧,"我说的一点没错,你干了蠢事!你永远不会按我说的做!"

卡西奥佩娅后退一步,远离了他,但她似乎并不怎么在意他的怒气。

"我是个男人,"他说着,用大拇指对准自己的胸膛,"我比你年长。我才是那个要成为家族首领的人。而你呢?你觉得你算什么?"

"我一直什么都不是。"

"他会杀了你!"他喊道,"他还有可能把我俩都杀了!这就是你想要的?"

她没有回答。他看着她跑回建筑里,却没有跟上。马丁在喷泉旁坐下,听着那只石蛙汩汩的流水声。他试着让自己相信,卡西奥佩娅是个愚蠢的女孩,假如他俩竞赛,那输的一定是她。他占了先机,见过了希泊巴,也走完了它的路。武库布·卡姆必然会赢得这场竞争,而后马丁就能回家,还能得到王子般的赏赐。他试着算清楚自己能获得多少珠宝和黄金。他试了又试,算得不错,他的双手却还在不住地颤抖。

28
CHAPTER TWENTY-EIGHT

人们告诉他俩,要是没穿着无尾燕尾服和晚礼服裙,就不能进入主宴会厅。这儿的着装规范很严格。因此卡西奥佩娅和胡·卡姆便换上了能入场的服装,蒙铁拉布兰卡的主人之好意,这儿的员工都接到了命令,要以最慎重的态度对待他们。

她穿上了浅奶油色的裙子,它以极薄的雪纺绸制成,上有花朵图案,前襟缀满莱茵石和银珠子。这条晚礼服裙的背部开得极低,是社交场上的交际花和电影明星在给报纸拍照时会穿的那一种。她压根没想过会有人给她拍照,捕捉下这一幕。问题是现在!现在她在镜子前转动身子,看前身点缀的珠子如眨眼的小星星一般闪动。

侍者们给她洗了头,梳了她的短短刘海,又给她的脸颊扫上腮红。与胡·卡姆见面时,她的头发已黑亮如漆,眼睛上则画上了深深的眼影,看起来与任何一位出现在这赌场中的社会名流同样优雅。他看上去也很不错,无尾燕尾服和领结给了他严肃却又吸引人的氛围,她觉得他坐在自己的正殿中时可能就有些像现在这样。仿佛一块宝石,精心切割,打磨至完美。

他似乎很愉快,朝她点了点头,递上手臂让她挽着。

他们踏入宴会厅,不少人朝他们转过了脑袋,带着好奇,想知道他们的身份。从墨西哥城来的电影明星?侍者领着他们穿过餐厅,来到扎瓦拉跟前时,想借婚姻发财的人都暗暗记下了他们的名字。这餐厅很宽,看来似乎得益于大量从地板到天花板高的镀金镜子,每一扇镜子之间都间隔有打开能看到花园的高窗。

一座座巨大的枝形吊灯仿佛树木的枝丫,照亮了这儿的客人,也是他们造型中不可分割的组成部分。地板是橡木的,正适合跳舞,四壁则涂上了让卡西奥佩娅联想到尤卡坦半岛的亮蓝,不过支撑起整个大厅的柱子是全白的，上面雕刻的人像受到了前西班牙时期风格的影响。这儿确确实实是座王宫，而她觉得自己像是首次在这宫廷中亮相的贵妇。

在一个形如贝壳的抬高平台上，有一支乐队在演奏，乐队的成员穿着统一的白色制服。

就在那儿，距乐队不远处，马丁与一名老者坐在一张桌前。老者懒懒地抽着雪茄，看起来倦怠而颓废，对音乐和他周遭的所有人都浑不在意，但他看到他俩时，他起身迎接。马丁也跟着照做了。

这名老者只能是扎瓦拉。他与乌艾·齐瓦之间的相似之处显而易见，这一点让她很不舒服，因为她回想起了后者的死状。卡西奥佩娅坐了下来。一名侍者靠近他们，在高脚玻璃杯中倒入香槟。

"胡·卡姆和卡西奥佩娅·滕。感谢你们，非常感谢你们与我见面。你们的房间还满意吗？"扎瓦拉问，"我真心诚意地希望你们能享受一段美好时光。裙子看起来可真不错，亲爱的孩子。"

扎瓦拉说话时带着一种溺爱的祖父才有的友善，他的声音柔和，但卡西奥佩娅的童年一直在一个残暴的老人身边度过，因此她可以在这术士的身上感受到点点令人不适之处，它们就像是落在外套上的雪茄烟灰。

"谢谢。"她说。

"好东西适合她，对吧，马丁？"扎瓦拉问，不过他没有转头去看她的表哥，而后者，甚至不愿屈尊向她说出一个表示欢迎的字，"您呢？您觉得这地方如何，胡·卡姆？"

"华而不实。"胡·卡姆答道。

"好吧，但我们也没法真的建造一座金字塔，不是吗？这是个现代改良版。"

"你们就是用这个词来称呼它的？"

"力量在这座建筑中流淌，还有更多的力量将会从这每一块瓦和每一面墙中流溢，在这片土地上蔓延，重现希泊巴往日的威仪。至高之主的名字将会出现在每一个人的嘴里，他们会刺穿他们的舌头，将他们的鲜血献给武库布·卡姆。"他说，友善大家长的假面具掀开了，露出的是那位魔法师，祭司。

"只要我还在，就不会发生这样的事。"胡·卡姆说。

"我们走着瞧。"

胡·卡姆拿起高脚杯，抿了一口。卡西奥佩娅也照着做，但喝得太快，她还不习惯香槟的甜腻。马丁紧盯着她，她差点就要道歉了，这是她的旧习惯，但很快她就想起，马丁的反对意见根本不重要。

"行了，我们来是为了听你说你在几十年前就已经说过的疯话的吗？"胡·卡姆放下玻璃杯，问道。

"要是您再明智一点，就会让我帮助您，好好检视一番这座绝妙王宫的设计。但您太顽固了。"扎瓦拉说，此时他又恢复了友善父辈的口吻，像是在斥责桀骜不驯的儿子。但胡·卡姆的表情坚定，不为所动。

"你不过是个自命不凡的术士，就像我弟弟一样容易轻信。说吧，为什么我们会在这儿。"

扎瓦拉用拇指和食指夹着雪茄，盯着他们，咧嘴一笑，亮出一排黄牙。如果你仔细看，会发现他的脸微微有些发黄。据说蒙特霍打算征服尤卡坦那会儿，曾经抓住一些印第安人，把他们扔给他养的狗群，让他们被狗吃掉。扎瓦拉让她想起的就是这样的事。他会吃人。

"我们在这儿，是为了讨论条款。"扎瓦拉说道。

"哦？"

"你总不会期待你的弟弟昂首阔步地踏入这里，然后你就用一把剑把他刺穿吧？诸神之间的冲突一般不会这么了结。至少，这些年来不会再有这种事，尤其是你还处于现在这种状态。你看起来……正在渐渐虚弱。"

胡·卡姆坐着的模样庄严而傲慢。他没有反驳扎瓦拉的话，或许是因为扎瓦拉说得没错，但更有可能是他觉得回应这种挑衅拉低了他的身份。

"至高之主提议举办一场竞赛，这个女孩做你的代理人，这儿的这个年轻男人则代表武库布·卡姆。"扎瓦拉说着，拍了拍马丁的肩膀。她的表哥不怎么喜欢这种身体接触，愁眉苦脸的。

"哪种竞赛？"卡西奥佩娅问。

"在古代，我们或许会让两个凡人拿盾和开刃的武器对峙。也可能会举办一场球赛，输的一方将会在神圣的球场上成为祭品。唉，我觉得这样不太公平，毕竟你俩都不是球员，也不是战士。"

卡西奥佩娅差点笑出声来。马丁能骑马，但也就只是能骑而已。他对运动没有兴趣，他们镇上的其他孩子或许会热切地追着球跑过街道，他却完全不会做这类的事。至少卡西奥佩娅拥有力量，那是从她在家中忙里忙外获得的，不停擦洗地板，扛起塞满水果和蔬菜的箱子进厨房则锻炼了她的肌肉——不过这些天来，她常常感觉疲倦，精疲力竭。

"至高之主提议举行一场更合适的比赛。无论是谁,行走在漆黑之路上,最先抵达希泊巴中心的世界树,便是赢家。简单而优雅。"

这听起来根本不简单,要是没有在梦中见过漆黑之路,她或许已经同意了,但鲜血与死亡的梦让她握紧了摆在膝盖上的双手,指间攥住了一小片裙子的布料。她回忆起之前与表兄见面时的事,想起她在花园中看到的那些幻象。她没法假装那些不过是梦。她感受到了魔法的气息,她见过了那些潜在的可能性。

武库布·卡姆在警告她。或者说,在威胁她。尽管她试图将这一切都贬损为骗局,是恫吓她的荒谬企图,但她依然知道,他说的话和他给她看的幻象中含有部分事实。

"接下来,该说规则了,"扎瓦拉说道,"首先,胡·卡姆的魔法在希泊巴将无法保护你。面对那儿的环境和刀刃锋利的吻时,你将脆弱无依。马丁也是一样。你们无法获得帮助;你们得独自在那条道路上行走,陪在你们身边的就只有一把黑曜石匕首。毕竟,我们是公平的。"

"如果我先抵达了会怎么样?"卡西奥佩娅问。

"武库布·卡姆主人将会在胡·卡姆面前跪下,为自己的不妥协态度而让他砍下自己的脑袋。但如果你输了,亲爱的姑娘,那么掉脑袋的就将会是胡·卡姆,而你会面对极为不愉快的余生,乃至更不愉快的死后生活,被关进剃刀之家里。"

她回忆起双子英雄的传说,还有他们在希泊巴的各个屋子里闯关的旅行。剃刀之家里满是小刀,它们会在空中飞来飞去,切下你的血肉,不过双胞胎给那些小刀献上了动物的尸体。所以,小刀没有切开他们的皮肤。但这不过是个传说,很可能只是说出来让凡人安心的,卡西奥佩娅觉得自己应该得不到缓刑的机会。

"你看起来很沮丧,亲爱的,"扎瓦拉说道,他的友善口吻中带着嘲讽,"你还想要些香槟吗?"

"我很好。"

扎瓦拉无视了她的话,把她的酒杯满上了。她没有碰酒,只是看着她的表哥喝完了自己那一杯,烦躁不安地摆弄餐巾。

"好啦,我们总得打赌自己能赢得游戏,而这场游戏又十分重要,卡西奥佩娅。成为一位神祇的斗士不是什么轻松的任务。现在,你俩不必立刻接受这个提议。武库布·卡姆希望能与你们谈谈。他还有个更宽宏大量的想法。"

"他还有个陷阱想要施展在我们身上,"胡·卡姆回答道,"他的把戏。"

"把戏,把戏,这话说得可真难听。说不定他是想弥补你们的损失呢,嗯?"扎瓦拉说道,"不管他想要的是什么,除非您同意,他都没法直接向您致意,胡·卡姆。因此,您是否愿意与他交谈?如果您同意,他将会来拜访您。"

"说得好像我们能选似的。"

"您确实能做选择。这才是关键。"扎瓦拉说道。

"如果我说不,他又会怎么做?从门缝里把纸条塞进来?"胡·卡姆问,"不管怎么说,我们的旅程即将结束,最终还是得彼此致意。如果他希望,那么他可以露面。"

"此事就这么定了,我会安排下去。回你们的房间里去吧。他会在那儿等你们。"

这些话听起来很简单,也很世俗,但卡西奥佩娅在这时候已经知道,人们说出口的每一句话都可能具备隐秘的魔法含义,在这件事上就是这样的情况。"

扎瓦拉端起酒杯，像是要向他们祝酒，接着朝她微微一笑。"你得知道，亲爱的姑娘，武库布·卡姆可以十分友善。友善到一定程度。但如果你们强人所难……那就得上漆黑之路了。说真心话，告诉我，你害怕死亡吗？"

她转开视线，动作流畅地握住胡·卡姆的手，以离弦之箭一般的迅捷站起身。

"我想我们该跳个舞。"这是跳进她脑海里的第一件事，这个借口能让她不用回答这个问题。

卡西奥佩娅没有再给扎瓦拉一个眼神，领着胡·卡姆来到人们跳舞的地方。当他将一只手摆在她腰上时，她觉得自己没那么自信了。她不知道这首歌该配怎样的舞步，这曲子缓慢而甜美，仿佛糖浆。她想低头看脚，保证他俩的动作能多少协调一些，但她知道这么做会显得很笨拙。她不愿抬头并不是因为他在看她：他高扬着头，像是在看她肩膀后的某处。

"今天你弟弟向我开了个价，"她终于找到了节奏，"他以某种方式，通过我的表哥说话，承诺会给我荣耀或黄金。另外，他还给我看了我可能会遇见的事。他给我看了死亡和希泊巴。"

"他有预言的能力，但不是他的所有幻象都会成真。"胡·卡姆说道。

"但我已经梦到了，在这之前，在我们旅行的途中。"

他此前没有担忧，但此刻，眉间出现了皱纹。他的嘴抿紧了。

"我害怕，"她说，"你说得对，如果我是个英雄，那我该知道事情就会这样发展。我不会犹豫，便会赌上性命去拯救这片大地，拯救你。我会勇往无前。但我现在很害怕，如果我们走上楼梯……或许我不会拒绝他第三次。另外……所以我只希望我们能一直跳舞，一直跳下去不要停。"

胡·卡姆陷入了他那冷静的静默之中，没有回答。要不是这音乐如此绝妙，随着这首歌摇摆又是如此令人昏昏然，她本该忧心忡忡。她不是早就想跳舞了吗？不过不是配着这首歌，也不是在这个舞厅里，边上是穿着丝绸、发间佩戴钻石的女人，以及身穿整洁外套、系着领带的男士：这些都是她的幻想未曾预料到的元素。另外，她有机会构想跳舞的场景时，自然也没有细想过她的舞伴会是如何。她总是迅速将这念头从脑海中拍出去，因此舞伴始终就只是个模糊的人影。即使她想象过一个男孩，那人也与现下正领着她起舞的男人没有丝毫相似之处。

因此她跳着舞，因为她曾渴望跳舞，也因为如果她停下来休息，或许就会开始质问自己。你害怕死亡吗？是的，她害怕。

而胡·卡姆跳舞，她想，是为了分散她的注意力。也或者，是为了让所有人——武库布·卡姆、扎瓦拉和马丁——看到他的蔑视，他的高傲。

但当她偶尔往身边一瞥，看到他们落在镜子里的倒影，她却没有瞧见一丝一毫的蔑视或高傲。

在乌库米尔，去杂货店买点小东西时，有一次她忘记戴上披巾，没有把头发藏起来，引起了一个在那儿干活的男孩的注意。他是店主人的助手，那天是个夏日，他的肩上正扛着一袋沉重的面粉。她走进杂货店，开始阅读商品清单时，他松了手，面粉袋掉了下来，面粉撒了一地。卡西奥佩娅记得当时店里还有三个孩子，他们为这事故哈哈大笑，而她涨红了脸，因为他盯着她。不是普通的一瞥（假如真的有这种眼神的话），而是那种带着渴望的、令人害怕的眼神。

卡西奥佩娅在胡·卡姆的脸上认出了这种表情：与她在乌库米尔那时，喃喃地道歉退出商店前简短地一瞥看到的神色类似，或许可以说它们完全相同，即使有任何不同之处，也只是胡·卡姆看起来更全神贯注，更沉重。

这个表情让她晕头转向。它比香槟更强烈，她紧紧地抓住他的手，要不是有他拥住了她，她一定会摔倒。

"我也希望我们能一直跳舞，一直跳下去不要停。"他说。

29
CHAPTER TWENTY-NINE

队喝醉酒的客人正从宽阔的楼梯上下来,他俩半推半搡地避开这些人,踏上旅馆的阶梯。这段路于卡西奥佩娅和胡·卡姆而言极为忧郁,近乎葬礼。当胡·卡姆将钥匙置入门锁,她甚至想要转身离开。

但他们跳了舞,而现在,他们来到这里,需要继续前进。

他转动了钥匙。

阴影已经侵入门廊。胡·卡姆和卡西奥佩娅踏入其中一间卧房,屋内那一摊摊的黑暗如此明显,看起来仿佛液体,就好像有人忘了关窗,夜晚便洒落在墙纸和优雅的家具上,制造出一个个昏暗的泡。

一团黑暗在房间正中闲懒地升起,有个披着白色斗篷的人自其中走出。他看起来有些像胡·卡姆,只是皮肤更深,神色傲慢。他的发色非常浅淡,是海水蒸发后留下的那层纤细易碎的海盐壳的颜色。他的眼睛缺乏色彩,不像胡·卡姆的眼睛那么深,而是一种丝质的灰。因此,这对兄弟彼此形似,却又并非彼此的镜像。

"我们分别得可真是太久了。"武库布·卡姆说道,他的声音也仿佛丝绸,嘴唇弯曲的弧度称不上微笑。

胡·卡姆什么也没说,但卡西奥佩娅能感觉到他的愤怒已如同滚烫的煤块。她甚至怀疑,如果自己伸出手去触碰他的手,他可能把她烧焦。

"久得够你建起这座畸形的玩意。"胡·卡姆最终还是回答道。

"畸形的玩意?胡·卡姆,你被往昔困住了,"武库布·卡姆终于微笑起来。但他的眼中没有笑意。"你觉得我能在下加利福尼亚州的正中央建成一座金字塔吗？他们已判决基督教的教堂违法——当然我根本不在意这一点——而现在，他们向铝和胶木制造的偶像祈祷。我们需要新的方法来吸引人群，新的信徒。当然，还有鲜血。"

"所以，不是所有的一切都是全新的。"

"鲜血是最古老的货币。鲜血还得保留。"

胡·卡姆走出几步，在他弟弟面前站定。他们身高一样，彼此盯着对方。

"我对你说过，不要违抗永恒的智慧。你的阴谋并不光彩。就算希泊巴应该再度崛起，也得是在命运的意志之下，而不是依靠廉价的巫术，"胡·卡姆说道，"你会为你的不忠付出代价。"

"我早就付过代价了，我咽下了你的每一次冒犯。"

"我们都在发挥着各自的作用，"胡·卡姆说，"我的职责是统治希泊巴。"

"统治希泊巴，但不是统治我。我不是为做你的奴隶而生的。"

"我已经听够了你的胡说八道。"

"你原本期待我能啃些残羹冷炙，喝下腐败变质的酒。曾经我们是神，而不是阴影。后来他们，那对双胞胎——"

"双子英雄击败了我们，我们因此而卑微，我们必须卑微，因为我们极为骄傲。"胡·卡姆表示。

"那么我就应该建造巨大的神庙，以鲜血涂抹它们，直到洗刷掉我们被击败的事！直到我们不再卑微！"

"我说了，已经够了。"

胡·卡姆的声音极为傲慢，经过了精心的排演。她猜想他俩以前也有过类似的对话。根据胡·卡姆的口气,她猜那些对话最终都以武库布·卡姆尖酸的沉默告终。与这一次不同。

"他告诉过你那是什么样的景象吗?"武库布·卡姆转向卡西奥佩娅,向她走来,问道。她看到胡·卡姆不自在地改变了位置,但武库布·卡姆用自己的身体挡住了她的视线。

"空气中是最珍贵的焚香燃烧的气味,还有祭司的鲜血甜腻的血腥味,岩洞陷落井里的供品中散落着珠宝,球赛则包括了光荣的斩首仪式。"他说。

卡西奥佩娅几乎觉得自己能看到这画面,能尝到它的味道。夜晚的天空是天鹅绒般的黑暗,星星刺穿了它,宫殿中有壁画,水洞则蓝得让你以为它们被木蓝的叶片染过色,还有人类的敬拜祈祷,它们仿佛波涛,这种力量让大地为之颤抖。凡人的崇拜充塞着你的肺部。接着,这同一种崇拜退去,留下的只有空虚,就像玛雅蓝经受了时光的侵袭,还残留在神庙的四壁,但其他的一切都已褪色,直到最后感觉就像你也随之褪色了一般。

"那时整个世界才刚刚形成,空气中带着铜和盐水的气息。"武库布·卡姆对她说,他的口气中带有渴望,她觉得他虽然站在她跟前,却其实并不在场,他的视线落在极远处,盯着他记忆中的那片大地。

他慢慢低头看她,让她的脑袋扬起,像是在市场里要好好查看货物,怪异的是,这让她联想到了镇上的屠夫,他看着她的样子总像是在给她称重。现在,这位神也在另一种天平上称量她的血肉。"年轻,你很年轻。看看你,就像拂晓,"他说,"现在的你当然不会懂,但有朝一日你也会希望能成为全新的自己,"他继续说道,"你会希望回到最完美的那一刻,回到你仍拥有一切可能性的那一刻。"

武库布·卡姆用手指握住了她的一束头发。他离她如此近，她发现他的双眼不是灰的，而是更淡的色彩，是被野生动物啃噬干净了的骨头的色度。

"你已经拒绝了我两次。我想知道，你会冒着触怒我的风险，拒绝我第三次吗？'三'是个特殊的数字，它代表女人，而我要问的是，你又打算代表什么？你是否可能是果实，太早被人摘下，落在地上无人问津，直至腐烂？毕竟，我说了，你太年轻。"

在他的视线深处，是希泊巴，是她将死亡的迹象，而在更深处，卡西奥佩娅看到的是他的阴谋成真后，将会散布在中间世界各处的人类骸骨；她看到鲜血洒在石头上；她感受到了人类的恐惧与痛苦。

她转开视线。

"别说你那些废话了。"胡·卡姆说着，走到卡西奥佩娅身边，他的手臂擦过她的手，手指按在她的指关节上。

"我的废话？你这是要把她扔进漆黑之路让她去斗争，哥哥。"武库布·卡姆说道。

"这场挑战不是我构想出来的。"胡·卡姆回答道，他的声音带着不适，身体紧张。

"这不是关键。无论如何，你都在让她死于她原本的大限之前。真残酷。"

武库布·卡姆说着最动听的嘲讽，胡·卡姆则回以傲慢的沉默。

"事情也不是非得这样。我们几个，我们可以做朋友的。"武库布·卡姆说着，他关切地看着她，在这场交谈中他看她的神情一直是这样关切,她觉得自己再次被称重。

"你这话什么意思?"卡西奥佩娅警惕地问道。

"我更愿意以生命而非死亡向你开价,"武库布·卡姆说着,与他们擦肩而过,从窗边的水果碗里拿起一只苹果,"这把戏很简单。把你的左手砍下来。"

"我知道它的原理,"卡西奥佩娅说道,"我砍下它,就切断了我和胡·卡姆之间的联系,然后他会很虚弱,无法与你战斗,你就赢了。"

"我得承认我确实动过这样的念头。我现在想的事更复杂一些,但它能让我们各方都受益。别只是切个手。你应该自杀。"

他停住话头,像是在让她好好理解此话的含义。她发出了嘲笑声。他是觉得她疯了吗?还是说认为她已经精疲力竭,会简单地认输?她确实很累,她的身体很疼,她的手刺痛,她的精神也十分疲劳,仿佛正在一点又一点地被人碾碎,但她还没有累到要在这一刻停下来。

"自杀,你死后,就将自己献给我作为供品,"他将苹果扔到空中又接住它,同时继续说道,"那些宣誓向希泊巴之主效忠的人会得到邀请,可以住在世界树的阴影之中。"

"我看不出来这于我而言有什么好处,"卡西奥佩娅说,"那样我就死了,而你还能伤害胡·卡姆。"

"哦,胡·卡姆以后也会献出他自己,宣誓效忠。他会下跪,让我用斧子砍掉他的脑袋。他的鲜血将洒在地板上,而我则将它们收集起来,把它们用作灰浆,完成我的咒语。但你死后,他将十分虚弱,而且如今我的哥哥已经发生了很大的改变,如此一来,要踏入希泊巴的胡·卡姆将会十分接近凡人。"

武库布·卡姆攥住了那只水果，它在眨眼之间收缩，变黑，腐烂，最后在他的手中只剩灰烬，他推开掌心，递给她看。

"我的力量能使敬拜我的凡人复活。"武库布·卡姆说道。

说话间，他手中的灰烬自动变回苹果，鲜脆红艳得与几秒前一般无二。表皮一丝刮痕都没有。

"诸神不会……他们不会变成凡人，"卡西奥佩娅说道，"他们不会死。"

"此刻在我兄长的身体里有两种彼此抵触的精华。将他超越凡人的精华与属于凡人的那一部分分开，再将超凡的部分抽离他的身体，而且，为什么不这么做？我砍掉他的脑袋，他也能复活。他会睁开眼睛，成为一个人类的男性，"武库布·卡姆说道，"能不受任何约束地在中间世界行走，也能梦到凡间男子们会做的梦。至于你，卡西奥佩娅，你也能复苏。我正在向你许诺的，除我之外再无人能够许诺。放弃你的探求。而你，我的兄长，放弃你要求获得的权利。把你们自己给我，在这个过程中，也将你们拥有的一切给我。"

武库布·卡姆走了几步，小心地将苹果摆回碗里。

"我正在向你许诺，将你隐秘的愿望授予你。"武库布·卡姆简单说道。

卡西奥佩娅觉得自己像是生吞了一整条金鱼，而它正在她的胃里游泳。她用一只手抵着身子，觉得这么做或许能让自己平静下来，但没有用，因为当她张开嘴时，吐出的只是些愚蠢的词，根本没法控制她发抖的声音。

"你这是什么意思？"她问。

"他知道我是什么意思，"武库布·卡姆说着，露出了与此前相同的浅笑,绕着他们踱步,"你也知道我是什么意思,卡西奥佩娅。我的意思是说,在中间世界活一辈子的机会,完整的,长寿的,幸福的一辈子,甚至还能去爱。你一直拒绝难道不觉得累吗?"

武库布·卡姆立住不动了,他那双非人的怪异眼睛望着他们,坚定得如同抵挡住海水拍打的悬崖,如此冰冷,令她战栗。胡·卡姆站在她身边,单臂环住她的肩膀,像是要让她温暖起来,不再发抖。

"你没有做到这种事的能力。"胡·卡姆表示。

"假如你所有的鲜血都在此洒落,如果这终极的牺牲完成,在这座建筑里的每一块石头与每一片金属都将与希泊巴的威仪共振。在我面前低头,哥哥。将你的鲜血给我,忘了你自己。如果你希望此事成真,那它便会如此发生。"

坚定的信念,符号。卡西奥佩娅觉得这位有着浅色眼珠的神说的是真话:此事可能成真,而这一点比他们一路上遇到的任何一名敌人都更让她害怕。

"我必须再问你一遍,你是否真的希望她行走在漆黑之路上。还是说,或许你会更喜欢我那宽宏大量的替换方案?"武库布·卡姆说,声音轻柔而狡黠。

不行,她想。她不怎么确定武库布·卡姆为何会提出这样的条件,也不知道此刻正在发生的到底是怎样的事,但她要说不。她见过了尸骨、灰烬和死亡。她很害怕,她想活下去,但她不是傻瓜。她不能同意。她张开嘴,竭力想要将这些念头组织成句。

"我们需要时间来考虑。"胡·卡姆代替她回道。

卡西奥佩娅惊讶极了,她抓住他的手臂,抬头看他。但此刻

玉影之神

胡·卡姆正忙着紧盯他的弟弟，武库布·卡姆也直视了回来。

"时间可是很珍贵的。你觉得这个可爱的姑娘还剩多少时间？死亡又侵袭了她的血管几分？现在就回答我。"

"给我一个小时。"卡西奥佩娅说。

她看到一道光在武库布·卡姆的眼睛里闪过，那是一道强烈而冷酷的闪光，如同刀刃，直指向她。

"就一个小时，"她坚持道，"显然，一个伟大的主宰能宽限一个小时。"如果语言具有力量，那么要求想必也有力量，她如此猜测，而且猜对了。武库布·卡姆不情愿地点了点头。

"那就一个小时，"他对她说，"认真仔细地好好斟酌。拒绝我，你就得面对漆黑之路。我怀疑你是否真的希望如此。"

武库布·卡姆唤来了阴影，它们如他身上的披风般温暖地包裹住他，又倒在地板上，那位神就此消失不见，污染了这个房间的黑暗也随之消散。灯光变得明亮，房间也恢复了通常的状态。

"来吧，我们得下楼去海边。"胡·卡姆说着，拉住了她的手。

"为什么？"她问。

"因为在这儿我的弟弟显然会偷窥我们，但他支配不了大海。海洋属于其他神。走吧。"他催促她道。

30
CHAPTER THIRTY

虽然有宽阔的石质阶梯通往海边,海滩上却没有多少人。绝大多数客人喜欢舒适的游泳池和游泳池边伞下的阴凉之处,有侍者会用托盘随身携带饮料经过。夜里,海边彻底无人到访。满月潜伏在天空的一角,给他们照亮道路,但一片云飘过,蒙住了它的光辉。奇怪的是,这种光类似冥界里的夜间太阳,让一切半隐半现,像是在帮助他们秘密行动。

虽然没有足够的照明,但卡西奥佩娅依然能够看清胡·卡姆的脸。可能是因为她分享了神的部分精华,令她的视力变得更敏锐,能够看清缩在黑暗中的秘密,也或许是因为她已经很熟悉胡·卡姆,因此可以轻松地回想起他的五官。

"到水里来。"胡·卡姆说。

"那我们的衣服就都毁了。"卡西奥佩娅对他说,手里提着鞋。

"必须这样,"他说着,向波涛走去,一直走到齐踝深的地方,"我们或许可以在岩洞陷落井漫步,但海洋及其潮流和潮汐,永远不属于我们。盐将替我俩保守秘密。在这儿我的弟弟听不见我们说话。"

卡西奥佩娅把鞋放在一块石头上,走入水中。海水很冷,潮水以极为精确的频率击打大地,近乎狂暴。在白日里,海水是珍奇的蓝绿色,但现在,它变成了灰色,而她则在这片灰暗中费力地前行。

"你有计划了,对吗?"她对他说,"某种打败他的办法?"

"除了他提供给我们的两种选择之外,我什么也没有。"他声音肃穆。

"但那样的话……"

玉影之神

她本来满心以为他会说出一个阴谋,一个他们能采用的诡计,就像双子英雄,他俩焚烧了金刚鹦鹉的羽毛来避开阴惨之屋里的危险,又将一些陈旧的骨头喂给美洲豹,从而避免自身遭到吞食的噩运。传说故事里的剧情都是这么发展的。

"你觉得我的名字是什么?"胡·卡姆突兀地问道。

风卷动、抽打着她昂贵的裙子,海水的声音很响,赌场的灯光则显得很远。卡西奥佩娅摇了摇头。

"我知道你的名字。"

"不。不是我告诉你的那个。如果你以前在街上见到我,如果你在城里穿行时遇见我,你转过身隔着肩膀看到了我,你会给我什么名字?"

"我们在玩什么游戏吗?"她恼怒地问道。

"我告诉过你,我们都有各种不同的名字。你是滕女士,你是卡西奥佩娅,你是石头少女,在你心里的深处,你还有另一个名字。给我一个名字,然后它将只属于你和我。"

"我不——"

胡·卡姆正站在离她很近的地方,但此刻他走得更近。卡西奥佩娅盯着他。

"我可以是完全不同的另一个人。如果你给我一个名字,谁会说它不属于我?如果我有了普通的名字,那我就能有普通的身世,"他说,"我可以发誓说我第一次见到你是在梅里达,当时你正站在街道中央。"

屋外太冷,她还没有穿外套,她的指尖冷得发痛。卡西奥佩娅想用双手擦擦手臂,却没有动。

"我们讲述的传说,里面全是符号;如果你给我一个名字,我便可以死去而后再次张开眼睛,到那时我会记住这个名字。"

他的态度坚定而严肃,除此之外,还有种完全不同的情绪,但她辨认不出那到底是什么,随后,他的表情柔和下来。"我不会再是神。我……我已经告诉过你了,有时我几乎记不起自己是谁。我可能会将一切都忘记。"

但我们已经到了这么远的地方,卡西奥佩娅在心里抗议道。不过,她的舌头不愿将心中所想说出声。她的嘴将这些话关了起来。

"诸神不会死,但有时,当我坐在你身边,我觉得自己就要死了,我无法理解胸口的这种疼痛,只知道那是你,在我心里,"胡·卡姆对她说,他的口气非常困惑,但又静静的,声音几乎要被波涛吞没,"你有过类似的感受吗?"

卡西奥佩娅的呼吸仿佛燃烧的煤。她没有回答,只是犹豫地抬手拨去他前额的一束头发。她用的是左手,骨片就在这只手里,他就是在这地方标记了她。

"有。"她最终说道。

胡·卡姆俯下身,将双唇抵在她的头颈上,随后拥住了她的脸,吻了她的嘴唇。

他没有经验,动作生涩,表现得比卡西奥佩娅还糟。她至少在印刷品上见过接吻。但它依然美妙,这个吻,而他则是她见过的最英俊的男人。他想要她。她从未想过……从未允许自己想过,自己可能会如此地被人渴望。

但这个计划!变成凡人!

疯了。他疯了。

但谁会说她不是在梅里达遇见他的?马丁告诉她家人的事难

道不是实情吗？谁会看着全无超自然光彩的胡·卡姆，然后心想，这是个曾经是神的男人？他们只会说，"看啊，看这对漂亮的情人，看他是怎么握着她的手，而她又是怎么亲吻他。仿佛他们是彼此呼吸的空气一样。"

他的吻落上她的唇，他的微笑印上她的脸颊，她知道自己最想要的就只有这个男人。不是这位神，而是这个男人，他有着深色的眉毛，笔挺的鼻子，他那修长的双手按在她的背上。她已经给他起好了名字——弗朗西斯科，与那位曾经书写过生与死及爱情的诗人一样——她本可以将它说出口，以这种方式来达成交易，但有个细节一直叫她心烦，拉扯着她，令她睁开眼睛，看着他。那个眼罩，他少了的那只眼睛，尚且还不在原位的那一部分的他击打着她的心，就像浪花拍打在海岸上。

卡西奥佩娅明白叙述的力量，还有组织起一首十四行诗所需的严格规则。格律如潮水，恒定不断。万事万物也是如此。另外，很早以前，很早很早以前，她回想起了一个词：帕坦。让她犹豫不前的就是它。

"你说过，我们不能让他赢，"她提醒他道，"你的弟弟现在这么强大，中间世界会发生什么？"她问。"鲜血和牺牲，还有——"

他摇了摇头。"他渴望的荣光。其他的，重要吗？"他对她说道，"只要你和我在一起，其他什么也不重要。"

她希望自己能重复他的话，就像乌库米尔老家笼子里的那只鹦鹉。但她还记得他对她说过的事：岩洞陷落井里将会堆满尸体，人们的身上插满箭镞。她已经见过这幅画面，那不是幻象，她没法下定决心，她没法不管不顾，即使她的决心正在不断崩塌。

"武库布·卡姆会对这片大地做些邪恶的事,也确实会令人类痛苦,但我们会在一起,远离此地。世界很宽广。它的一小片地方发生了什么很重要吗?"

"但是——"

"我弟弟可以得到希泊巴的大殿和漆黑王座,"他说,"而我们则可以得到彼此。"

他又吻了她,这个吻仿佛持续到了永远。当他抽身时,卡西奥佩娅觉得自己已经什么都不剩下,被擦除后又获得了一个新身份的人,其实不是他。而当她将手摆在他的头发上,她已经确信,这世上除了爱之外什么都不重要,这个世界就像只剩下海边这个地方的他们俩。

"不然的话,你会失去我的。"他轻声说道。

"我希望你能留在我身边。"

"那就让我留下。"

她头晕目眩,无法呼吸,身体向前,落入他手指的触碰之中,简单地轻声说出给他准备的新名字,将是这世上最简单的事。它沉重地挂在她的舌尖,那个名字。

弗朗西斯科。

他就在这儿,他在她的血液中奔涌,她看不出有什么办法能拒绝他。

"我想与你共舞,伴随着节奏最快的音乐。我想了解星星的名字。我想夜里在海洋中游泳。我想坐在你身边,开汽车,看看道路能通往何方。"胡·卡姆边说边笑,用双手拥起她的脸。

卡西奥佩娅靠在他身上,感受着手掌下,他心脏的怦怦跳动。它是真实的，他是真实的，这是真实的，而其他的不过就只是……故事。孩子们的神话故事。没有音乐，没有诸神，没有探求。她可以说服自己，那些都是她想象出来的，然后事情就会变成这样。不过是一小段噩梦，以及真实的他俩。

但是……故事。她了解诗歌，了解各种传说，富有学识的人都认不出星座的时候，她能分辨出群星的形状。她了解这个故事，它必须有另一个结局。制造神话。正是制造神话带来的不可靠的沉重感，是帕坦，将她抽离，让她抽身而退。

"这样不公平。"这几个字仿佛刀子，它们似乎伤害到了胡·卡姆。他抬起双手，盯着她看。

"公平？这世上没有任何事是公平的。"

"但我想要公平。我不希望邪恶取得胜利，无辜者被你弟弟杀戮。我不希望让这片大地回到从前。"

"别傻了。你不可能指望有个绝对完美的快乐结局。"他小心地说道。

"但是，希泊巴——"

"我根本不关心它。"

卡西奥佩娅看着他。他的视线属于一个天真的年轻男子，但即使他试图否定自己，并第三次亲吻她，她依然在那视线的背后，瞥见了一抹属于希泊巴的黑暗。她偏过了头。

"你是主宰胡·卡姆，而且你确实关心希泊巴。生活或许不公平，但我必须公平。我没法抛下这一切。"

这些话，伤害了他。在他身上，像是有一束光黯淡下来，他那张天真而年轻的脸庞也不再天真。他又成了希泊巴之主，如丛林深处那些神庙中的石头一般古老。

"我真希望你是个胆小鬼,而不是英雄。"他的话音带着苦涩,就像断裂的朽木,让她心痛。

"我不觉得自己有多像个英雄。"

"但你确实就是。"他抬起她的脸,视线深沉,变成了天鹅绒般的黑色。她以为他要吻她。但他没有。

他从她身边走开,向海水的更深处走去。它没过了他的膝盖,而卡西奥佩娅跟着他,想知道他在做什么,又要去哪儿。突然之间他转过身,而她意识到,其实连他自己也不知道他要往哪儿去,他不过是随着海水移动,不安地随波逐流。

"在希泊巴我保护不了你,"他的声音极度痛苦,"我怎么能让你去那儿?"

"我能有机会吗?"她问,"真正的机会?"

"我不能保证一定能取得胜利。漆黑之路很危险。你会孤身一人,你可能会觉得自己迷路了,但那条道路会听从行走其上之人的命令,它会听从你的话,因为你也是我的一部分。"

"我要怎么才能与它对话?"

"像命令狗一样命令它,但是你得看仔细了。这条路看起来可能是孤零零的一条坚实的路线,但在路上会有些阴影,在有阴影的地方,道路会显得暗一些,你可以跳进去,在阴影里穿行。别害怕它。恐惧只会让行走其上变得更为艰难。还有,绝不要离开那条路。"

她点点头,迅速吸了口气。"我不会的。"她保证道。

"最大的危险在你的心里。如果你集中精神,如果你意志坚定,那你就会找到通往那座城的路。想象我的王宫,你终将抵达它的大门。"

"我从未见过你的王宫。"

"你见过,你一定从我的视线里窥见过它。"

她想起他们曾几次说起希泊巴。他说他的王宫就像宝石,他还提到王宫周围有湖泊环绕。

"它附近有些银色的树,"她犹豫地说道,"湖泊里还有些奇怪的鱼。"

"它们会发光,就像萤火虫。"他说。

"你的王宫有很多房间。"

"像一年有那么多天一样。"

"墙上涂成了黄色和蓝色。"她继续道。

"还有我的正殿和我的王座,王座是用最黑的黑曜石造的。"

"你坐在王座上,头戴缟玛瑙和玉石制成的王冠。"

他们建起的王宫幻影不过如此,只是些想象的碎片,但也足够坚实了。卡西奥佩娅已经看到了王宫,尽管她从未在它的走廊里行走,却也知道她已勾画出了它真正的样子。

她长长地深吸一口气。

"我可以做到。"她说。

"那就没有别的了,"他总结道,声音回复了平常的冷酷,"既然你已做出了决定。"

"是的,没有别的事了。"

他点点头,回头向沙滩走去,裤脚浸满了水。卡西奥佩娅的唇上可以尝到盐的味道,她的喉咙干渴。在胡·卡姆的脚踏上干地之前,她开口了。

"再等几分钟,"她说,"就这么几分钟,他们不会想我们的,而且,这是我最后一次见你了,不是吗?不管最终我是否成功。"

"是的,"他说,"我会再次变成神,或者死。"

"那就再等几分钟。"她说。想让时间延长实在是个愚蠢的念头,毫无用处。而且,她已经拒绝了他。但是……

卡西奥佩娅抬头看向天空和天空中的群星。接着她看向胡·卡姆,他正站着,侧脸朝向她。他感受到她的视线落在自己身上,转过身,微微一笑。他将她拉近,接着也抬起头,看向那些他过去压根懒得多看的群星。

31
CHAPTER THIRTY-ONE

他俩就这样在海边消磨时间,任由浪涛拍打他们的大腿,想就这样让数分钟变得更长,直到耗尽所有时间。一名旅馆的工作人员在通往旅馆的阶梯顶部迎接他们。他告诉他们说,扎瓦拉想与他们谈话。

卡西奥佩娅和胡·卡姆被领入的房间没有窗,屋内装饰着复杂的雕刻。这个房间的四壁如骨头般雪白,地板却是黑色的,它经过抛光,亮得能倒映出四柱、雕刻的装饰带和墙壁,让人感觉就像是行走在墨的海洋。虽然这个房间可能曾用作赌场的某些设施——跳舞,或是盛大的宴会——但此刻,它却只有寺庙的宁静氛围。

像是要强化这种印象,在房间正中摆放着两张沉重的高背木椅,适合坐在木椅上的是祭司或国王,抑或者二者都是。在这两张椅子之间,摆放了一张粗糙的石质台座,那上面则摆着一把巨大的斧头。

武库布·卡姆坐在右边的椅子上,但当他们踏入房间,他站起身,向他们走来,他的披风拖在身后。那披风是件怪异的造物,由骨头与猫头鹰的羽毛制成,将它们缝合在一起靠的是蛾子的丝,尽管所有组成部件都很精细,它整体上却显得坚硬而不顺滑。每当他走动时,那些骨头便发出"咔啦咔啦"的声音,哈哈大笑。

在武库布·卡姆身后站着扎瓦拉,他看起来比之前更黄,白色的衣服与那张黄疸病般的脸形成了鲜明的对比;另外还站着马丁,他也穿一身白。

"你们的时间到了,"武库布·卡姆对他们说,"你们要做聪明人,接受我的条件,还是愚蠢地拒绝它?"

玉影之神

"我要去走漆黑之路。"卡西奥佩娅说道。

武库布·卡姆没有因为她的回答而表现出惊讶或恼怒的神色。他低下头，冷漠地用那双苍白的眼睛看她。

"你在每一次机会面前都拒绝了我，"他说，"很好。我会教你学会谦卑。"

她什么也没说，选择盯回去，而不是用恐惧来取悦他。

"在旅程中，你能随身带上一把匕首和一个装满水的葫芦，但除此之外就什么也没有了。"武库布·卡姆宣布。

这时候她才注意到，他已布置好了两张桌子，上面摆着这些物品，即黑曜石匕首和葫芦。她身上穿的是不适合旅行的晚礼服，但当她拿起匕首，她的服装也产生了变化，浅奶油色的雪纺绸成了朴素的棉布，衣服变成了黑色的衬衫、黑色的长裙和黑色的围巾，正是她在老家会穿的那些。在她腰部出现了一条皮带，皮带上有别匕首用的刀鞘。葫芦上拴着细绳，可以挂在脖子上，或是别在腰上，但她选择将它握在手里。她的手指颤搐，手指上传来骨片造成的疼痛，像是它挖到了她血肉的更深处。

"让我来帮你，"胡·卡姆说着，将细绳挂在她的皮带上。系完后，他用双手握住了她的手。"我们可以——"

她觉得自己可能要晕倒了，但还是坚定地摇了摇头。"会过去的，总是这样。"她想扮演无畏英雄的角色，尽管她觉得自己不怎么适合。

但她的表演想必还是能接受的，因为他点了点头。

"别再浪费时间了，"武库布·卡姆说，不过他的口气更像是厌倦，而不是渴望开始这场游戏，"你的斗士看来已经做好了准备。"

"再一分钟。"胡·卡姆回答道。

他抓住卡西奥佩娅的手,抓得很紧,她觉得他可能要与她告别,可能会最后一次吻她。他的身体前倾。

"希泊巴会试图迷惑你,"胡·卡姆压低了声音对她说,"但你决不能让它得逞。那条道路会听从你的命令,你决不能听从它。"

他松开了她。这就是他的道别。卡西奥佩娅无法控制自己不产生失望的情绪,即使,无论如何,他俩早已在海边分道扬镳。

胡·卡姆在左边的椅子上坐下。武库布·卡姆则在与之相配的另一把椅子上就座,他看起来懒洋洋的,白骨披风"咔啦"作响。她想象这对兄弟在希泊巴时便是如此,在辉煌的地下正殿中,并排安坐。

"我们开始吧?"武库布·卡姆问,他看着前方,眼神空洞。

"好。"胡·卡姆回答道,同样看着前方,但他的视线落在卡西奥佩娅身上。

扎瓦拉点燃一支雪茄,站在这对双胞胎神面前,吸了一大口烟。

卡西奥佩娅望向她的表哥,而他则回以警惕的眼神,两人没有交谈。有什么可说?

扎瓦拉张开嘴,吐出一团浓密的烟云和灰烬,它们包裹住了卡西奥佩娅和马丁。

这烟具有实质,房间里变得更暗,但它没有影响到她的喉咙,她没有咳嗽。烟云变得更浓,它抹去了房间的边界,抹去那对兄弟的脸的轮廓,抹去了马丁的剪影和墙壁上的雕刻。它甚至抹去了她站立的地板。卡西奥佩娅还站在某个平面上,但她脚下

玉影之神

又什么也没有；她可能是在飘浮，视野之内没有任何夹角能引导她的视线，给她透视的参考。

渐渐的，世界重又现出轮廓，她发现自己站在一条孤零零的道路上。在她头顶是一片无星的怪异天空，在她周围，四面八方都是荒凉的灰土。她已落入希泊巴。

卡西奥佩娅深吸一口气，开始了她的旅程。她走了许多分钟，但当她看向前方，土地与之前一模一样，在她身后，也只有这条道路和灰色的荒原。胡·卡姆告诉过她，不可能精准地确定她要用多长时间才能抵达那座城市。在冥界，时间与距离的概念都与在地面不同。现在她明白了他的意思，因为她几乎没有任何进展，感觉就好像她在一个小时里只走出三步。甚至更糟，她压根就没有看到胡·卡姆提到过的缺口。

卡西奥佩娅将葫芦抵在唇边，抿了一口水。她慢慢向前走，同时低头看路，想看看路上是否有与周围不同的地点，但所有路面都是黑曜石一般的深黑色。

在行走间，她注意到这片大地静得怪异。没有风，路旁的灰色沙地也没有发出沙沙声。寂静得甚至让她听到了自己的心跳，听到了鲜血在她血管中流淌的动静，她的每一步都仿佛大象的脚步声。但这些是她唯一能听到的：它来自于她，也因此产生了让她不辨方向的效果。她停下来好几次，从葫芦里抿水喝，在这荒凉的寂静之中，葫芦中的水晃荡的声音也响得仿佛河水的湍流。

她可以听到肺里的声音，听到吸入的气息，她开始加快行走的速度，希望能找到一点声音来终结这种沉寂。但她不断前行，道路始终如一，没有一点变化，大地那绝对的平静也是一样。就像她被封入了琥珀之中。

卡西奥佩娅加快速度，而后奔跑起来。心跳在她胸中有如雷鸣，让她无法呼吸，她不得不停下来，而她吸气的声音则响如飓风。

等她恢复，寂静重又包裹住了她，她发现自己正站在一个十字路口。卡西奥佩娅环顾四周，想确定该往哪个方向走，但无论她转向哪儿，看到的都是同一片灰色的荒漠和无穷无尽的道路。这些岔路没有弯曲，就是四根笔直的线。胡·卡姆完全没有提到过这一点。

在双子英雄的传说中，也有四条交叉的道路，但它们颜色各不相同，分别为绿、红、黑、白，每一条路代表地球的一个角落。但她的情况与之不同，这儿的每一条路都可能会导向厄运，也可能会通往她的目标。

"答案往东。"其中一条道路对她说。

"城市往西。"另一条回道。

"你该往北。"第三条喊道。

"转头回去，你走错方向了。"第四条路总结道。

卡西奥佩娅不知道道路是怎么说话的，但它们确实发出了声音，那是种狡猾的低语，是让人烦心的嗡鸣，让她满脸苦相。与其他所有声音一样，它们说话的声音也是从她脑袋里发出来的。她眯起眼，想分辨出哪一条才是正确的。四条道路继续说话。

"我听到她的心在恐惧地跳动。"

"我听到血液在她血管里流动的声音，疯狂带来的寒意正在侵袭她。"

"我听到她屏住了呼吸。"

这些声音仿佛水滴，坚定地落在她的颅骨上，这着实是种聪明的折磨方法，让她严重分心。它们说话时，她没法集中精神，但更糟的是它们一言不发的时候，宁静如墙一般压在她身上。

"这片大地上有怪物。"

"这儿有些地方是人类的悲哀塑造而成的。"

"这儿有用血与骨制造的陷阱。"

她用双手捂住耳朵，但这些声音从她身体里发出来，它们嘲笑着卡西奥佩娅，拿她开玩笑，随意指使她沿着它们中的某一条路走。

她转了一个圈，跪倒在地，精疲力尽，不堪重负，她的手指又开始疼痛。卡西奥佩娅攥住骨片嵌入的左手，胡·卡姆送给她的手镯敲在她的手腕上，发出非常轻柔的声响，但在这片寂静的土地上，它听起来就像是铙钹敲出的音符。她回想起了他所说的话：这道路会听从你。

她慢慢站起身，拂去衣服上的尘土，布料摩挲像有匕首在刮擦大地，道路的笑声变得更响，在她的大脑中制造出阵阵回声。

"我正在前往玉石殿，"她对那些路说，"你们将给我指出方向。"

那些道路并不想服从，它们朝她喊出可怕的诅咒，保证说会吃了她的骨头，再吐出来，但她高举左手，回想胡·卡姆说话的方式，他在每一次变化前是如何充满了自信的，她的嘴复制了他那种钢铁般的坚定语气。

"给我指出方向。"她命令道。

道路摇曳，事实上它们在抖动，让卡西奥佩娅差点失去平衡。它们像舌头一样来回摆动，然后突然之间，一齐安静下来。

此时，她注意到她右边的那条路有一块区域的颜色与其他的略有不同,不再黑得如同黑曜石。它的黑色有些像烧焦的骨头,更像天鹅绒,而不是丝绸。

卡西奥佩娅站到这块区域里,接着,因为不知道该说什么,便只是重复了一遍她的目的地。

"玉石殿。"她往前迈出一步。

不过一秒之间,她便在一团袋子般的阴影里了,上方与下方的世界都是黑暗,接着,她又走回到路上,路边则是一个个土堆。远方还可以看到更多土堆。地面的风景发生了改变:它不再是她刚才走过的那种平坦而毫无变化的灰色。寂静也不复存在。路边和土堆上有些杂草,里面还有动物,蟋蟀和蜗牛,让这些干枯的植物沙沙作响。

她又发现一块阴影,接着是第三块,她从这些阴影中经过,每跳出去一次,大地便会发生变化,她也就此取得了一定的进展,直到最后,她经过一些浅白的石柱,它们中有一部分很高,立得笔直,另有很多倒在路边,断成两三截,有些少了一大段,还有些则完好无损。

那些石柱上有人脸,她停下脚步来仔细查看,觉得它们表现的是战士。但这不过是她的瞎猜。路边的石柱可能有一百根,也可能有一千根。她在一根石柱旁坐下,喝了点葫芦里的水,揉了揉脚,但没有休息太久。

接着道路下沉了。在道路中段,升起一根石柱,不过,这一根是深色的石头制成的,当她仔细查看时,她意识到这柱子……在呼吸。它是活的。这根本就不是柱子。

✧◆✧

马丁此前便体验过冥界,因此在漆黑之路漫游时比他的表妹更容易。但不管怎么说,他之前的旅行都有扎瓦拉相伴。孤身一人的此时,他发现旅程更为费力。在竞赛的一开始,他行进得很快,但随后他就累了,放慢了速度。他走过的路黏腻而炎热。他汗流不止,边喘气边咒骂。

周遭的景象令他沮丧。道路穿过一块繁茂的丛林地,树木的叶片碧绿。但树上的鸟儿都是些没有血肉、没有眼睛的生物,它们愤怒地不停"呱呱"大叫。植物之间还有些其他动物发出的动静,马丁越是在这丛林里穿行,心中越是不安,担心有美洲豹从黑暗中猛冲出来,把他吃掉。

道路在他鞋底的触感仿佛柏油,拉扯着他,到最后他不费上一番力气,就连三步都走不出。"带我去玉石殿,"他对道路说,"快带我去玉石殿。"

但那道路带着恶意,得意地"咯咯"发笑。汗珠从马丁的领口滴落。他借力向前,但速度始终太慢。

树丛中传来一阵响亮的"沙沙"声,吓了他一跳,马丁攥紧他的匕首。

马丁抬起头,发现一只猴子正盯着自己。

"蠢货,"他轻声说着,把匕首插回刀鞘,"滚开!"

又一只猴子斜眼看着这个男人,接着是第三只。两打亮黄色的眼睛盯着马丁。他开始掉头离开,但速度很慢,因为道路仿佛柏油。

接着一只猴子朝他扔出一块石头。而后又是一块。马丁喊了一声;石头如雨一般落在他身上,他抬起双臂,发出尖叫。一块石头割开了他的脸颊,另一块击中了他背上两块肩胛骨中间的部位。猴子们幸灾乐祸地吼叫着。

"我正在前往玉石殿！"马丁喊道，"我正在按照武库布·卡姆的意愿前往玉石殿！"

猴子们还在扔石头，但道路松开了他，马丁终于能够从这些叫声刺耳的生物面前跑开了。

❖

在中间世界，武库布·卡姆将下巴搁在手背上，观察着地板上不断游移变化的尘埃，它们飘浮在空中，呈现出漆黑之路的轮廓，让他们能够见证双方战士旅行的进展。卡西奥佩娅落后于她的表哥，但她现在也开始加速了。不过，在她面前出现了巨大的障碍物。

胡·卡姆在座位上改变了姿势，他的身体前倾，像是要好好看清面前展开的景象。他看起来忧心忡忡。他也确实应该如此。在一阵好运之中，卡西奥佩娅掌握了漆黑之路的一个秘密，还学会了如何驾驭它，但现在，她的好运用完了。

希泊巴有许多可怕的生物、障碍物和陷阱。卡西奥佩娅正巧碰到了其中最麻烦的，她浑身颤抖。

"你应该接受我的条件才对，"武库布·卡姆对他的兄长说道，"她完全没有一点战士的样子，不过是个吓坏了的女孩。"

武库布·卡姆的眼睛变成了半透明的色彩，仿佛萨斯滕，因为在灰烬之中，他预测到了自己的未来和自己的胜利。

32
CHAPTER THIRTY-TWO

这不是石柱。这是一只蝙蝠。它比卡西奥佩娅高一倍，双翅包裹着瘦骨嶙峋的身体。它的皮肤颜色很深，但闪动着些许微光，仿佛是从一整块岩石中雕刻出来的存在。这蝙蝠的脸很粗糙，由半成形的原始的恐惧构成，它闭着眼睛。它没有做梦，因为在希泊巴没有任何存在的实体会做梦，但它站在那儿，陷入了类似睡眠的恍惚之中，等待着警惕的朝圣者。这些年来，朝圣的人不多，道路也因不再有人使用而积满尘埃，但在许多个世纪以前，它曾在黑暗的大地上追逐人类从而获得荣光，有时它还会飞临中间世界，从凡人的腋窝和胸膛中痛饮鲜血。

它以这种方式在希泊巴漫游，等待，它是令作物枯萎的死亡蝙蝠，它的名字叫做卡玛佐茨。

没有办法避开这个生物。它堵住了卡西奥佩娅正在通过的狭窄道路。如果她沿着这条路走，便会经过它身边，而卡西奥佩娅又觉得靠近这巨大的蝙蝠绝不是什么好主意。在双子英雄的传说中，有一位蝙蝠神撕下了兄弟二人之一的脑袋。她一点儿也不想知道眼前的这只蝙蝠是否也喜欢做这样的事。

卡西奥佩娅看着这只睡着的蝙蝠，它的身体随着呼吸而微微颤动。她向前走出了一步。

"如果你靠近它，它会听到你的声音，然后袭击你，"一个低沉的声音说道，"它看不见，但你的动作会让它敏锐地感知到你的存在。"

卡西奥佩娅惊讶地低下头，看到路旁有一条鲜绿的蛇。它有两个脑袋，四只眼睛，都正盯着她。她觉得它没有毒——在老家她见过类似的蛇，不过它们显然没有第二个头。她在蛇的身旁跪下，皱起眉头。"你是什么东西？"她轻声问道。

玉影之神

"就只是一条蛇。"一个脑袋说。

"哦,"卡西奥佩娅说,"那你怎么会看起来……和我知道的其他蛇不一样,还能说话?"

"我能说话是因为我们在希泊巴,也是因为你不是普通的女人。我认出了你。你的眼睛里有胡·卡姆的烙印。"另一个蛇头说道。

"你知道他?"

这个问题让蛇大受冒犯,它骄傲地将两个平平的脑袋都抬了起来。

"他是我们的主宰,他遭到了背叛。武库布·卡姆让希泊巴失衡,只有胡·卡姆回来,才能让二元性恢复平衡。如果你在这儿,身上还带有他的隐形旗帜,那么主宰一定也在附近。"

"我正在进行一场探求。"

"想来也是如此。"那条蛇一本正经地说道。毕竟,蛇这种生物,总是很在乎礼仪和秩序的。

卡西奥佩娅再次望向挡住她去路的蝙蝠。胡·卡姆让她一直走在这条路上,因此她不敢离开道路。另外,就算她尝试与道路保持一定距离,那只蝙蝠也依然有可能会袭击她。

"你应该不知道要怎么通过它吧,对吗?"她问这条蛇,"我得到世界树去。"

那条蛇想了一分钟。"我和我的姐妹们能够转移它的注意力。但你得动作快。"

"你要帮我?"卡西奥佩娅说,"你真是好心。"

"对,因为我们都是大地的女儿,"蛇高傲地说道,"另外,我喜欢你戴在手臂上的手镯。你可以把它给我们来达成这场交易。毕竟，在这样的探求中，你总得付出点什么。"

卡西奥佩娅摸了摸手腕，看向银环。这是胡·卡姆的礼物，是她拥有过的唯一珠宝，也是她想好好保存的物品，是她这趟旅程的纪念。也是他的纪念。她咬住嘴唇。

"好吧，那给你。"卡西奥佩娅摇了摇头，将手镯放在蛇身旁的地面上。

那条蛇看起来很高兴。它眨动眼睛，像猫一样，用两个脑袋蹭卡西奥佩娅的手。接着她唤来了她的姐妹。她们一共有三条，都是碧绿的，同样也有两个脑袋，看到那只银手镯时，她们都很愉快，因为所有的蛇都欣赏珠宝、稀有金属和镜子。它们的虚荣心让它们花费大量时间追逐它们映照在这些物品表面上的镜像，但你决不能因此而看轻了蛇，因为它们都是些友善而体贴的生物。

欣赏完手镯，蛇们又转来关注卡西奥佩娅，窃窃私语。

"我们往不同的方向散开，"蛇对她说，"等路上可以走了，你就赶紧跑。但一定要动作快。"

"我一点儿也不想在这里逗留，"卡西奥佩娅说，"谢谢你们。"

她站起身，做好准备。那些蛇沿着道路游动。一开始蝙蝠没有注意到它们。它还睡着，双臂抱胸，双眼紧闭。但随着蛇在沙土上移动，让路旁的草丛随之抖动，那只蝙蝠终于惊醒了。它抬起头，以雷霆万钧的姿态张开翅膀，制造出仿若鞭击的声音，它冲入空中，拍打双翅，想要找出声音的来源。

它在飞行时看起来似乎体形更大，在心惊肉跳的几个瞬间，卡西奥佩娅没有动弹。接着，她镇定心神向前冲了出去。

玉影之神

她奔跑着,想找到路上的阴影缺口,却一个也没有看到。不管她怎么寻找,漆黑之路都没有尽头。

那只蝙蝠原本在追一条蛇,此时转过了它巨大的脑袋,改变了主意,打算追踪这新出现的声音。它拍打翅膀,开始加速,卡西奥佩娅也尽力加快跑步的速度。她曾经有过许多次在楼梯跑上跑下、绕着老家的房子跑前跑后的经历,而且,她还是个姑娘,但那只蝙蝠依旧迅速接近了她。

卡西奥佩娅开始以之字形跑动,希望这样能够甩脱这个生物。她曾经在深夜见过蛾子这样飞行来骗过蝙蝠,以免成为它们的晚餐,尽管这么做给她挣得了几分钟的时间,卡玛佐茨的身影依然逼近了她。她注意到有两根倒塌后相叠的柱子,它们形成了一个夹角,给柱子下方留出了一定的空间。卡西奥佩娅猛地扑倒在地,滚到柱子下方。

蝙蝠俯冲下降,想要像它在很久以前抓住双子英雄的脑袋一样,抓住她的脑袋,但它撞上了柱子。它的爪子以极大的力量拍在柱子上,在石头上留下了深深的抓痕。蝙蝠飞起又下降,一次又一次地撞击柱子。卡西奥佩娅躲在藏身之处,感觉到那石头在不停的击打下颤抖不止。她解开葫芦的绳索,等着蝙蝠再次俯冲撞击柱子的那一刻,以全身的力气将葫芦扔了出去。葫芦在地上滚动,里面的水也随之晃荡。蝙蝠听到了这个声音,朝那方向飞去。

卡西奥佩娅站起身,开始跑动。再一次地,她的鞋落在地上的声音让蝙蝠掉转方向来找她。没隔多久,它就找到了她。

漆黑之路在卡西奥佩娅面前坚实而坚定地延伸,看不出一点裂隙,而在她身后的上方,那只蝙蝠拍打着翅膀,准备以剃刀般锋利的爪子抓下她的头颅。

我要死了，她想。可怕，我要死了。

但她摇了摇头，将这念头扫开。

也就在这时，她看到了它，一块游移不定的阴影，它说明那儿有个缝隙，于是她便跳了进去。

她没有说出自己的目的地——时间不够她发出声音——便踉跄地跌入一片彻底的黑暗，又踉跄地滚出了漆黑之路。

她抬起头，除了冥界那怪异的并非天空的天空之外，她的头顶已什么都没有了。在她身后的道路一片寂静。路边没有石柱，无论是断裂的还是完好无损的都没有。她甩开了那只蝙蝠。

卡西奥佩娅在地上躺了一会儿，直到心跳恢复平时的节奏。接着她站起身，继续向前走去。

❖◆❖

马丁来到一条血河旁。这条河流的景象令人作呕，他不得不掉头回去，在道路上另寻一个缺口，再次跳入，这就是希泊巴的圈套，道路看起来虽然是一条直线，其实却有着分叉，还会移动。它一直在变动之中。不过，马丁再次跳出后，发现自己出现在了一条脓汁形成的河流旁，依然无法穿越。

"妈的！"他大喊道。他第三次转身，终于能够继续向前。这时候的道路不再黏腻，因此他走得比之前更轻松，但猴子的袭击让他的双臂多处擦伤，脸颊虽已不再流血，却疼痛非常。不止如此，他的自尊心也受到了伤害，此刻的他衣冠不整，完全是个在漆黑之路上踉跄前行的被吓坏了的无赖。

玉影之神

◆

骨头从地表戳了出来，仿佛破损的牙。有些是雪白的，有些发黄，还有些则是腐烂的黑色，上面挂着一些浅粉或鲜红的肉。骨头的尺寸不一，细的像是一丛雏菊，还有些则有一人高。它们散发出恶臭，让卡西奥佩娅不得不用披巾按住自己的脸。

尸臭引来黑色的秃鹫，它们蹲伏在骨堆上。这些秃鹫满身褶皱，没有羽毛，黑色的脑袋看向卡西奥佩娅，蛋白石的眼睛倒映出了这个年轻女子的影像，不过它们放过了她，没有试图阻挠她前进。更叫人不适的是群集在骨头周围的苍蝇。它们呈现出各式各样的绿色，有酒瓶和玻璃的淡绿，有玉的盈绿，还有丛林的深绿。她经过时一群群苍蝇随之惊起，发出有毒的"嗡嗡"声。她把披巾按在脸上，屏住呼吸，腐肉的气味刺激得她眼中含泪，到了最后，骨头上密密麻麻全是苍蝇，形成了一整片云。不过，她继续向前，慢慢地，苍蝇和臭气都消散了。

此时迎向卡西奥佩娅的骨头都已被啄食干净，苍白，没有一丝腐肉，从地表伸向高空。它们不再像小小的雏菊一般丛集，这儿最小的骨头也有她肩膀那么高；它们如大树般伸展，此前的骨头都出现在路旁，而这时，骨头已在她前进的漆黑之路中央突现。一开始只有一两根，而后她经过了四根巨骨，再接下来是五根，它们都排成一排。

卡西奥佩娅从脸上拉下围巾，向前方看去。迎向她的是一面骨墙。在希泊巴那没有太阳的天空下，它略带微光。墙虽然很高，却不是无法穿越。骨头与骨头之间还有空隙，足以让人从中硬挤通过。

在骨墙的高处，蹲伏着几只黑色的秃鹫，正盯着这个女人。

"很好。"卡西奥佩娅说完，用叹息给这两个字加上句点。

她走过空隙。她时不时得低下头，走得很慢。但除此之外没什么问题。然而秃鹫突然大叫，全都飞走了。卡西奥佩娅抬起头。从她所在之处什么也看不到，骨头密集得仿佛丛林中的林冠。

她继续向前。但接着，她听到了它的声音：一声抓挠的巨响，一阵差点让她摔倒的"隆隆"声。那些骨头在移动。骨与骨之间的空隙消失了。

卡西奥佩娅匆忙向前爬，急着逃离这个陷阱。骨头彼此撞击，发出咔哒声，她用力推开一根形似巨型肋骨的突出骨头，设法让它往左滚出一点，好让自己挤过去。骨头的咔哒声变得更响，仿佛嘴一般地闭拢。前方有个空隙，很小，若她跪下来便有可能爬出去，于是她这样做了。粗糙的地面抵在她的膝盖下，摩擦着它们，但卡西奥佩娅匆匆前进。上方的骨头向下挤压，准备将她碾碎，不过她从这个咽喉中滚了出去。她的披巾卷住骨头，于是她把披巾从肩膀上扯下来，弃之不顾，最后背部着地滚了出来，双眼望向天空。

此时的骨墙已再没有一点空隙。它惨白，宁静，咔哒声也已停息。她的披巾夹在两根骨头之间，仿佛旗帜般随风摇摆，最后那些骨头似乎将它扯了回去，把这块布料整个吞食了。

吞它总比吞我要好，她想。

卡西奥佩娅站起身，将手掌往裙子上擦了擦，从骨墙前离开。她已经丢了手镯、葫芦和披巾，手里只剩匕首。她觉得这不是什么好兆头，但她也不是什么预言家，更没有能窥探未来的占卜石或者十八颗玉米粒。

一只黑色的秃鹫俯冲下来，落在她身旁的路上，好奇地盯着卡西奥佩娅。

"我正在前往玉石殿。"她对这只鸟说，她知道自己必须继续前行。除此之外没有别的可做。一步又一步，而漆黑之路则如同刚浇筑的沥青。

◆

两位神分别坐在他们的椅子里。地板上的烟灰一直在变动，重塑这对双胞胎神观察着的画面，展现了两名旅行者各自的状况。马丁有此前行走漆黑之路的经验帮助，极有效率地穿越阴影，加快着速度。

地板上的烟灰冉冉升起，描画出卡西奥佩娅的画面。此前她有过一段艰难的历程，不过她已躲开了巨大的卡玛佐茨和骨之喉。假如武库布·卡姆是个赌徒，他一定会打赌这种事绝不会发生。

武库布·卡姆的指甲深深陷入了椅子的木料，让椅子发出呻吟。他迅速转头，盯着他那深色头发的兄长，而后者，关心的就只有烟灰展现的女孩穿越大地的动作。

"她到底是谁？"武库布·卡姆站起身，他的质问带着怒意，但死神的怒火是寒冷的，因此这些话也极为冰冷。

"你这句话是什么意思？"

"她这是怎么做到的？"

"这里面没有什么花招，如果你想问的是这一点。我没有作弊。"胡·卡姆说道。

他当然没有。他也做不到。这个女孩一开始移动得很慢，很笨拙，但现在她已加快了速度，可能很快就会超过马丁。这是她自己的努力，是她的坚定决心带来的结果，武库布·卡姆再次想到了符号的含义。处女，以及与之相符的可能性。

"你肯定以某种方法在作弊，"武库布·卡姆生气地说，"她不过就是个只能靠自己的虚弱小东西。"

"你总是识人不清。"胡·卡姆看向弟弟，回答道，他的单眼如墨般漆黑。

呸！但话说回来，他们不都确实辜负了武库布·卡姆的期待吗？老西里洛，狡猾的诗塔贝，还有掌握了午夜巫术的扎瓦拉家的双胞胎。现在轮到马丁了。这个年轻人不是一位神会希望能够挥舞的锋利匕首，而是更粗鄙的武器，是把沉重的钉锤。但这又有什么关系？

"我会看着她死掉。"武库布·卡姆对烟灰说道，冰冷的怒火凝结成了肉眼可见的冰箭，当他吐出呼吸，那箭便从他的双唇飞出，射入马丁的意识，而后者，此时正坐在路边一棵倒下的树的树桩上。

这个男子用手帕擦着前额，这趟旅程让他精疲力尽，希泊巴的风景则叫他极度沮丧。他的汗水湿透了这块布料，他用它来擦了擦脸颊，擦伤之处微微刺痛。他周围是没有一片树叶的黑色树木，它们光秃秃的枝条指向天空，树干已经腐烂，他此时正充作座位的树桩便是如此。

马丁单手抵着脑袋，手上的戒指蜇了一下，刺入他的肉里。

武库布·卡姆的想法在他心中升起，就好像那是他自己心里生出的念头。它在他的头颅里不断缭绕。

玉影之神

杀了她,武库布·卡姆说道。

"杀了她。"马丁重复,声音没有任何感情色彩,它阴冷,迅捷,古老。

回音渐渐消失,马丁用双手拧着手帕。

"主人,求求您。"但那存在已抛下了他。他独自坐着,唯一的伙伴就只有这些枯死的树木。给他的指示很清晰。

他已经可以感受到他的表妹在靠近了,虽然他并不理解自己是怎么感知到她的。想必是武库布·卡姆以某种方式引导她离开路线,来到此处。又或许这不是希泊巴之主的手笔,漆黑之路确实有着它自己的意志。

无所谓。他已经感知到了她。

就好像她是一只昆虫,让蜘蛛网上的细线发生了颤动。

而这一点,反过来让他成了蜘蛛。

马丁攥紧手帕。

33
CHAPTER THIRTY-THREE

卡 西奥佩娅前进的道路两旁长满树木，它们时不时极为浓密，甚至形成格栅。但所有树都已干枯、死亡，它们的树权发白，如鬼影一般直指灰色的天空。

道路很陡，通往一座小山，她爬得很累。最后她来到一片空地。在她右边是一丛树木，但她可以看到，下方远处就是那漆黑之城。

宏伟的堤道切开了环绕着那座城的荆棘，这圈荆棘很像凡人城镇的防御性石墙，但这座城市不需要用这种方式抵御任何仇敌。诚如其名，这儿的所有建筑都由黑色石头建成，不过这种黑色富有光泽，会不断变动，闪起微光。广场上立着石柱和石碑，以浅色象形文字装饰的长楼梯通往各个平台。宁静，庄重，单调，便是这座城市的特征。唯一的例外是城市正中心的玉石殿，它有着激昂的色彩，与卡西奥佩娅在故乡熟知的所有建筑的结构完全不同。

这座王宫有四层，每一层都比前一层略小一些，它们的外表上装饰着几何图案，这些符号创造出明显可见的节律，与鼓点的节奏类似。一道壮观的中央阶梯将这些平台联通在一起。不可思议的是，整座建筑是由一整块浅绿色的玉建造而成，正如胡·卡姆所说，它就像一颗巨大的宝石。它看起来就像她站在海边时想象的那座王宫。

看着这座由无穷无尽的凡人游离的梦境雕塑而成的怪异城市，她深吸了一口气。

那丛死树里传来了"沙沙"声，卡西奥佩娅转过头，她本以为会发现蛇或其他动物，结果却是她的表兄。马丁看起来凄惨疲惫，他停下动作，也看向那座城市。他从脖子上挂着的葫芦里抿了一口水，用手背擦了擦嘴。他将葫芦递给她。她警惕地接过抿了一口。

"上帝。我以为自己要永远这么走下去了，"他说，"你也有这种感觉吗？"

"有点。"她回答道，将葫芦递还给他。

马丁又想再喝，但葫芦里已经没有水了。他因此发怒，将葫芦从脖子上取下来，扔到一边。它沿着山坡滚了下去。

"卡西奥佩娅，你不应该继续往前走了。"他对她说。

"这是场竞赛。我们彼此竞争，要看谁先走到那儿。我不能在这里停下。"她回答道，估计他是想让她心生疑虑。

"能的，你可以，只要你知道怎么做才有利于你。武库布·卡姆不希望你再继续靠近那座城市。"

"我根本不关心他希望什么。我们已经说好了，而且我也不打算现在放弃。"

在这整个过程中，马丁都没有看她。现在，他终于将视线移到了她身上。他的脸上透着饥渴，那不是身体的干渴，而是灵魂上的。他看起来像是备受折磨。

"卡西奥佩娅，我不能让你继续。因此……在这儿坐下，等着。"他说着，单手扒梳自己的头发。他的头发因为汗水而黏腻，脸颊上有一道擦伤，他浑身上下满是污泥，头发更是乱糟糟的，像是已经连续不断地走了许多天。这趟旅程想必给他带来了很大的负担。卡西奥佩娅也很累，很想坐下休息。

"然后呢？让你赢？"她问。

"武库布·卡姆需要保住他的王座，我们全家都指望……上帝，大家都指望着这一点。你输掉……对所有人来说都是最好的。"

"对你和对他来说,可能确实是这样。"

"相信我。你根本不想这样。我会和武库布·卡姆再谈谈的,"他保证道,"到时候他不会杀了你,毕竟,你是莱瓦家的一员。"

"别再尝试说服我了。我从来就不是什么莱瓦家的成员。你们早就让我知道了这一点。"

"我很抱歉!行了吧?抱歉!但看在上帝的分上,别拿我,别拿我们全家出气,至少现在别。卡西奥佩娅,快说你不会再往前走了。"

她想,他是会说话算话,按照他在墨西哥城他俩交谈时保证的那样去做:称她为"表妹",让她走在他旁边。甚至还会给她买裙子和一些小玩意儿,带她去梅里达跳舞,就像他偶尔会对他的姐妹做的那样。毕竟,他已经孤注一掷了。

虽然在很久以前,她会喜欢这样的事,但现在,她已不会为此动摇。

"我要去王宫。"这话是对马丁说的,也是对她自己说的。

"上帝。你从来不肯放弃,对吧?"他吼道,在他心中升腾起了强烈到危险的怒火。

卡西奥佩娅想跑,但他的动作很快,已冲到她面前。她不知道该如何战斗,当马丁将她推倒在地,她能做的也不过就是喘气。她抬起双臂,想把他推开,他们都用力挥动四肢,扭打在了一起。

她觉得马丁打算殴打她,给她好好上一课,就像她外祖父用手杖做的那样;就像马丁以前做过的那样。一两个巴掌。但此时

玉影之神

他举起匕首,而她抬起双臂,想护住自己的脸;她挡住了匕首,用手指抓住他的手腕,让他无法继续向下刺。她甚至没法朝他喊叫:他的身体很重,压住了她。她就像忘了该怎么呼吸。她觉得自己要死在这个奇怪的地方了,在这些干枯的树边上,那些树木白色的枝丫在风中轻轻低语。

他的发丝遮住了眼睛,满脸怒气,她的表哥成了个陌生的存在。他像是神话传说中的怪物,比卡玛佐茨更为可怖,因为她长期以来都害怕马丁,也因为她在开始这场探求之前,就梦到过事情可能会以类似的方式结束,他最终陷入了暴力的行为之中。

"马丁,求求你。"她设法嘶哑地开口说,以为他绝不会放弃。

但此时他却起身,从她身上爬开,浑身发抖,仿佛适才被按倒在泥地上,眼前就是匕首的人,反而是他。卡西奥佩娅眨了眨眼睛,也竭力爬了起来。

"我做不到,"马丁说,"你这个愚蠢的姑娘,我做不到!"

他哭了。他俩更年幼的时候,卡西奥佩娅见过他哭泣的样子,当时她打了他的脑袋。鲜血涌了出来,那么多血,他哇哇大哭。现在,他又哭了起来,尽管刚才明明是他想要伤害她。他感受到她的视线落在自己身上,突然转向她,卡西奥佩娅抬起双臂。她觉得他可能会做完他刚才在做的事。

然而落在她身上的不是匕首尖端,而是他的双手。他用力推开她,力气之大,令她滚下山坡。她最后落在一丛杂草上,没有受伤。土地是柔软的黏土,这座山坡也不高。一条小溪潺潺经过。

"留在那儿!"他警告道,接着便从她的视野中消失不见。卡西奥佩娅站起身,在原处等了几分钟,而后才爬回去,但等她来到小山坡顶,她发现道路已经不见了,自己正站在一条泥泞的长平台上。她四下环顾,想找到那条路。但哪儿都看不到它的踪影。

另一条溪流从她身边淌过。也或许,这正是她刚才看到的同一条,虽然这不太合理。不过希泊巴并不尊重中间世界的地形学,同样的距离在此地会延长或压缩。

黄色的树木从泥土中突出,因为年久而腐烂。奇怪的鸟儿将泥土堆作巢穴,它们形似火烈鸟,却没有那种鲜艳的色彩。这些鸟都是灰色的。不是火烈鸟幼仔尚未吞食太多小虾而未获得鲜粉红时的那种灰,而是一种更暗沉的灰色,类似煤烟。

卡西奥佩娅不知道还能做什么,于是开始走动。当她经过,那些鸟抬起头,盯着她,拍打翅膀,制造出"嘶嘶"声,但没有试图靠近。她的一只手一直摆在匕首上。

她决定跟着小溪走,既然此刻她已找不到那条道路,那么往哪个方向去,其实都一样。她渐渐感到口渴,于是跪下来,从溪流中饮水。

死者的灵魂在前往希泊巴时,倘若在远离漆黑之路的地方行走,便会遗忘自己,而她也开始忘却。她觉得自己已经走了几个礼拜,她的脚磨出了水泡,鞋子沾满泥土,她的衣服歪歪斜斜,头发也杂乱蓬松。

当她回望身后,看向她来的地方,目之所及就只有泥土堆和沿着大地流淌的潺潺小溪。她眨了眨眼睛,意识到空旷地上出现了溪水这件事的怪异之处:她从来没有在一条河流旁行走,在尤卡坦半岛的北部,所有的河流都在地下。

玉影之神

尽管她这辈子都生活在尤卡坦半岛，但此刻要让她想起那地方，已经很困难了。

要回想她的卧室，她从前一直在读的书，她记得的诗歌，星星的名字，她母亲的脸和她父亲的那些故事，同样艰难。她在希泊巴待好几个小时了吗？还是说已经有许多年了？她看向自己的双手，它们是年轻女人的手，但她越是盯着它们看，它们就变得越发苍老。黄褐色的斑点出现在手背上，她行走的速度缓慢，她的脊椎因为上了年纪而弯曲。

她还是年轻人吗？曾经是的。故事的一开始总是这样，但她忙于跪着擦地板，从没有机会好好想象童话故事里的情节。她过的就是这样的生活？每一天，清扫屋子，帮忙把水果和蔬菜扛进厨房，给她的外祖父擦鞋。

应该是这样。她渐渐长大，成为女人。还是过着这样的日常生活。还是在乌库米尔。去取这个，去取那个。刷子，肥皂，她的双手因为各种家务而龟裂。她的母亲死了，而她继续留在乌库米尔。马丁结婚了，生了小孩。但卡西奥佩娅没有，因为她不过是个穷亲戚，能留在那儿全凭他们好心。她的头发里渐渐出现银丝，接着全白了。她死时已是老妇，呼吸带着酸臭，双眼因为白内障而浑浊不清。

她一步也没有踏出过这个镇子。年轻时她曾梦想跳一曲快舞，感受汽车的诱惑。但她从没能攒到足够的钱，也从没能有足够的勇气前往梅里达。她忿忿不平地成长，心怀敌意，直到最后，她的心里除了恶意什么也不剩。

她已经死了，不知怎么回事，最终来到这里。在这个地方，没有血肉和羽毛的鸟儿跟着她前行，它们以空洞的眼窝望着她，而她陷入泥里，裙子上沾着厚厚一层潮湿的土。

但是话说回来，曾经有……

曾经是不是有过什么别的？那些记忆顽固地抓挠着她的头颅。卡西奥佩娅也擦了擦脑袋，感受到了勾连在手指上的几缕散发和干枯的头皮。她的视线倾斜，没法聚焦。毕竟，她已经是个老妇了。

但是曾经有……

有首诗里讲述的正是她此刻的感受。那首诗，她很早以前读到的，在一本发霉的书里，那本书的书页都散落了。

诗上说……

"'他说生命必然短暂，充满未知与苦痛，终究得经受死亡'。"卡西奥佩娅轻声说道。

她想起来了。在提华纳的时候，她给胡·卡姆念过这首诗。但那不是许多年前，而是几天前的事。她一点也不老。她还是个年轻的女人，她又抬起手看，看到的是她熟悉的皮肤，完全没有蒙受岁月的污染。

她也想起了她的探求。

她正要去往王宫，去找到世界树。

卡西奥佩娅眨了眨眼睛。她周遭的世界是刺眼的白，这让她用手挡了一会儿眼睛。泥土地变成了平地，鸟也不见了。此时她身处的地方成了盐碱地，地面上散布着几株散发磷光的植物，它们正随微风摇摆。

希泊巴再次展开了它的诡计。

那条河消失了，卡西奥佩娅开始沿着奇怪的发光树走。这些树种成一排，树与树之间彼此相连。地上还有些银莲花和一些看

玉影之神

起来像稀有兰花的植物，不过它们都是钙华形成的。远处，她看到了一些锥形的山。抬头时，她看到一群没有眼睛的鱼游过她的头顶，它们就像鸟一样，仿佛遗忘了自己本该住在水洞的最深处，住在石灰质的土壤之下。

她满身疼痛，但最疼的还是她的手，她将手抵在胸口。她几乎可以感觉到时间在一分一秒地流逝，像是有一颗巨大的心脏静静地在整片大地上跳动。

盐地冰冷，带着吸力。她奋力向前，最后鞋子里灌满了盐，她脱下鞋子，赤脚继续前行。她的前方没有目的地，她所到之处也什么都不是，她只希望能找到漆黑之路，尽管在内心深处，她明白自己找不到。

她经过了海贝堆成的高耸柱子，这些贝壳像砖块一般严丝合缝地垒在一起，最终她来到了一座湖旁。那座湖散发出微微的蓝光，就像在她的梦中一样。

※◆※

风吹干了马丁的眼泪，这比他身体上的擦伤，比他干渴的喉咙更痛。他一路向下沿着进入漆黑之城的堤道奔跑，跑过自缟玛瑙雕刻而出的优雅建筑。在这些房屋的窗子里，有些戴着白色面具的人好奇地望着他，他遇到了同样沿着这条路行走的士兵、祭司和平民，又无视了他们，这些人都转过头来嘲讽地望着这个胆敢在他们那盘结的城市中穿行的凡人。

※◆※

卡西奥佩娅站在湖旁，风拉扯着她的头发。在她前方，湖水的彼岸，只有盐地，而要绕过这座湖泊，或许得花上很多时间。她不得不在湖畔坐下，调整呼吸。她的身体已经不痛了，但她知道，这是一种信号，说明一切即将结束。接下来就再也没有时间了。

她感觉到力量正从她身体中消退。她感知到一阵仿佛脉搏跳动一般的动静，是马丁落在漆黑之路上的脚步；他正在进城，经过黑色的房屋和黑色的石碑，靠近玉石殿。

而她正在死去。此前那个垂垂老朽的她确实是幻象，但这一次的感觉是真实的，死亡正在蚕食她的手指。

她离漆黑之路太远，甚至没法及时抵达世界树。

卡西奥佩娅抓住匕首，叹了口气，双手互抛着它。

她想起了洛雷的建议。切掉你的手，侍奉武库布·卡姆。还有武库布·卡姆开出的价。死去，然后将自己献给他。她将得到邀请，住在世界树的阴影之中。胡·卡姆则会湮灭。但无论如何他都会湮灭，而她如果做出这样的姿态来，武库布·卡姆便会善待她。

他可能会很仁慈。

毕竟，背叛是她的天性。她的外祖父就干过不忠的事。

她也梦到过这一刻，梦到过手腕被切下来的画面。这就是命运之箭。她太傻了，才会以为自己能赢得这场挑战。不幸的卡西奥佩娅，生来受到灾星的感应，不可能获胜。

卡西奥佩娅紧紧攥住匕首。绝望，恐惧，她希望能洗去悲伤，便踏入湖中，直到湖水没过她的大腿。她的手里还捏着匕首。黑曜石的刀刃极为锋利，完美得超越自然，它就像一面黑色的镜子。她在其中看到了自己的倒影。

玉影之神

※◆※

马丁在城中越是行走,漆黑之路就变得越是复杂。它带着他踏入尽头是死路的小巷,拖着他经过宏伟的神庙,还穿过了一个集市,有人在那儿兜售美洲豹的皮毛和没有羽毛的鸟,它们的骨头被染成了各种颜色。赌徒们坐在编织而成的垫子上投骰子,在棋盘上移动红与蓝的卵石。他们哈哈大笑,朝马丁露出尖利的牙齿。

"妈的。"他咒骂道。

但他的右眼瞥见了一抹绿,他转过身,在不是很远的地方,他看到了玉石殿那毋庸置疑的轮廓。

马丁露出微笑。

※◆※

她听得到马丁的脚步落在漆黑之城中石块上的声音。她听得到他的呼吸,感觉得到自己身体里最后的那一点时间正在枯萎。

卡西奥佩娅很害怕。恐惧仿佛挂了铅块的斗篷,强烈地制住了她。它不会放她移动。它缠住了她。活下去,活下去,她想要活下去。她想找到脱身之法。

正如胡·卡姆从前对她所说:生命从不是公平的。那她为什么要公平?为什么她就该受苦?这甚至不是属于她的英雄传说。这类故事,这类靠不住的编造出来的神话,都属于有着盾牌和铠甲的英雄,属于天赋神力的双胞胎,属于福星高照的人。

而她不过是个无名之地来的小女孩。就让英雄们去拯救世界,拯救必须取回王冠的国王好了。活下去,活下去,她想活下去，而且她有个活下去的办法。

谁说她不能像她的外祖父一样，侍奉一个死神？武库布·卡姆保证过，她会成为他最喜爱的廷臣。她甚至可能变得与诗塔贝一样，手指和耳朵上都戴满珠宝，备受赞誉和尊敬。

为什么不行？

"我将自己献给希泊巴的至高之主。"她对匕首说，声音犹豫。

她抬起手臂。她可以看到胡·卡姆的死，看到他的头颅从身体上分离，身躯就此倒下。她可以看到武库布·卡姆展望的未来：他的王国扩张，世界饱尝烟与血的滋味，黑暗玷污整片大地。

接着她又想起她走过的这长长的路，她克服了的种种障碍，还有他俩站在海边时胡·卡姆对她说的话。它如此清晰地在她耳边响起：但你确实就是英雄。她也回想起了他眼睛的颜色是如何变深，变成天鹅绒般的黑色，还有他最终未能给她的第三个吻。他不需要那么做。他爱她，卡西奥佩娅知道。她也爱他。

她不能背叛他。她不能背叛自己。她不能背叛这个故事。

制造神话。这个传说故事，它比你或我都更伟大。

或许她确实不是手握盾牌的天选英雄，但重要的是符号的象征意义。她攥紧了匕首。

"我将自己献给希泊巴的至高之主，即胡·卡姆主宰。"这一次，她说得泰然自若。卡西奥佩娅将匕首划向自己的咽喉。

库布卡。切喉。正确的死亡方式。相比之下，武库布·卡姆建议的切下手腕还不算最适宜。

无论是否正确，疼痛都很真实；它迅速贯穿她的身体，她睁大双眼。鲜血汩汩涌出,浸透她的衬衫,她不住颤抖。她松开匕首,没有将双手按在喉咙上,也没有设法阻止鲜血的涌流。

相反,她回想起的是自己在旅馆中对胡·卡姆所说的话:她想让所有一切都好好地活下来。她的双唇,一直在重复这个请求,不是为她自己的生命,而是其他一切的生命。

卡西奥佩娅跪倒在地,滑入水中,湖水将她整个吞没。

这片湖宁静得堪称完美。就好像她从未出现在那儿一样。

库布卡。

◈

在希泊巴的荒原上,人们四处乱走,恳求呼喊。在沼泽中,骷髅鸟发出尖叫。蜂巢般的洞穴里,已经忘了自己是谁的凡人们撕扯着头发。在漆黑之城,为冥界生活做好了充足准备的贵族死者们将蛇纹石与玉石装饰在身上,摆好正确的供品,坐在长椅上,饮下黑色的液体。

希泊巴总是如此。

而在此时,蛇与美洲豹,还有蝙蝠,都转过脑袋,因为这片大地屏住了呼吸。荒原上的人停止呼喊,骷髅鸟的尖叫渐渐止歇,失魂的凡人不再咬牙切齿,撕扯头发,贵族死者则紧紧地握住了手中的酒杯。

正在靠近玉石殿正门入口的马丁踉跄一步,接着便一动不动地站定了。他不明白这是为什么,只知道自己必须停下,有一股比他更强大的力量迫使他固定在原处,他甚至不敢转头。

在中间世界,在海边的赌场里,地面在震动。枝形吊灯晃得叮当作响。巨大的裂痕在许多镜子的镜面和旅馆的窗户上延伸。

望着骰子滚动的宾客和轮岗的旅馆雇员发出惊喘,以为有地震袭击了半岛。

原本坐在木椅上的两位死神都站起身,与大地一样,屏住了呼吸。阿尼巴·扎瓦拉望着展现出死者之地的烟灰地图,那地图正如树叶般颤抖,通常他总能以巫术哄骗这地图重新聚形,这一次他却失败了。

武库布·卡姆像是回应马丁的踉跄一般,也绊倒了,胡·卡姆则将手按在了自己的喉咙上。

台座上,那把曾经砍下过胡·卡姆头颅,而且渴望再次砍下它的铁斧,也震颤起来。它就像纸造的一般扭曲,接着被撕成碎片,无数细微的铁片飞溅着嵌入这个房间的墙壁。

与此同时,烟灰地图也在地板上四散。

整片大地仿佛张开大嘴,再次呼吸,而且,经过了重塑。

34
CHAPTER THIRTY-FOUR

他们在世界树的阴影中现身。武库布·卡姆和胡·卡姆,扎瓦拉和马丁。即使他们希望能远离,也没法留在原处。希泊巴将他们吸了过来,要求他们在湖畔出现。

一开始,他们什么也没看到,像是踏入了一个毫无装饰的宁静房间。世界树升了起来,它极为庄严,升到了不可思议的高度,没有任何自然生长的树木能够如此向上延伸。毫无预警地,水面出现一道涟漪,一个巨大的生物自湖中出现。它极为古老,光滑得带有荧荧闪光,就像繁星满布的夜,星云和死去的恒星留下的尘埃包裹住了它的鳞片。这是源初凯门鳄,极深处的目盲生物。

很早很早以前,这只凯门鳄曾遭到肢解,被人献祭。但现在,它再度崛起。

毁灭带来新生。

卡西奥佩娅将自己的身体掷入水中,这一牺牲得到了记录,在希泊巴的各处回响。她唤醒了这条在黑暗的居所中甚少受到惊扰的凯门鳄,它身躯庞大,体表粗糙不平,如此令人敬畏,因此一见到这个生物,扎瓦拉便跪了下来。马丁也跟着照做了。武库布·卡姆则纹丝不动。

"这不可能。"这位神轻声说道。

武库布·卡姆预见到了各种未来,却从未预见这一幕。他知道自己已经输了,但输得如此彻底,让他像是挨了鞭打一般的愤怒。他感觉就像整个宇宙都决定要以这个画面,以召唤出这个存在来羞辱他。武库布·卡姆看着自己的掌心,那儿依然留着挥舞铁斧留下的灼伤。毫无意义的灼伤。多么可笑!他什么也没能做到。

玉影之神

凯门鳄慢慢来到湖岸边。它的每一步都令地面颤抖。它张开下巴,嘴里是一团布料。凯门鳄将这一团东西放在地上,接着缓慢地回到水中。

在它离开的寂静之中,神与凡人一动不动地站着,直到最后,胡·卡姆向前踏出脚步。

那团布料是深红色的,正是通常用来包裹尸体的覆盖布。胡·卡姆在它边上跪下,将它拉开了一角。布料里躺着卡西奥佩娅,仿佛一朵破碎的花。她的喉咙还留有匕首的划痕,衣服上沾满鲜血,双眼紧闭。她那黑色的头发紧贴着她的头颅。

"这是个骗局,"武库布·卡姆轻声说,手掌心仿佛刚被割裂一般疼得厉害,"你们作弊了。"

"她胜了。"胡·卡姆回答道,武库布·卡姆怒气冲冲地低下了骄傲的头颅。

胡·卡姆再次看向这个女孩。他温柔地望着她,以更温柔的动作触摸她,用一根手指抚过她的眉毛,滑过她的脸颊,碰了碰她的嘴唇,最后将一只手按在她的脖子上。她咽喉的缺口成了一道朱砂的红线,随后他抹去了这道红色尘埃的线,治愈了她的皮肤。

卡西奥佩娅慢慢张开眼睛,就像刚从一场深沉的长眠中惊醒。胡·卡姆站起身,扶她站稳,而当她站立,那沾满尘土的衣服便换成了亮红色的裙子,裙子上的黑色流苏一直垂挂到她的脚踝,腰上也出现了黑色的饰带。胡·卡姆的衣服随之改变,此前他在中间世界穿着的外套和裤子都消失了。黑色的缠腰布替换了之前那套服装,由黑色蛾子的翅膀制成的披风落在他的肩膀上,那条绿色的玉石项链则佩戴在他胸前。

卡西奥佩娅眨了眨眼睛,她的身子摇晃了一瞬,接着看向全副盛装的胡·卡姆。开口时,她的声音低沉。

"发生什么了?"

"你赢了比赛,"他对她说,"你救了我。"

"我死了,"她轻声说,张开手掌,覆在咽喉上。她望向地面,接着又抬头看他。"这是我先到了?"

"无可否认。"胡·卡姆说完,转身看向弟弟。

武库布·卡姆站在原处,脑袋低垂,但现在,他向前伸出一只手,一只装饰着骷髅的黑色盒子在他的手掌心里具现。他将盒子献给胡·卡姆。他这么做的时候并不情愿,但即使是神,也受到规则的束缚,武库布·卡姆再也无法拥有王座。

"是的,无可否认。她先抵达了世界树,源初凯门鳄是这一幕的见证者。你的统治得到了巩固。我将我取走的献给你。"

胡·卡姆抓起盒子,将它打开。在那里面,摆放的是他少了的那一只眼睛,它垫在天鹅绒上,仿佛一颗宝石。他必须将它重新装回身体,从而完成自尤卡坦半岛开始的旅程。不过,在此之前,他对卡西奥佩娅开口了。

"我欠你我的王国和我的感激,"他对她说,"我曾向你保证,会给予你真心渴望之物,你将获得你想要的一切。如果你要求地面上的珠宝,我会将它们给你。若你希望能报复你这位狡诈的表兄,那他会血溅当场。"

她望向马丁,后者正跪在地上,前额抵着尘土。扎瓦拉也是如此。她摇了摇头。

"我从没有想要珠宝,"她说,"另外,我希望能放马丁回家去。"

"很好,"胡·卡姆说道,"至于你,我的弟弟——"

"我向你臣服,"武库布·卡姆回答道,他那双布满疤痕的手掌向上,朝着天空,"复仇吧。这是你应得的。"

在世界树的阴影里,武库布·卡姆像个战俘一般,低头跪下。他没有抵抗,反抗之意已从他心中抽干,色彩也在他的双眼中黯淡。此时他的眼睛苍白如珍珠,身上的衣服也随着他此刻卑贱的处境而凋敝,成了被蛾子咬过的破布,只适合乞丐穿。

胡·卡姆严厉地看向武库布·卡姆,脸色仿佛按在颈动脉上的匕首,但当他俯下身,他却抱住了弟弟的肩膀。

"我本来只想让你死,"他说,"但现在,我已不再有这样的需要。我曾待你不善,而你也将这份无情回报给了我,但我不能让这悲伤的循环永远持续下去。"

听到这句话,武库布·卡姆才抬起头来。他想从他兄长的声音里读出欺骗之意,却完全没有找到。

"是尚且留在你血管中凡人的那一面导致你现在这么想。"他警惕地说道。

"或许吧。也可能是因为智慧,它让我知道不该挑战二重性下的秩序,"胡·卡姆说,而后,他又静静地补充道,"又或者是因为,我再怎么怨恨,你毕竟仍是我的兄弟。"

胡·卡姆低头看向他弟弟那双伤痕累累的手,武库布·卡姆则看着胡·卡姆的脸,看着他那只空洞的眼窝。

仇恨的本质难以索解。它可能会永世不断地噬咬你的内心,却在你本以为它会像山一样稳固不变时突然离去。但即使是群山也会遭到侵蚀。胡·卡姆的仇恨曾经像十座山那么高,武库布·卡姆的恶意则像十片海那么深。他俩彼此对决,在最后这一刻,当胡·卡姆本该让仇恨吞噬他的时候,他决定将它猛推出去,而武库布·卡姆也脱下了他那恶意的披肩作为回应。

毕竟,卡西奥佩娅献出了她自己,那胡·卡姆也该这么做。

胡·卡姆将盒子递还给了武库布·卡姆,武库布·卡姆犹豫一刻,才小心地抓住那只眼球,将它放入兄长的眼窝。随后武库布·卡姆抬起双手,在他的双手之间,一顶冠冕自动出现,那是缟玛瑙与玉石的王冠,他将它戴在胡·卡姆头上。在胡·卡姆的腰部此时出现了一条皮带,它上面装饰着与王冠相配的缟玛瑙与玉石镶嵌物。

这对兄弟的身高完全相当,当他们彼此对视,他们那两双眼睛,深色的与浅色的,位置都在同一个水平线上。他们是永恒的,从不改变,但又已经发生了改变。

"欢迎您回到您的居所,希泊巴的至高之主。"武库布·卡姆说道。

风在世界树的枝条间低语,重复着这些话。

王冠焕然一新,胡·卡姆本该胜利凯旋,起驾回宫,再次沐浴在他的王权光辉之下。廷臣们将会把酒杯斟满,让正殿充满焚香,述说出成百上千的喜悦赞美之词。

但现在,他们还得再等一会儿。

他转向女孩。

"来吧。"他对卡西奥佩娅说完,执起她的手。他的力量已经恢复,不再像卡西奥佩娅那样需要通过漆黑之路的阴影穿行,他只是随便地踏入空间之中的空隙,而后便能出现在他王国中最遥远的角落里。

这儿是一片灰色的荒漠。寸草不生。这里是希泊巴的最外

119

玉影之神

围,漆黑之路起始的地方,即使是希泊巴的边界也一直在变动,任何绘图师都没法画出它精确的地形。但不管怎么说,这儿是他王国的边界。

"要不了多久你就得回到中间世界了,"胡·卡姆对她说,"而我则必须成为神。"

"你现在还不是神吗?"

他摇了摇头。"还有一样东西没有取回。"他说着,抬起她的手,她知道他指的是骨片带来的连接之线,它将死亡与生命绑定在一起。它还在她的手中。

"在这之后……我就没有其他办法再留下来了?"

"你还活着。"他冷静地对她说。

"我已经死了,就在刚才。"她反驳道。

"对,而我把你的生命还给了你。没有任何活着的生物能在死者之地久留。它的生命力必然会枯竭。"

"而你无法在活人的土地上存在。"

"是的。另外,你忘了,我作为凡人的必死生命即将告终。与之一同消失的,则是我的心。"

卡西奥佩娅点了点头。她明白了,若此时有泪水从双眼中涌出,她也很快就将它们擦去了。而胡·卡姆,可能是要安慰她,也继续开口说话。

"你什么也没有要求,但我希望能将这些礼物放在你面前。让我给你能够说出地面上所有语言的能力,因为死神知道所有语言,"他说,"再让我给你一项天赋,能与所有漫游于中间世界的幽灵交谈。这种通灵术想必很有价值。"

他说这些话时没有展示任何力量,而当这些话说完,除了向彼此道别之外，他们也再没有任何事可做。

他的视线刺穿了她，但当他看向她，他的脸变得柔和起来，像是个还在做着梦的男人。他微微一笑。

他用双手捧起卡西奥佩娅的脸，将她拉近自己。她将一只手放在他的胸前，在那儿她感受到了他刚才提到的心脏。

她踮起脚尖，吻了他，希望他能记住自己。这是不可能的事，就像你希望海洋能留在你的掌心一样荒谬，但此刻他多多少少还算是个凡人。虽然身着华服，又取回了力量，但他依然比从前的任何时候都更像个凡人，他回吻她时也带着只有年轻人才会有的对爱的绝对信仰。

他亲吻了她的指关节，闭上眼睛，过了一会儿。他的手落在她的喉咙上。她曾承受的伤口此时已不见踪影，但胡·卡姆依然感受到了那条看不见的线，而后他睁开双眼，看着卡西奥佩娅。

接着他取出了她血肉深处的骨片，取回了他那不朽神性的最后一片拼图。

将他俩联系在一起的暗线猛地断了。卡西奥佩娅盯着他，看到他将手放在胸口，喘着粗气。他的心脏在他手掌下化为齑粉，眼看着这一幕令她心碎，但她没有转开眼睛。

当他的心只剩下不过一粒灰色的尘埃，他弯下腰，又吻了她，非常快，只是嘴唇的一擦而过。一粒尘土中也可能包含一整个宇宙，这在他也是如此。在这一粒尘土中活着他的爱，而他将它给了卡西奥佩娅，让她看着。他曾缓慢而安静地陷入爱河，这是种宁静的爱，饱含着未能说出口的话语，缀满梦的装饰。他曾为她而想象过自己是个男人，此时则允许她看到这个男人的极限，他将这一粒心的灰尘，也就是这个男人交给她，让她握上片

421

刻,而后又在它消散前的那一秒,将它取回。

等他直起身子,他的双眼已全然变成了黑色,这时却发生了一件古怪的事。那粒灰尘并未消散,而是变成了朱红,落入那双黑色的眼睛里,再也看不见了。但是如此紧密地与它的主宰相联系的希泊巴一定看见了,也一定知道。希泊巴感受到了这宁静的告别的回音。

这片王国中的居民,在大地屏住呼吸时曾经无比惊讶,此刻又一次地吃了一惊。希泊巴,如此深暗的地方,用苦涩的噩梦和狂热的梦境塑造,以悲伤之石建成;在这片土地上,失落的灵魂绝无可能寻找到它们的正确道路。但主宰胡·卡姆却有过一个截然不同的梦,而这个此刻不过只是一小粒尘埃的梦,却微妙地转变了这片大地。

在希泊巴原本没有花。冥界大地上星星点点地散布着树木和杂草,还有些像兰花却不是兰花的植株,白色的平原上生长的是野生的荒漠银莲,但希泊巴的丛林、沼泽和高山上没有花。而现在,花朵在最为惊人的地方盛开,长满了灰色的荒原。那是些红色的小花,它们像是要为胡·卡姆证明他已无法再证明的感情,因此卡西奥佩娅没有如他曾提醒的那般,看向这个已成为陌生之人的冷酷脸庞,而是注视着这些红色的花朵,它们仿佛情书的墨。在人类的观察之下,群星会形成星座,而这些花朵彼此相连,像是在对她说:"我的爱。"

胡·卡姆向她垂下头,仿佛一个平民,而不是一位主宰。

接着他又抓起卡西奥佩娅的手,用斗篷包裹了她一秒钟。感觉像是滑入一片彻底的黑暗,这件黑暗的衣物彻底吸干了希泊巴,在下一秒,她已进入自己的旅馆房间,独自一人。

35
CHAPTER THIRTY-FIVE

悲痛侵袭而来，而她攥紧双手，低下头，将手贴在嘴唇上。不过，当卡西奥佩娅站在这房间的中央时，她没有花太多时间来考虑自己的心痛，因为她听到了哭声，这让她吃了一惊，像是有人替她的痛苦发了声。她好奇地靠近胡·卡姆此前入住的房间，发现马丁正坐在地板上痛哭。

卡西奥佩娅在他身边俯下身，动作很慢，是要应付吓坏了的孩子时会采取的方式。

"怎么啦？"她问。

"等我回到乌库米尔，爷爷会杀了我的，"他吸着鼻子说道，"你还不如让胡·卡姆砍了我的头。"

"外祖父不会杀你的。"她说着叹了口气。

"你为什么不让他杀死我？"

"因为你也没有杀我。"她回答道。

他缩起肩膀。他身上的衣服很脏，头发乱七八糟。卡西奥佩娅回想起他从前趾高气扬的样子，那时候他穿着体面的衣服，脚踏刚擦亮的皮靴。而她则负责擦亮这双靴子，在他说些残酷话语时咽下泪水。现在，陷入悲惨境地的人换成了马丁。即使当初他待她不好时，她想象过类似的画面，但等真的见到这一幕，她其实也没有多开心。

"呃……嗯……我又不是杀人犯。"他喃喃道。

"我也不是。"

卡西奥佩娅去浴室拿来一条毛巾。她将它递给马丁，而后在他面前坐下。他犹豫了一番，但还是接过毛巾，擦干净了脸。

"我对你很不好，"他擦完后说道，"我是个糟糕的人。"

"那或许你以后可以别再这么糟糕。"

马丁将毛巾捏成一团，紧紧攥在手里，眨了眨眼睛，忍下了更多的眼泪。

"我……我很感谢你，你知道的。因为你让他送我回来这里。还有，我很抱歉。所有的一切都很抱歉。你愿意接受我的歉意吗？"

他看起来心烦意乱，声音里带着浓浓的羞愧。卡西奥佩娅觉得他说的话出自真心。但事情没那么简单。他的所作所为留下了伤痕。她不信任他。但她也不想恨他。如今再这么做也没有意义了。

"我没法立刻就原谅你。"她说。

"好吧……或许有朝一日，或许再过一阵子就行。等我们回到乌库米尔。虽然我不想回去，但我必须得这么做。唉，那老头肯定会朝我发疯的。"他咕哝道。

"如果你不想回去，那可能你就不该这么做？"

"那我能去哪儿？"马丁问，他的样子看起来极为惊讶。

卡西奥佩娅耸耸肩。"我不知道。或许你可以上路去找找你的宽恕之心。"

马丁不说话。卡西奥佩娅站起身，而马丁将遮住了脸的头发抹到脑后，双眼通红。

"你不打算回去了，是吗？"马丁问她。

"现在还不想。"

"那我想这就是说再会的时候了。"

"是的。再会，马丁。"

最终，"再会，马丁"才是她一直以来渴望说出口的话，在这其中包含的满足感，比她能构想出的任何复仇幻想都要更多。

他俩即将朝不同的方向前进，这就足够了。

卡西奥佩娅回到自己的房间，在被单上蜷起身子。她很累，这不只是在路上行走带来的疲惫，更是灵魂上的痛楚。她醒来时是第二天早上，马丁已经离开了。他给她留了张草草的纸条，说他想去瓜达拉哈拉。纸条旁还有些钱，这是他最后的歉意。她将这些纸钞塞进手提箱，装好衣物。在整理东西时，她意识到自己还留着那条旧披巾，就是她在村子里穿戴的那一条。这条单薄而廉价的布料见证了更美好的时光，她将它披在肩头。它曾与她一同旅行，经受着距离与敌人的摧残。她觉得它可能可以给她带来好运。

整理完行李，她去了胡·卡姆的房间，在那里站了一会儿，感受这房间的空荡。床头柜上摆放着他戴过的帽子，衣柜里，是他的西装。她用手指轻抚过这些衣物，但衣服上没有任何属于他的痕迹，连一丝头发都没有。他可能是她想象出来的，是她的梦。

但她知道，这不是一个梦。

卡西奥佩娅退了房，注意到大厅看上去和之前不一样了。它原本的光辉消失了。这种感觉就像她正站在一个空壳之中。她要了一辆车载她去提华纳。前台抱歉地表示说可能得等上几分钟。之前发生了一场小型地震，旅馆的供水出现了问题。不少宾客退房了。

卡西奥佩娅走出旅馆，来到前门口等车。她看向天空。接着来了一辆车，她抓起手提箱。她认出了这辆车，正是它载着她来到这家旅馆的。但司机换了人。此人身穿绿色的外套，戴着一顶与之相配的鸭舌帽。她在梅里达见过这名男子，是洛雷。

玉影之神

"早上好。"他说着停下车。他在外套的翻领上别了一枚箭镞形状的银领针,他的眼睛是林绿色的,狩猎的色彩。他的渡鸦蹲在他的肩头。

"早上好。"鸟儿重复道。

卡西奥佩娅皱眉靠近汽车。"你在这儿做什么?"

"胡·卡姆遵守了他的约定,允许我在漆黑之路通行。我终于能离开梅里达了。"

他将身子探出窗外,面带友好的微笑,但她没有回以笑容。"这没有解释你为什么出现在这儿。"

"哦,好吧。他觉得你可能需要个司机,而我很乐于承担这个职责。上车吧。"

卡西奥佩娅双手紧握手提箱的把手,让它横在身子前方,没有移动。男子装腔作势地叹了一口气。

"好啦,不管你听说了什么恶魔的传说,我们其实没有那么可怕。另外,我对你的灵魂没有兴趣。除非你正打算卖了它,"他说完,走出汽车,打开后备箱,示意她将手提箱放在里面,"这句就是说笑。"

"一点也不有趣。"

他转了转眼珠,看向她。

"我就是开心过头了。来吧。你不能一直留在这儿。扎瓦拉夹着尾巴逃了,这地方很快就会凋敝。这儿已经一点魔力都不剩了。砖瓦即将龟裂,窗框也会脱落,屋里会生出千百万只蟑螂。别把一切建筑在魔法上。要保证它持续运作太难了。

"现在,这是扎瓦拉的汽车,理论上我不该开它。那么,你是乐意乘坐一辆偷来的交通工具兜风呢,还是打算再浪费一点儿时间？"他总结道。

卡西奥佩娅的脚步有些犹豫，不过还是来到汽车后方。他想替她将行李搬上车，但她不乐意，自己将手提箱推了上去。他关上后备箱，来到副驾旁，给她打开车门。卡西奥佩娅坐了下来。

他们静静地开了一段路，卡西奥佩娅凝视着裙子上的褶边。

"顺便说，胡·卡姆有个礼物要给你。"洛雷说着，将手探入外套的口袋。

他拿出来一只小小的黑色袋子，将它递给了她。卡西奥佩娅打开它，发现里面装满了黑色的珍珠。她露出了微笑。胡·卡姆遵守了他的诺言。她的笑容转而变得苦涩，她缩起身子，珍珠彼此相碰，发出叮当声。

洛雷从眼角的余光望向她。

"我本以为这能让你开心点，"他说，"这一袋值不少钱。我不知道现在这年头的黑珍珠是什么价。我们可以去提华纳了解一下。"

"什么？难道我要把它们都当了，就为了满足你的好奇心？"

"我可没这么说。"他淡然地答道。

卡西奥佩娅觉得他对任何事的态度都很淡然。他肩头的乌鸦转过头来看她，还点了点头，像是对她的结论表示同意。她想知道胡·卡姆是怎么对洛雷提起自己的，还是说，他将这些珍珠交给洛雷时保持了绝对的静默。它们是否只是那位神谨守诺言的结果，抑或者，是给她一些温暖的最后的关心手段。

她选择不要细想。这也不是她会想与陌生人讨论的那类事。或许，在以后的某个晚上，她会问问星星，问问黑暗，而黑暗则可能会轻声告诉她答案。

"我们要去哪儿?"她问。

"我可以让你在任何你乐意的地方下车。至于我自己,我正打算去某个说法语的地方。这是种动人的语言,我已经有几十年没怎么听到有人以它交流了。我打算去研究一番,看是新奥尔良还是魁北克的食物更美味。你觉得呢?"他问她道。

"这两个地方,我都一无所知。"

"问题在于,你是否喜欢秋葵。"

"我不知道秋葵是什么。"

"想尝尝吗?"

"尝尝。"渡鸦说道。它从洛雷的肩头跳下,来到汽车的后座上。

"你是在让我跟你一起旅行吗?"她问道。

"唔,你现在就已经在我的车里了。"

"偷来的车算你的车吗?"

"算我占有的,小妞儿。"他快活地说道。

卡西奥佩娅单手抚过仪表盘,考虑了一番现状。她确实需要搭车,而且尽管还没有计划好下一站去哪儿,她也不怎么想在提华纳久待。回家自然更不可能。她想到处走走。

"为什么你要带上我和你一起走?"

"为了找点乐子。另外,我连地图都看不懂。你会读图吗?"

"当然。"她花费了大量时间阅读外祖父的地图集,用指尖规划过各种路线。

"很好。我完全没有方向感。"

"你以前说我是脏包裹。"她提醒他道。

"滕女士,我已经给你买了不少好裙子来弥补我的这个过错了。顺便说,你现在身上这套非常迷人。我欣赏色彩感觉好的人。"

卡西奥佩娅还没准备好让步。她"唔"了一声,小心翼翼地将双手放在膝盖上。

"那么……你想去新奥尔良或者魁北克吗?"

"我不知道自己是否已经做好了决定。"卡西奥佩娅说道。

"相信我。答案永远在当下。另外,你难道还有什么别的更好的事可做?闷闷不乐地闲逛上一二十年?"

卡西奥佩娅的手指在裙子上轻敲,咬住嘴唇。她读过的那些激动人心的诗歌在为这样的旅行而呐喊,甚至要求更多。当然,她心中仍有悲伤,但也不想让她的心像只上好的瓷器般碎裂。她不能凋谢。在活人的世界里,你就得好好活下去。而且,这不正是她的愿望吗?活下去。真正地活下去。

洛雷从外套里拿出一只随身的银酒壶,将它抵在唇上。他又递给她,请她一同畅饮,但她谢绝了。

"你这样没问题吗?单手开车?"她提醒道。

"我是个恶魔,你忘了吗?别担心。"他仰着头,回答道。

"我知道你是恶魔。所以我才会担心。"

"哦,小意思。我说了,我不会偷走你的灵魂。"

卡西奥佩娅放松地背靠车座,望着他在方向盘上的双手和踏板上的双脚。她曾经希望能够开车;她曾将这件事向胡·卡姆坦承。终于,她面前出现了一辆车。

"你能教我吗?"

"教什么?窃取灵魂?"他抬起一边眉毛,看着她道。

"开车!"

"要是你撞车了怎么办?"

"这看起来就是一条直线。"她带着嘲弄说,同时指向他们正在经过的这条满是尘土的道路。让汽车在这条路上前进看起来根本不需要任何技术。他开车时也显然地漫不经心。

"生活也是如此,但人生会走上各种岔道。"

"我想开车。"

"现在吗?"他怀疑地问道。

"答案永远在当下。"

洛雷的脸上总带着种淘气的表情,她的答案让他露出了更为淘气的笑容。

"你可真是给我出了个难题,"他承认道,"但如果你开车,谁来看地图?"

"你可以先教我开车,我也会教你怎么正确地读图。"

他摘了帽子,得意地笑了起来。"等这之后,你得把我算成你的朋友,好吧?"

"我们走着瞧。"

他停了车,就停在路当中,然后下车。她推开车门,两人换了位子。卡西奥佩娅坐得笔直,专心致志地看着方向盘。太阳已经到了天空中的最高点,视线所及之处见不到一片阴影,沙漠仿佛在燃烧般的明亮,天空则是一顶蓝色的华盖。路上没有其他任何车辆。她觉得自己勇往无前。

"首先我该怎么做?"她问。

"首先。"乌鸦说道。

洛雷从酒瓶里抿了一口,小心地拧开汽车钥匙,接着他开始解释车辆如何运行。汽车开动时，卡西奥佩娅"咯咯"笑了起来。这是一条很长很长的路，她担心汽车会不听使唤，她也不知道该怎么停车，但她还是笑了。

相关术语解释

事实上，这世上并没有某一种统一的通用玛雅语。在墨西哥和中美洲，目前公认的玛雅人语言共有二十九种。这些语言以拉丁文字母来书写的方式随着时间的推移而不断变化。因此，如果你打开一本19世纪的玛雅语词典，可能会发现某个词语的拼写方式与现代词典上的完全不同。

在这本小说里，处理绝大部分词语时，我用的是现代的拼写方式。比如说，在旧文本中，希泊巴之主（Lords of Xibalba）的名字一般分别拼写为胡·卡姆（Hun – came）和武库布·卡姆（Vucub – Came），而我则写作 Hun – kame 和 Vucub – Kame（他们也可以是 Jun – kamé 和 Wukub – kame，尽管这种拼写方式很少见）。不管怎么说，这两个名字翻译过来的意思，都分别为第一死神和第七死神。

《玉影之神》的灵感来源是《波波尔·乌经》（*Popol Vuh*）。小说中用上了不少玛雅神话中的元素，其中有一部分表达得更明确一些。然而，这毕竟是本幻想小说，不应等同于人类学文本。不过，下面我还是会简单罗列一些相关的玛雅术语，供感兴趣的读者参考。

阿鲁修伯（Aluxo'ob）——会恶作剧的骗子灵，但如果献上某些供品，就能安抚它们，让它们保护庄稼。

巴尔彻茶（Balché）——将树皮泡在蜂蜜和水中制成的发酵饮料。拉坎登人会将它们用于仪式，他们在典礼上总是醉醺醺的。

布尔棋（Bul）——一种棋盘游戏，以玉米粒作为棋子。布尔这个词也可以用来指代所有靠碰运气玩的游戏，例如掷骰子。

凯门鳄（Caiman）——一种爬行类动物，鳄鱼目，出没于沼泽和湿地中。

木棉树（Ceiba）——一种热带植物。刚长成时的木棉树树干呈深碧绿色，几年后，会转变为更带灰的色调。在玛雅神话中，木棉树是一种连接所有植物的世界树。

岩洞陷落井（Cenote）——一种积水的岩洞。在玛雅人眼里，某些岩洞陷落井与洞穴一样，是冥界的入口，具有仪式上的重要性。

夏洛（Charro/a）——墨西哥中部的传统马术骑手，从他们精致的装扮能很轻易地认出他们的身份。

苏勒（Chu'lel）——生命的能量。所有动物和有生气的物体都具有这种能量。

库奇齐马（Cuch chimal）——被击败，把盾牌背在背上逃走。纳瓦特尔语的外来词。

守日者（Daykeeper）——能解读历法循环的预言家。

神圣阶层（Divine caste）——掌控着尤卡坦半岛政治与经济的欧洲上层家族后裔。

哈尔滕（Haltun）——聚集了雨水的石灰岩土壤中的缝隙。石槽。

玉影之神

龙舌兰（Henequen）——前哥伦布时代便已开始为人们使用的纤维植物。尤卡坦半岛经济的基石。

双子英雄（Hero twins）——这两个兄弟曾在希泊巴旅行，他们做了许多事，为父亲和叔父的死而向冥界的诸神复仇，在若干个比赛中赢过了他们。这对双胞胎与循环、出生和重生的概念有着紧密的联系。

赫茨梅克（Hetzmek）——婴儿第一次被人背在腰上时举行的仪式。如果是女孩，那么这个仪式一般会在她们出生后的第三个月里举行。"三"这个数字与女性有关，因为从前女性制造食物时用的烤盘下垫着三块石头。

玉（Jade）——玉石与玉米有关，因此也就与生命有关。葬礼仪式中，有一环便是要在死者尸体的口中置入一颗玉珠。玉石也与王室有关。

卡诺艾克（Kak noh ek）——火流星。大彗星或小行星。前殖民时代的玛雅人并不像我们一样，精准地区分彗星、小行星与流星。比如说，他们会根据大小来界定彗星，卡诺艾克指的是巨大而发红的星星。更小一些的星体则被称为查马杜坦（chamal dzutan），它字面上的意思是"术士的雪茄"。但当这个雪茄开始燃烧，它就成了流星，在玛雅语中还有个词语叫哈拉艾克（halal ek，迅速移动的星星）。人们还会使用一些其他词语。在这本小说中，我之所以使用卡诺艾克，是因为按照我的叙述，让玛雅的诸神降生的是一颗"巨大的"星体，不过你也可以认为，哈拉艾克、哈拉艾克杜坦或其他词语应该也适用。

卡玛佐茨（Kamazotz）——死亡蝙蝠。一种居住在希泊巴的生物。

库凯（Kuhkay）——萤火虫。它们有着发亮的尾部，因此与群星和烟有关。

库布卡（K'up kaal）——斩首或割喉。在不少玛雅文献和记录中，都提到过仪式性的斩首。仪式性球赛的球员会遭到斩首作为供品，这样的事件也在《波波尔·乌经》中有提及。各种状态和形式的献祭，都是玛雅宇宙的组成部分。

玛拉卜（复数为 Mamlab，单数形式称为玛，Mam）——瓦斯特克族的神祇，与雨和雷相关。当河水因为下雨而暴涨，他们便会用淹死在洪流中的动物鼓胀的肚子敲鼓。

中间世界（Middleworld）——按照古玛雅的宇宙观，大地是人类居住的土地。

帕坦（Patan）——供品，职责。但它同样也是一种美德。每一个国王都要向诸神献上帕坦。

《波波尔·乌经》（*Popol Vuh*）——基切人原创，并通过口述传统流传下来的创世神话。

普逯酒（Pulque）——一种酒精饮料。

王冠（Rayal diadem）——玛雅国王会佩戴白色的头饰，它的正中有一块玉石雕刻，名为萨克胡乌那尔（sak hu'unal），是王权的标志。继承王位后，国王还将获得一柄节杖，名为克阿克阿瓦（k'am k'awiil）。

牺牲（sacrifice）——玛雅贵族会用黄貂鱼的脊椎及其他工具抽血，并以此血滋养诸神。双子英雄击败希泊巴之主后下令，表示人类不用再给他们献上适当的牺牲，只要巴豆汁和"脏血"就够了。人类的祭品是驱动宇宙运作的引擎，人类必须适时献上适当的祭品。事实上，人类之所以选择居住在地面，是因为如此一来他们便能提供这样的牺牲。

萨斯卡布（Sascab）——一种柔软松散的白色石灰石。玛雅人将它们大量应用在建筑上。

萨斯滕（Sastun）——石镜。用于占卜的石头。

苏休哈（Suhuy ha）——处女地或纯净水，将会用在仪式上的水。

滕（Tun）——石头。也指年。石头与时间或循环相关，因为人们用它们来纪念重大事件。

乌艾·齐瓦（Uay Chivo）——字面意思是"幽灵山羊"。他是一位能够变形为山羊的邪恶巫师。在玛雅传说中，术士能够变为各种形体，包括猫和狗。

夏曼埃克（Xaman Ek）——北极星之神，引领商人。

希泊巴——玛雅人的冥界，这儿有着诸多可怖的景象，比如鲜血之河和脓汁之河。尤卡坦玛雅人将冥界称为米特纳尔（Mitnal）。猫头鹰或狗与死亡相关，因为希泊巴的信使是四只可怕的猫头鹰（小说中提到了查比－图库尔［Chabi－Tucur］和胡拉坎－图库尔［Huracan－Tucur］）。

西考（X'kau）——一种普通的黑鸟，形似喜鹊。学名大尾鹩哥（Quiscalus mexicanus），西班牙语里则称为zanate。

诗塔贝（Xtabay）——貌似美丽女人的神话生物，会诱惑男性，将他们引向死亡。

扎卡（Zaca）——一种混合了玉米粉的饮料，用于宗教供奉。

致　谢

　　我必须感谢大卫·鲍尔斯，他检查了这部小说的初稿，校正了我使用的玛雅词汇。我也要衷心感谢我的经纪人埃迪·施耐德。最后，感谢我的编辑特里西娅·纳尔瓦尼，感谢德尔瑞出版社里令这本书成功面市的所有人。